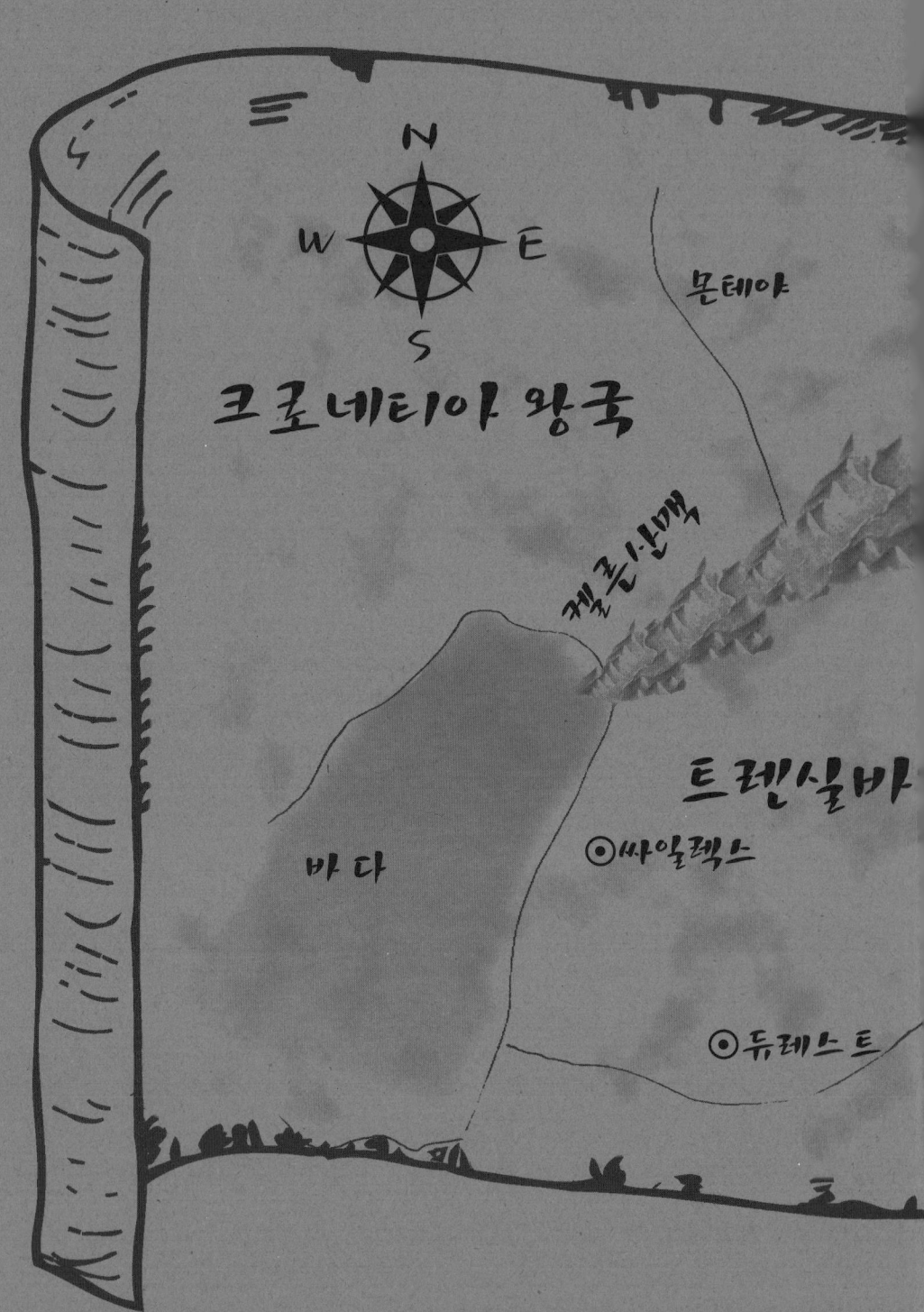

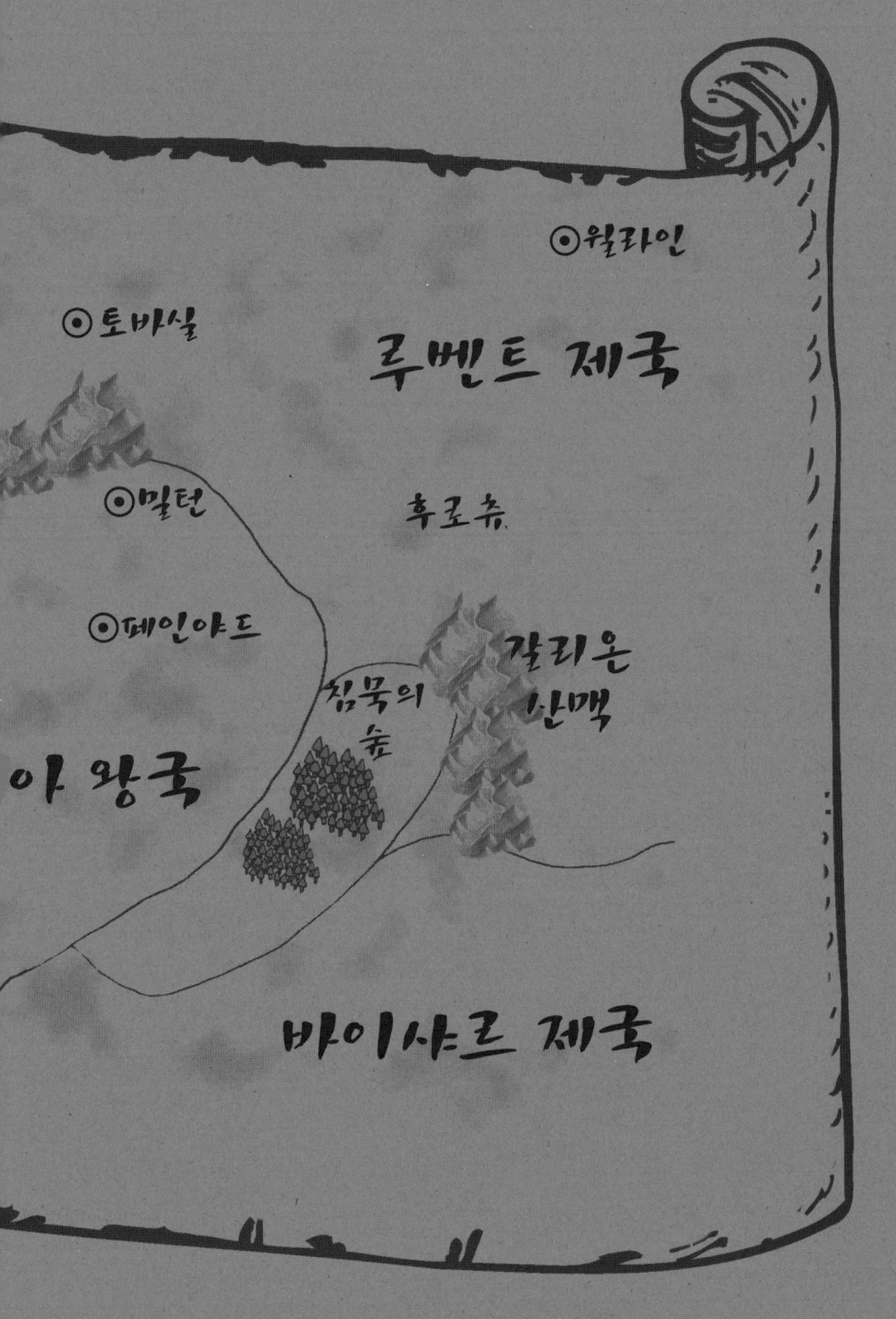

드래곤 체이서
5

드래곤체이서 5
최영채 판타지 장편 소설

초판 1쇄 찍은 날 § 2000년 12월 25일
초판 1쇄 펴낸 날 § 2000년 12월 30일

지은이 § 최영채
펴낸이 § 서경석
펴낸곳 § 도서출판 청어람
편집 § 문혜영 · 허경란 · 박영주 · 김희정 · 권민정
마케팅 § 정필 · 강양원

등록번호 § 제1081-1-89호
등록일자 § 1999. 5. 31
어람번호 § 제1-0060호

주소 § 경기도 부천시 원미구 심곡1동 350-1 남성B/D 3F (우) 420-011
전화 § 032-656-4452 팩스 § 032-656-4453

ⓒ 최영채, 2000

값 7,500원

※ 잘못된 책은 바꿔드립니다.
※ 저자와 협의하여 인지를 붙이지 않습니다.

ISBN 89-88818-93-8 (SET) / ISBN 89-5505-037-2 04810

최영채 판타지 장편 소설

드래곤 체이서

5
개전(開戰)

목차

제41장 장례식장에서 생긴 일 / 7

제42장 드러난 마각 / 37

제43장 레토리아 왕국으로 / 67

제44장 레토리아 왕국 잠입 / 95

제45장 레토리아 왕국 탈환 / 123

제46장 블랙 드래곤 타이시아스 I / 151

제47장 블랙 드래곤 타이시아스 II / 181

제48장 프로포즈 / 209

제49장 진격 / 237

제50장 윌라인의 함락과 개전 / 267

제41장
장례식장에서 생긴 일

    화살을 맞은 채 신음을 흘리고 있던 데미안은 파이야와 슈벨만이 자신을 잠목 숲에 숨기는 것을 보고 있다 슈벨만에게 물었다.
    "여기가 어디지?"
    "밀턴시에서 북쪽으로 약 2킬로미터쯤 떨어진 곳입니다."
    슈벨만이 자신을 걱정스러운 눈으로 쳐다보는 것을 보고 갑자기 데미안은 더 이상 웃음을 참지 못하겠다는 표정을 지었다.
    "슈, 왜 그렇게 걱정스러운 표정을 짓고 있는 거지?"
    "그야 당연히 데미안님께서 화살에… 설마?"
    "하하하, 내 연기가 그렇게 좋았어?"
    데미안이 웃음을 터뜨리며 자신의 옷 안에 감추어두었던 나무판과 피 주머니를 보여주자 슈벨만은 힘이 빠진 듯 그만 그 자리에 주저앉고 말았다.
    "데미안님, 정말 괜찮으신 겁니까?"

"그럼 파이야도 속은 거야? 감쪽같이 하느라 두 사람에게 미리 말을 하진 않았지만 파이야까지 속았을 줄은 몰랐는데?"

데미안이 무사하다는 것을 알게 된 두 사람은 그제야 안도의 한숨을 쉬었다.

"미안해. 하지만 루벤트 제국의 스파이들을 속여 나를 따라오게 만들려면 어쩔 수 없었어. 이제 곧 루벤트 제국의 스파이들이 어떻게든 나를 잡으려고 몰려올 거야. 우리 멋지게 한번 해치우자고."

데미안의 말에 두 사람은 다시 긴장을 하면서 고개를 끄덕였다.

* * *

"주인님, 손님께서 찾아오셨습니다."

"어서 안으로 모셔라."

그 말과 함께 서재의 문이 열렸고, 조금은 어두운 실내의 모습이 보였다. 보통 키를 가진 그 사람은 몇 번이나 왔던 곳처럼 서두르지 않고 천천히 걸음을 옮겨 뭔가를 열심히 적고 있던 샤드 앞에 멈춰 섰다.

"보고를 드리겠습니다."

"말해 보게."

"결론적으로 말씀을 드리자면 모든 것이 공작 각하의 예상대로였습니다."

사내의 말에 펜의 움직임이 딱 멈추어졌다. 그러나 샤드의 손은 치미는 분노를 참지 못해 하염없이 떨렸다.

"틀림없는가?"

"제 말에 제 가문의 명예와 제 목숨을 걸겠습니다. 그리고 그동안 제가 알아왔던 정보에 대해 말씀을 드리겠습니다."
"아니, 됐네. 자세한 것은 내일 알려주게. 그리고 그동안 수고 많았네. 내가 지시한 것에 이상이 없는지 다시 한 번 점검을 해보게. 그럼 내일 보세."
"알겠습니다, 그럼 이만……."
말을 마친 사내는 조용히 서재를 빠져나갔다. 다시 조용히 뭔가를 열심히 적던 샤드는 갑자기 고개를 들고는 천장을 노려보았다.
"으드득! 루벤트, 그 이름에 영원히 저주가 있을 것이다."

* * *

"데미안님, 언제까지 여기서 기다릴 수는 없습니다."
"그러지 말고 조금만 더 기다려 보자고. 아마 곧 어떤 움직임이 있을 거야."
"그런데 데미안님, 그 화살은 언제까지 매달고 계실 겁니까?"
파이야의 질문에 데미안은 자신의 허벅지와 옆구리에 박혀 있는 화살을 힐끔 바라보고는 피식 미소를 지었다.
"왜, 신경 쓰여? 일단 적들이 우리 뒤를 추적하는 것도 내가 화살에 맞은 것 때문인 것 같으니까 그냥 두자고. 그것보다 연락은 됐어?"
"예, 벌써 대기하고 있답니다."
데미안의 질문에 슈벨만은 잔뜩 긴장한 채 대답했다. 그 모습을 본 데미안은 그의 손을 잡아주었다.
"이봐, 슈. 그렇게 긴장하지 마. 우린 잘 해낼 거야. 그렇게 생각하지 않아?"

"죄송합니다. 제가 이런 상황에 처해본 적이 별로 없어서 너무 긴장을 한 것 같습니다."

슈벨만의 어색한 미소를 바라보던 데미안은 갑자기 자신의 레이피어를 잡으며 두 사람에게 주의를 주었다.

파이야는 데미안의 신호를 이해하고는 재빨리 잡목 숲의 안쪽으로 몸을 피했다. 그 모습을 본 슈벨만은 재빨리 스펠을 캐스팅하고는 주위를 경계했다.

그러고 얼마 지나지 않아 데미안 일행이 숨어 있는 잡목 숲으로 다가오는 일단의 무리들이 있었다. 날렵해 보이는 복장을 한 오십여 명의 사내들이었다. 햇볕을 받아 번쩍이는 검을 든 사내들은 두 겹으로 포위망을 형성한 채 조금씩 포위망을 좁히며 다가오고 있었다.

데미안은 그 모습을 보고는 파이야와 슈벨만에게 신호를 보냈다. 그리고는 정면을 향해 쏜살처럼 달려갔다. 그와 동시에 잡목 뒤에 숨어 있던 파이야도 자신의 정면을 향해 달려들었고, 슈벨만은 사방의 잡목들을 향해 두세 개씩의 파이어 볼을 날려 불을 붙였다.

한여름에 비가 별로 내리지 않았기 때문일까? 순식간에 사방으로 불은 번져 갔고, 그리 넓지 않은 잡목 숲은 눈 깜짝할 사이에 불바다로 변했다.

그렇지 않아도 잔뜩 긴장한 채 잡목 숲으로 다가들던 사내들은 갑자기 누군가가 자신들을 향해 달려드는 것과 동시에 잡목 숲이 불바다로 변하자 깜짝 놀라며 발걸음을 멈추었다.

"적이다! 조심……."

그 말을 하던 사내는 밑에서부터 날아온 바스타드 소드에 의해 머리가 두 쪽이 났다. 그 모습에 자신도 모르게 비명을 지르려던 동료의 목 역시 어느 순간인가 잘려 허공으로 치솟았다. 몸통에서 치솟은 선혈이 주위에 있는 사람들을 적실 때 어디선가 후리오의 호통 소리가 들려왔다.

"그 자리에서 꼼짝 마라. 적은 세 명밖에 없다."

후리오의 외침 탓일까? 포위망을 좁히던 사내들은 그 자리에서 주위를 훑어보며 꼼짝도 하지 않았다. 상대를 최대한 혼란스럽게 만들려던 데미안은 뜻밖에 상대들이 침착하게 사태에 대응하자, 먼저 공격을 했던 파이야와 슈벨만에게 커다란 소리로 외쳤다.

"파이야, 슈벨만! 어서 약속 장소로 이동을 해!"

그 말과 함께 데미안의 모습이 사라졌고, 파이야와 슈벨만의 모습도 곧 잡목 숲에서 사라졌다. 잠시 후 부하들에 의해 불길이 어느 정도 잡히고, 세 사람이 사라진 것을 발견한 후리오는 이를 갈았다.

"쥐새끼 같은 놈, 뭣들 하는 거냐! 어서 데미안을 잡아 명단을 회수해야 할 것 아니냐!"

후리오의 신경질적인 모습에 사내들은 황급히 데미안이 사라진 곳을 향해 우르르 달려갔다. 그 모습을 본 후리오는 짜증스러움이 몰려오는 것을 느꼈다. 이를 악물고 숨을 고르던 후리오는 데미안 등이 사라진 것으로 짐작이 되는 곳을 향해 걸음을 옮겼다.

슈벨만이 가쁜 숨을 몰아쉬고 있는 곳은 밀턴시의 서쪽에서 그리 떨어지지 않은 숲이었다. 빽빽하게 자란 커다란 나무들이 자연스럽게 주위를 가려 생긴 공터였다.

나무 그루터기에 기대어 숨을 몰아쉬는 슈벨만을 바라보는 파이야 역시 조금은 숨이 차 보였다. 긴 호흡으로 숨을 진정시킨 파이야는 주위를 둘러보았다.

이십여 미터에 이를 정도로 자란 나무들은 한낮의 태양을 받으며 푸른색을 자랑하고 있었다. 그러나 그뿐이었다. 바람 소리를 제외하고는 어떠한 소리도 들리지 않았다.

자신이 용병 학교에서 배운 것이 확실하다면 분명 주위에 무엇인가가 있는 것이 분명했다. 곤충이나 새들은 워낙 감각이 예민해 자신들에게 위협이 될 만한 무엇이 주위에 있으면 꼼짝도 하지 않는다고 배웠다. 그렇다면 이미 루벤트 제국의 스파이들이 주위를 완전히 포위하고 있는 것이 분명했다.

파이야가 바스타드 소드를 움켜쥔 손에 힘을 주었을 때 무엇인가 나무 사이에서 햇빛에 번쩍거리는 것을 발견했다. 아무렇지도 않은 듯 뒤로 돌아선 파이야는 자신을 바라보고 있던 슈벨만에게 눈짓을 했다. 슈벨만이 조용히 스펠을 캐스팅하고 있을 때 그들에게 다가오는 사람들이 있었다.

그 모습을 발견한 데미안은 금방이라도 숨이 넘어갈 듯 보이는 환자의 모습을 완벽하게, 또한 가증스럽게 연기했다. 가장 앞쪽에서 다가오던 후리오는 데미안의 얼굴을 다시 한 번 확인하고는 그가 데미안이란 것을 확신했다.

"그대가 데미안 싸일렉스인가?"

"그, 그러는 그대는 누구……?"

금방이라도 임종을 앞둔 사람처럼 천연덕스럽게 입을 여는 데미안의 모습은 긴장하고 있던 슈벨만이 보기에도 웃음이 금방 터져 나올 만한 광경이었다. 그렇지만 후리오는 미처 그런 사실을 깨닫지 못했기에 데미안의 그런 모습에 만족스런 미소를 지으며 입을 열었다.

"본인은 후리오라고 한다."

"후, 후리오?"

"그렇다, 루벤트 제국의 레드 스콜피온 기사단 소속 기사인 후리오 드 블루힐 백작이다."

"그, 그렇다면 루벤트의 스파이?"

다급한 데미안의 음성에 후리오는 고개를 끄덕였다. 그 모습에 데미안은 낙담한 듯한 표정을 지었고, 그러한 표정을 지켜보고 있던 파이야는 데미안의 너무나도 능청스러운 연기에 조금은 어이가 없다는 표정을 지었다. 만약 데미안과 함께 있지 않았더라면 그가 아무것도 모르고 있다가 후리오에게 기습을 받아 부상을 입었다고 오해하고 말았을 모습이었다.

"그대가 우리들의 명단을 가지고 있다는 것을 알고 있다. 어서 그 명단을 내놓아라!"

"내, 내가 명단을 가지고 있다는 사실은 어떻게……?"

"그것은 그대가 알 필요가 없다. 어서 내놓아라."

후리오는 마치 데미안의 목숨을 손아귀에 쥐고 있는 사람처럼 데미안에게 명령했다.

"…이미 난 귀하의 손아귀에서 벗어날 수 없다. 하지만 대체 누가 내가 명단을 가지고 있다는 것을 알렸는지, 또 어떻게 알았는지 꼭 알고 싶다. 그래야… 내가 지옥에 가더라도 그에게 저주라도 퍼부을 수 있지 않겠는가?"

"호호호, 그렇게 알고 싶은가? 그렇다면 죽어가는 사람의 소원을 들어주는 셈치고 알려주지. 세바스챤 힝기스 백작, 아니, 후작이라고 하는 것이 맞겠지. 그분께서 알려주셨다."

"세바스챤 힝기스 후작?"

그 말을 중얼거리면서 데미안은 정말 억울한 듯 이를 부드득 갈았다. 그 모습을 본 후리오는 지극히 만족스런 미소를 지으며 데미안에게 미소를 지었다.

"이제 그만 명단을 내놓아라."

"만약 귀하에게 명단을 내놓는다면… 나를 살려주겠는가?"

"호호호, 트렌실바니아 왕국의 영웅인 자렌토 싸일렉스 백작의 아들이 목숨을 구걸한단 말이냐? 그것도 너희들이 원수로 생각하고 있는 적에게 말이다."

"목숨은 누구에게든 소중하잖아?"

"그야 물론 소중하지. 그렇지만 지금은 네가 우리의 이름이 적힌 명단을 가지고 있느냐 하는 것이 더 중요한 문제지. 일단 명단부터 우리에게 넘긴다면 잠시 동안이지만 네 목숨은 살려두도록 할 수 있다."

후리오의 말에 데미안은 이를 깨물고는 품에서 한 통의 편지를 꺼내 들었다. 그리고는 망설이는 표정을 지었다.

"만약 내 목숨을 살려줄 수 없다면 이것을 너에게 넘길 수 없다."

"호호호, 지금 나에게 협박을 하는 것인가?"

후리오의 웃음소리를 들으며 한동안 망설이던 데미안은 내키지 않는 손길로 편지를 내밀었다. 후리오가 편지를 받아 들자 데미안은 큰 소리로 외쳤다.

"네가 그 편지를 보게 된다면 분명히 후회하게 될 거다."

데미안의 말에 후리오는 꼼짝도 하지 않으며 천천히 편지의 내용을 확인했다. 뜻밖에도 편지에는 짤막하게 한 줄의 글이 쓰여 있었다.

멍청아! 넌 속았어.

그 글을 발견하는 순간 후리오는 재빨리 주위로 고개를 돌렸고, 그런 그의 눈에 은색의 하프 플레이트를 걸친 수십 명의 기사들이 검은 뽑아 든 채 자신들을 포위하고 있는 것이 보였다. 그 모습을 발견한 후리오는 고개를 돌려 죽어가는 데미안을 찾았지만 그의 눈에 들어온 것은 데미안의 비웃는 듯한 얄궂은 표정뿐이었다.

그 모습을 발견하는 순간 그의 뇌리를 스친 것은 자신이 데미안의 농간에 속았다는 생각뿐이었다. 뜻하지 않은 상황을 맞이했기 때문일까? 후리오는 조금 당황한 모습으로 데미안에게 질문했다.

"그렇다면 설마?"

"맞아, 당신이 바로 그 '설마'라고 생각하는 상황이야."

그 말을 하며 데미안은 천천히 자리에서 일어나 자신의 옆구리와 허벅지에 꽂혀 있던 화살을 뽑아냈다.

뜻밖에 데미안이 멀쩡하다는 것을 발견한 후리오는 다시 한 번 자신의 입술을 깨물 수밖에 없었다. 그와 함께 새파란 애송이에게 속았다는 생각이 들자 수치스러워 견딜 수가 없었다.

"이봐, 그런 표정 지을 필요 없다고. 내가 당신 입장이라고 하더라도 명단의 존재를 확인하지 않을 수 없었을 테니까."

"내가 너 같은 애송이에게 속다니……."

"이봐, 당신이 잘못 생각했어. 배우는 물론 나지만 이번 작품의 각본을 쓴 분은 샤드 공작 각하시거든. 물론 그 장단에 나와 함께

춤을 춘 당신들은 모두 꼭두각시에 불과하지만 말이야."

데미안이 말과 함께 손을 들자 주위를 포위하고 있던 하프 플레이트를 걸친 사람들이 신속하게 포위망을 좁히며 다가들었다.

후리오는 그들의 모습을 보다가 그들의 왼쪽 가슴에 유니콘의 문장이 새겨져 있는 것을 발견했다. 그러나 자신이 알기에 트렌실바니아 왕국에 있는 수많은 가문들 가운데 유니콘을 문장으로 사용하는 가문은 없었다. 아니, 그런 것은 아무래도 상관없었다.

다가오는 자들의 손에 검을 들고 있는 자세나 다가올 때 그들이 내딛는 발걸음만 보아도 그들의 실력이 보통이 아니라는 것을 쉽게 짐작할 수 있었다. 그 모습을 보니 오늘 이 자리에서 무사히 탈출하는 것은 쉽지 않은 일일 것 같았다.

이미 부하들은 자신들을 포위한 하프 플레이트를 걸친 검사들의 모습에 겁을 먹고 공터로 자신들도 모르게 뒷걸음질치고 있었다. 그 모습에 후리오는 이를 갈고 다시 데미안을 쳐다보았다. 그러나 데미안은 옆구리와 허벅지에 뽑아낸 화살을 옆으로 던지고는 바스타드 소드를 든 채 당당한 모습으로 서 있었다.

잠시 흥분된 마음을 진정시킨 후리오는 데미안을 향해 입을 열었다.

"좋다. 오늘은 내가 자네에게 진 것을 인정하지. 우리 한 가지 내기를 하지 않겠나?"

뜻밖에 상대가 내기 운운하자 데미안은 그의 속셈이 무엇인지 생각해 보았지만 도무지 짐작할 수가 없었다.

"내기라니, 무슨 내기 말인가?"

"자네와 내가 1 대 1로 겨루는 거지. 그래서 만약 내가 이긴다면 내 부하들은 곱게 보내주게. 그런 후에 난 자네의 포로가 되겠네.

그렇지만 만약 자네가 이긴다면 나와 내 부하들의 목숨은 모두 자네에게 맡기도록 하지."

비록 불리한 상황이기는 하지만 후리오의 당당한 모습에 데미안은 자신도 모르게 한숨을 쉬었다. 비록 후리오가 자신의 적인 것은 확실하지만, 지금 그가 보이고 있는 모습이야말로 부하들을 거느리고 있는 지휘관이라면 당연히 보여야 할 행동이자 가장 훌륭한 모습이었다. 그렇지만 지금 자신의 입장에서 그의 부하들을 풀어준다 만다 결정을 지을 수 있는 처지가 아니었다.

"그대가 부하들을 아끼는 마음은 충분히 짐작할 수 있지만 그 문제는 내가 마음대로 처리할 수 있는 문제가 아니다. 그 점에 대해서는 정말 미안하게 생각한다."

말을 마친 데미안은 후리오를 향해 마치 사과라도 하듯 고개를 숙였다. 물론 데미안이 자신의 부하들을 풀어주고 말고 할 입장에 있지 않다는 것은 알고 있었지만, 그래도 혹시나 하는 마음에 말을 꺼낸 후리오였다.

"그대의 입장을 이해한다. 트렌실바니아 왕국의 영웅이라고 알려진 자렌토 싸일렉스 백작의 아들인 그대의 검술 실력이 얼마나 훌륭한지 어디 보고 싶군."

말을 마친 후리오가 천천히 자신의 허리에서 롱 소드를 뽑아 들고는 천천히 자세를 잡자 데미안도 바스타드 소드를 뽑아 들고는 대답을 했다.

"내가 그대에게 실망을 줄까 걱정이 되는군."

두 사람의 주위에 있던 사람들이 대결할 공간을 마련해 주자 두 사람은 서로를 노려보고는 한동안 꼼짝도 하지 않았다.

두 사람 중 먼저 움직인 사람은 후리오였다. 상당히 빠른 속도로 데미안을 향해 달려들며 롱 소드를 휘둘렀지만 데미안은 그보다 빨리 뒤로 물러섰다. 데미안의 몸놀림이 자신의 생각보다 빠르다는 것을 확인한 후리오는 상대를 얕보던 생각을 접고 신중해졌다.

상대의 공격이 갑자기 멈추자 이번에는 데미안이 후리오를 향해 달려들었다. 그와 동시에 휘두른 바스타드 소드가 커다란 포물선을 그리며 후리오의 어깨를 향해 날아들었다.

후리오는 데미안의 검을 받아치면서 그의 품으로 파고들 생각으로 자신의 롱 소드를 들어 데미안의 바스타드 소드를 막았다.

챙!

날카로운 금속음과 함께 후리오는 뭔가 잘못되었다는 것을 느꼈다. 데미안의 바스타드 소드를 막아내고 반격을 하려던 자신의 팔이 맥없이 꺾이는 것을 느낀 것이었다. 황급히 왼손을 들어 두 손으로 버티던 후리오는 뒤로 물러섰다. 그리고는 데미안이 들고 있는 바스타드 소드를 확인했다.

확실히 겉보기엔 일반적인 바스타드 소드와 다를 바가 없었다. 그러나 그 무게만은 훨씬 무거웠다. 상대의 무기가 생각보다 중병기(重兵器)란 것을 깨달은 후리오는 그걸 자유자재로 사용하는 데미안의 힘에 놀라지 않을 수 없었다.

후리오가 검을 고쳐 잡은 순간 데미안은 재차 뛰어들며 바스타드 소드를 내려쳤다. 상대의 공격에 후리오는 막기보다는 쳐내는 쪽을 택했고, 튕겨져 나가는 바스타드 소드에 의해 빈틈을 보이자 그대로 롱 소드를 찔렀다. 그러나 데미안은 오히려 튕겨 나가는 힘을 이용해 상체를 숙이면서 더욱 빠르게 회전을 해 후리오의 허벅지를 공격했다.

후리오의 롱 소드는 맥없이 허공을 가로질렀고, 데미안의 바스타드 소드는 후리오의 양쪽 허벅지를 스치고 지나가며 가볍지 않은 상처를 냈다. 후리오의 허벅지는 당장 시뻘겋게 물들었고, 후리오는 당황한 표정으로 뒤로 물러섰다.

  데미안의 몸놀림은 자신이 싸워왔던 어떤 검사나 기사들의 움직임과도 달랐다. 게다가 무거운 바스타드 소드를 들고도 그렇게 빠르게 움직일 수 있는 줄은 미처 예상하지 못했다.

  후리오가 지혈을 하느라 잠시 멈칫하는 모습을 보이자 데미안은 재빨리 스펠을 캐스팅하고는 그에게 던졌다.

  "파이어 애로우(Fire Arrow : 불꽃 화살)!"

  펑! 하는 소리와 함께 허공에서 생긴 서너 개의 화살 모양을 한 불꽃이 데미안의 손짓에 따라 후리오를 향해 날아갔고, 뜻하지 않게 상대가 마법까지 사용한다는 것을 안 후리오는 당황하지 않을 수 없었다. 그러나 언제까지 당황만 하고 있을 수는 없는 일 아닌가? 재빨리 마나를 끌어올린 후리오는 자신을 향해 날아오는 불꽃 화살을 정확하게 막아냈다.

  특별한 위력은 없었는지 불꽃들은 자신이 쳐낸 검에 의해 모조리 허공에서 폭발했다. 그와 함께 후리오는 상대의 뒤이은 공격을 염려해 이동을 하려고 했지만 허벅지에서 이는 통증 때문에 순간적으로 움찔했다. 그리고 그 순간 뭔가가 자신을 향해 믿을 수 없을 만큼 빠른 속도로 날아드는 것을 느꼈다.

  후리오는 순간 그것이 데미안의 마법 공격이라고 생각하고는 롱 소드를 잡은 손에 힘을 주었다. 뭔가가 석양빛을 받아 번쩍이는 순간, 후리오는 자신의 턱 밑에서 느껴지는 차가운 감촉에 얼굴이 굳어졌다.

언제 뽑았는지도 모를 레이피어의 끝이 자신의 목에 겨누어져 있는 것을 확인한 것이다. 너무도 순식간에 끝난 대결에 후리오는 어이가 없었다. 그러나 자신이 상대와의 대결에서 패한 것만은 틀림없는 사실이었다. 후리오는 들고 있던 롱 소드를 천천히 내리며 힘없이 중얼거렸다.

"졌다."

후리오의 말에 불안한 눈으로 그들의 대결을 지켜보던 그의 부하들도 모두 낙심한 모습을 보였다. 그러나 그들 가운데 몇몇은 자신들을 포위하고 있던 은색 플레이트를 걸친 기사들을 향해 발작적으로 자신의 무기를 휘두르며 달려들었다. 그러나 그들은 변변한 반항 한번 해보지 못하고 허무하게 목숨을 잃었다.

그 모습을 지켜보던 후리오는 어금니를 깨물며 자신의 부하들에게 큰 소리로 외쳤다.

"모두들 쓸데없는 저항은 하지 마라! 무기를 버려라!"

후리오의 말에 눈치를 보던 사내들은 하나둘 무기를 버렸다. 그 모습을 지켜보던 후리오는 자신의 롱 소드를 지면에 떨어뜨리고는 데미안을 바라보았다.

"더 이상의 저항은 하지 않겠다. 대신 부하들의 안전을 보장해 주기 바란다."

"그 점은 내가 보장을 해주지."

갑자기 들린 음성에 사람들의 눈이 한쪽으로 향할 때 두 사람의 모습이 보였다. 두 사람의 모습을 발견한 데미안은 재빨리 한쪽 무릎을 지면에 대고는 고개를 숙였다.

"체로크 공작 각하, 오셨습니까?"

데미안의 말에 그 자리에 모여 있던 사람들은 그제야 흰머리를 한 중년 사내의 정체가 트렌실바니아 왕국의 두 명뿐인 공작 가운데 한 명인 단테스 폰 체로크 공작이라는 것을 알 수 있었다.

"일어나게. 정말 수고 많았네."

"이곳은 공작 각하의 도움으로 큰 피해 없이 종결지을 수 있었습니다."

데미안의 말에 단테스는 고개를 끄덕이고는 후리오를 향해 말했다.

"그대와 그대의 부하들이 부당한 대우를 받지 않도록 내 이름을 걸고 보장하지. 그렇지만 대신 그대가 알고 있는 정보를 우리에게 알려주어야 한다는 것을 잊지 말도록 하게. 그렇게 할 수 있겠나?"

단테스의 말에 후리오의 안색은 짧은 시간 동안 여러 번 바꼈지만 결국 승복하고 말았다.

"알겠소. 아는 것이 많지 않지만 아는 한도 내에서는 모두 이야기를 해주겠소."

"좋아. 이들에게 마나의 흐름을 제한하는 수갑을 채워 모두 페인야드로 압송하도록 해라."

단테스의 명령에 은색 플레이트 메일을 걸친 기사들은 숙달되고 재빠른 동작으로 후리오와 그의 부하들에게 수갑을 채우고는 그 자리를 떠났다.

그런 그들의 뒷모습을 지켜보는 데미안의 눈에는 약간의 아쉬움이 남아 있었다.

"왜, 후리오의 모습이 신경 쓰이는가?"

"그렇습니다. 비록 적이지만 부하를 생각하는 거나 많은 적을 앞에 둔 불리한 상황에서도 당당한 모습을 보인 것을 생각하면 그가 루벤트 제국 사람이라는 것이 아쉽다는 생각이 들었습니다."

 "후후후, 그렇지만 난 그런 후리오보다는 자네가 트렌실바니아 왕국 사람이라는 것이 더욱 마음에 드는데?"

 단테스의 웃음 섞인 말에 데미안은 어색한 미소를 지었다. 단테스와 함께 등장한 네오시안은 그제야 데미안을 향해 인사를 했다.

 "데미안 군, 그동안 잘 지냈나?"

 "예, 보르도 백작님."

 "일취월장(日就月將)이라는 말은 자네를 두고 하는 말인 것 같네. 왕립 아카데미를 졸업한 지 얼마나 지났다고 벌써 소드 익스퍼트 최상급의 검술 실력이라니……. 내 눈으로 직접 보고도 믿을 수 없는 심정이야."

 "과찬이십니다."

 사람들은 조금씩 어둠에 묻혀가는 밀턴시를 바라보았.

 하나둘씩 불이 켜지는 모습이 마치 반딧불만큼이나 작게 느껴졌다.

 "드디어 내일로 다가왔군."

 "내일이 지나면 저희는 새로운 국왕 폐하와 하나로 뭉친 힘으로 트레디날 제국의 영광을 되살릴 수 있을 겁니다."

 "그렇게 돼야지. 아니, 틀림없이 그렇게 될 것이네."

 사람들은 그 자리에서 언제까지 움직일 줄 몰랐다.

*   *   *

 이른 아침 태양이 아직 모습을 드러내지도 않았건만 트렌실바니아 왕국의 수도 페인야드는 조용히 술렁이기 시작했다.

페인야드로 통하는 모든 성문은 활짝 개방되어 있었고, 사방의 성문을 통해 헤아릴 수 없이 많은 사람들이 몰려들어 페인야드는 순식간에 인산인해를 이루었다. 그럼에도 불구하고 작은 소란도 일어나지 않는 것이 기이한 느낌을 주었다. 사람들은 저마다 옆 사람과 조용하게 숨을 죽인 채 소곤거릴 뿐이었다.

얼마나 시간이 지났을까?

한 무리의 사람들이 동쪽의 대로를 통해 왕궁으로 다가들고 있었다. 모두 백여 명에 다다른 사람들로 그들 대부분이 귀족원에 소속된 최소 자작 이상의 귀족들이었다.

트렌실바니아 왕국의 평민들이라면 평생을 가야 그들 가운데 몇 분의 일밖에 볼 수 없을 만한 신분을 지닌 사람들이었다. 그런데 오늘 그들 백여 명이 한꺼번에 모습을 드러낸 것이었다. 게다가 그들 행렬 가장 앞에는 트렌실바니아 왕국의 제1왕자인 제로미스 폰 트레디날이 말을 탄 채 당당한 모습을 보이고 있었고, 그의 오른쪽에는 안토니오 드 니컬슨 후작이, 그의 왼쪽에는 랄프 드 디오케 근위 기사단장이 그를 수행하고 있었다.

그 모습에 길 양 옆에서 무릎을 꿇고 고개를 조아리고 있던 사람들은 위압스러운 그들의 모습에 감히 숨도 크게 쉬지 못했다. 게다가 그들 행렬의 주위에는 번쩍이는 플레이트 메일을 걸친 기사와 검사들이 혹시 있을지도 모르는 암살을 대비해 살벌한 모습으로 그들을 호위하고 있었다. 그들이 지나가고도 한참 동안 사람들은 그 자리에서 일어날 생각을 하지 못했다.

그렇기는 남쪽의 대로에 있던 사람들 역시 마찬가지였다.

페인야드에서 10여 킬로미터나 떨어진 별궁으로부터 시작된 긴 행렬은 성문을 통과해 페인야드의 중앙에 있는 왕궁까지 이어져 있었다. 수백 명이 넘는 용병들이 각자의 무기를 꺼내 든 채 기난이 지나갈 길의 주변에 흩어져 주위를 철저하게 감시해, 국왕의 장례식을 구경나왔던 사람들은 한참 동안 그 자리에서 무릎을 꿇고 숨죽인 채 고개를 숙이고 있어야만 했다.

그런 연후에야 기난이 자신들을 따르는 귀족들과 모습을 드러냈다. 그의 오른편에는 세바스챤 드 힝기스 백작이 말을 탄 채 따르고 있었고, 그의 왼편에는 특이하게도 화려한 드레스를 입은 여인 하나가 눈처럼 하얀 백마를 타고 기난의 곁에 바싹 붙은 채 따랐다.

곁눈질로 여인의 모습을 본 사람들은 너무나도 화려한 그녀의 복장에 눈살을 찌푸렸지만 워낙 살벌한 기세로 용병들이 주위를 감시하는 터라 아무런 말도 하지 못했다.

동쪽과 남쪽에서 제로미스와 기난이 엄청난 인원들을 동원해 왕궁으로 다가가고 있을 때 알렉스는 서쪽 성문을 들어서고 있었다. 그의 오른쪽 곁에는 자렌토가, 왼쪽에는 세무엘이 호위하고 있었고, 바로 뒤쪽에는 정체를 알 수 없는 두 사람이 알렉스 곁에 바싹 붙어 말을 몰고 있었다. 그리고 그 뒤로 삼십여 명의 귀족들이 조용히 따르고 있었다.

제로미스나 기난에 비해 초라하기 이를 데 없는 행렬이지만 마치 죽음을 각오하기라도 한 것처럼 그들의 얼굴에는 비장한 표정이 어려 있었다.

지금 알렉스와 자렌토 일행이 향하는 곳은 오늘 장례식이 거행되기로 예정된 왕궁의 중앙 광장이었다.

처음 너무도 작고 초라한 행렬이기에 구경꾼인 줄 알고 그들을 쫓아내려던 병사의 제지에서 벗어나 시종들의 안내를 받아 왕궁

안으로 들어선 알렉스는 딱딱하게 굳은 얼굴로 자신에게 지정된 자리로 향했다.

　자리에 앉고 보니 제로미스는 동쪽에 차양이 쳐 있는 곳에 마련된 자리에, 기난은 남쪽에 마련된 자리에 앉아 있는 모습이 보였다. 그리고 북쪽에도 커다란 차양이 쳐 있는 모습이 보였지만 의자가 빈 것으로 보아 아직 누군가가 나타나지 않은 것으로 보였다. 그러나 알렉스는 그 자리가 누구의 자리인지 이미 짐작하고 있었다.

　왕족들이 믿고 따르는 선더버드의 대신관인 칼슨 메로아와 궁정 마법사인 유로안 디미트리히의 자리였다. 그리고 아직 모습을 드러내지 않고 있는 두 명의 공작과 나머지 후작들의 자리였다.

　장내는 장례식의 숙연함보다는 드러나지 않은 팽팽한 긴장감으로 인해 심장이 입으로 튀어나올 지경이었다.

　세 사람의 왕자들이 각자의 자리에 앉은 지도 상당한 시간이 지났건만 장례식은 거행할 기미도 보이지 않았다. 그럼에도 불구하고 누구 하나 입을 여는 사람이 없었다.

　천천히 떠오르던 태양이 완전히 천공에 떠올랐을 때 장내를 울리는 커다란 나팔 소리가 들렸다.

　빰빠라라—!

　사람들의 눈이 일제히 소리가 들린 곳으로 향했고, 그런 그들의 눈에 갖가지 꽃들로 치장이 된 커다랗고 화려한 관을 들고 나오는 십여 명의 사제들의 모습이 보였다.

　그들은 조심스럽게 관을 들고는 네 개의 차양이 쳐진 위치에서 정중앙에 해당되는 곳에 사뿐히 내려놓았다. 그리고는 북쪽 차양으로 물러나 단 아래에 일렬로 늘어섰다. 그런 그들의 모습을 사람들이 긴장감 어린 눈으로 바라보고 있을 때 드디어 기다리던 사람들이 모습을 드러냈다.

트렌실바니아 왕국 제1공작인 에이라 폰 샤드 공작과 단테스 폰 체로크 공작이 당당한 모습으로 모습을 드러냈고, 그런 그들의 뒤를 따라 선더버드를 모시는 대신관인 칼슨 메로아가 궁정 마법사인 유로안 디미트리히와 어깨를 나란히 한 채 북쪽 차양으로 다가갔다. 그리고 그 뒤를 선더버드의 신관과 사제들이 엄숙한 얼굴로 따르고 있었다.

단순한 장례식이 아니기 때문일까? 신관과 사제들의 얼굴은 긴장으로 딱딱하게 굳어져 있었고, 게다가 그들의 손에는 장례식과는 어울리지 않게 150센티미터는 족히 되어 보이는 메이스가 들려 있었다. 메이스의 머리에는 선더버드의 상이 조각되어 있었고, 그 메이스를 움켜잡고 있는 사제들의 얼굴도 딱딱하게 굳어 있었다.

선더버드의 신관과 사제들이 등장하며 장내의 분위기는 더욱 팽팽한 긴장감에 휩싸여 금방이라도 피를 부를 것 같았다. 불과 숨을 몇 번 내쉴 시간이 지나자 자리에 앉았던 칼슨이 자리에서 일어나 천천히 몇 걸음 앞으로 나섰다.

"오늘 우리는 비통한 마음으로 이 자리에 모여 트렌실바니아 왕국의 국왕이셨던 슈트라일 폰 트레디날님의 장례식을 거행하게 되었습니다."

칼슨의 음성은 그의 신성력 때문인지는 모르지만 멀리까지 울려 퍼졌다. 지금 그들이 앉아 있는 네 개의 차양 주위를 병사들이 물샐틈없이 둘러서 있었고, 헤아릴 수 없이 많은 트렌실바니아 왕국의 국민들이 몰려들어 칼슨의 추도사를 듣고 있었다. 개중 몇 명은 국왕의 죽음을 진심으로 애도하는지 눈물을 보이는 사람도 있었다.
 "우리가 루벤트 제국에 토바실, 몬테야, 후로츄 지역을 빼앗긴 지도 벌써 100여 년이 지났습니다. 승하하신 국왕 폐하께서는 빼앗긴 영토를 수복하고자 생전에 많은 노력을 하셨습니다. 그러나 선더버드께서 그분에게 허락하신 지상의 시간은 너무나 짧았습니다."
 칼슨의 음성은 묘한 힘이 있어 듣는 사람의 가슴속 깊이 파고들어 그동안 잊고 있었던 루벤트 제국에 대한 원한과 분노를 일깨웠다. 때문에 대부분의 사람들이 주먹을 움켜쥐고 이를 갈았다.
 기난 곁에 있던 힝기스는 애써 태연한 표정을 짓기는 했지만 그의 마음은 왠지 불안하기 이를 데 없었다. 이미 나타났어야 할 후리오는 어제 저녁 부상당한 데미안의 뒤를 쫓고 있다는 연락을 마지막으로 소식이 두절되어 지금껏 전혀 소식을 알 수 없었다.
 물론 자신이 쳐놓은 덫은 완벽해 큰 걱정은 없다고 하지만 불안한 마음이 드는 것은 사실이었다.
 원래대로라면 완벽한 기회를 잡아 제로미스나 알렉스를 동시에 포로로 잡아 자연스럽게 기난을 국왕으로 만들려고 했었다. 그러나 예기치 않던 사태가 계속 발생하는 데다, 이미 목숨을 잃은 멍청한 기난이나 겁 많은 비조앙 같은 자들이 배신을 하는 통에 원래의 계획과는 달리 상당히 급박하게 대처를 해야만 했다.
 게다가 난데없이 데미안이 스파이들의 명단을 가지고 나타난 것이나 알렉스를 암살하러 갔던 암살조가 전멸한 것, 그리고 조용하던 샤드가 갑자기 왕위 계승 문제에 참여할 뜻을 비춘 것은 정말 상상도 못했던 일들이다. 그런 탓에 지금 이런 궁지에까지 몰리기는 했지만 자신에게는 다른 사람들이 모르는 마지막 히든카드가 있기에 그래도 안심할 수 있었던 것이다. 그런 그의 귓전에 칼슨의 음성이 아스라이 들렸다.

"…이제 그분은 선더버드 곁으로 돌아가지만 여전히 트렌실바니아 왕국의 장래를 걱정하실 겁니다."

잠시 말을 끊은 칼슨은 숙연한 음성으로 외쳤다.

"그분께서는 이 땅에 세 분의 왕자님을 남겨두셨고, 오늘 장례식이 끝난 다음 그분들 가운데 한 분이 국왕의 자리에 오르시어 고인께서 생시에 못다 이루시었던 일들을 훌륭하게 이루실 것으로 믿습니다."

칼슨이 '국왕의 자리에 오른다' 란 말을 하자 장내는 다시 팽팽한 긴장감에 휘감겼다.

"이제 고인의 유언에 따라 고인의 시신을 화장(火葬)하도록 하겠습니다."

그 말에 모여 있던 사람들은 일제히 웅성거리기 시작했다. 이제껏 트레디날 제국이 건국한 후 단 한 번도 국왕의 시신을 화장한 적이 없었기 때문이다.

"화장을 하는 이유는 고인께서 영원히 트렌실바니아 왕국의 하늘을 떠돌며 온 국민이 합심해 과거의 영광을 되찾아주는 모습을 보기를 갈망하는 유언이 있었기 때문입니다."

칼슨의 그 말에 옆자리에 앉아 있던 샤드나 멀리서 듣고 있던 평민들이나 순간 이를 악물게 되는 것은 어쩔 수 없었다.

"단, 국왕 폐하의 임종을 뵙지 못한 세 분 왕자님들을 위해 그분들께 국왕 폐하의 마지막 가는 모습을 뵙도록 하는 시간을 갖도록 하겠습니다."

칼슨이 자신의 말을 마치고 자리에 앉자 그때까지 앉아 있던 샤드가 자리에서 일어났다.

"트렌실바니아 왕국의 제1왕자이신 제로미스 폰 트레디날 전하께서는 국왕 폐하를 알현하시오!"

샤드의 말에 동쪽 막사에 있던 모든 사람들이 일어났고, 제로미스는 자신의 옷을 단정하게 매만지고는 천천히 국왕의 시신이 누워 있는 화려한 관으로 다가갔다.

수십, 수백 종의 꽃으로 치장이 된 관으로 다가간 제로미스는 대리석으로 만들어진 관의 뚜껑을 천천히 밀어냈다. 그러자 약간 퀴퀴한 시체 특유의 냄새와 함께 창백한 안색을 한 국왕 슈트라일의 모습이 보였다.

화려한 의복과 갖가지 꽃들, 그리고 섬세한 조각이 돋보이는 대리석 관 안에 누워 있는 슈트라일의 모습은 왠지 초라하게 느껴졌다.

오랜 투병 생활로 인해 깡마른 체격은 예복과 어울리지 않았고, 얼굴 역시 광대뼈가 튀어나와 볼품이 없었다. 가벼운 화장을 했음에도 불구하고 슈트라일의 얼굴은 너무도 창백하게만 느껴졌다. 오히려 푸르스름하다는 말이 어울릴 정도였다.

잠시 그런 슈트라일의 모습을 바라보던 제로미스는 천천히 입을 열었다. 주위가 워낙 조용했던 탓도 있었지만, 마치 자신의 결심을 다른 사람에게 알리기라도 하듯 그의 음성은 조금 크게 들렸다.

"나 제로미스 폰 트레디날은 아버님의 시신 앞에 맹세한다. 루벤트 제국에게 복수를 하고, 잃었던 영토를 수복할 수만 있다면 내가 가진 모든 것을 포기해도 좋다."

천천히 고개를 숙여 슈트라일의 뺨에 입을 맞추려고 하던 제로미스는 도저히 믿을 수 없는 광경을 목격했다. 죽은 줄로만 알았던 슈트라일이 번쩍 눈을 뜬 것이다.

그뿐만이 아니었다. 그의 손에는 언제 꺼냈는지 날카로워 보이는 대거가 들려 있었고, 그 끝은 제로미스의 목을 정확하게 겨누고 있었다.

제로미스는 너무도 갑작스런 상황에 놀란 나머지 멍한 눈으로 슈트라일을 바라보았고, 슈트라일은 제로미스의 목에 대거를 겨눈 채 천천히 자리에서 일어서고 있었다. 그와 동시에 남쪽에 있던 차양에서 몇 명인가가 빠른 속도로 제로미스의 곁으로 달려갔다.

너무 어이없는 상황을 맞으면 말문이 막히는 것일까? 장내에 모인 수천 명이 넘는 사람들은 아무런 말도 못하고 멍하니 그 모습을 바라보고만 있었다. 그렇기는 샤드나 단테스 역시 마찬가지였다. 기난이 무슨 계략을 꾸미고 있다는 것은 알았지만 설마 국왕의 시신으로 흉계를 꾸밀 줄은 상상도 못했다.

남쪽 차양에서 달려와 제로미스의 목에 검을 겨눈 사람들은 제로미스도 잘 알고 있던 사람들이었다. 기난과 다른 후작, 힝기스 백작에 간편한 여행자 복장을 한 아이린 보리스였다.

그 모습을 발견한 안토니오는 순간적으로 아차! 하는 생각과 함께 자신도 모르게 자리를 박차고 일어났다. 이미 기난이 루벤트 제국의 첩자들과 모종의 관계를 유지하고 있을 거라는 사실을 알면서도 설마 상대가 국왕의 시신을 알현하는 자리를 노릴 줄은 상상도 못했던 것이다.

방심이 부른 위기였다.

안토니오는 자신도 모르게 이를 부드득 갈고는 자신의 곁에서 주먹을 불끈 쥐고 서 있는 피지엔을 바라보았다.

"화렌시아 후작, 무슨 방법이 없겠소?"

"분하지만 지금은 나로서도 특별한 방법이 없소. 일단 샤드 공작 각하께서 보고 계시니 잠시 두고 봅시다."

피지엔의 말을 들으면서도 안토니오는 제로미스에게서 시선을 떼지 않았다.

한동안 시간이 지나서야 정신을 차린 제로미스는 그제야 자신이 처한 상황을 겨우 깨달을 수 있었다. 자신의 목에 검을 겨누고 있는 기난과 다론, 그리고 힝기스의 모습에 이를 갈았다.

"가, 감히 기난 네놈이?! 네놈이 나에게 이런 짓을?"

제로미스는 치미는 화를 참지 못하고 기난을 노려보았다. 기난, 아니, 기난으로 변장하고 있던 얀센은 주위를 둘러보면서도 제로미스의 목에 겨눈 대거를 잡은 손에 힘을 빼지 않았다. 게다가 시체로 변장해 있던 자까지 일어나 제로미스의 등에 대거를 겨눈 채 주위를 둘러보았다.

바늘 하나만 떨어져도 천둥 소리처럼 들릴 것 같은 정적을 깬 사람은 샤드였다. 천천히 북쪽에 있던 차양을 벗어나 제로미스를 포로로 잡고 있는 기난 일행에게 다가갔다.

"멈춰라!"

힝기스의 외침에 샤드는 걸음을 멈추었다. 서릿발처럼 차가운 샤드의 눈은 힝기스와 다론을 향하고 있었다.

"세바스챤 드 힝기스 후작. 루벤트 제국의 루벤트 4세의 열일곱 번째 부인의 오빠. 아버지가 병사한 후에 동생을 루벤트 4세에게 헌상(獻上)하고 후작이 된 자. 트렌실바니아 왕국에 약 20년 전에 잠입해 국내에서 활동하는 스파이들을 총괄하던 수령의 임무를 수행 중이었음. 지금까지 내가 한 말이 모두 맞는가?"

샤드의 무감정하게 내뱉는 말에 놀라지 않은 사람은 오직 힝기스 일행 뿐이었다. 그러나 샤드의 눈은 다론을 향하고 있었다. 샤드와 눈이 마주친 다론은 잠시 괴로운 표정을 짓다가는 곧 고개를 돌려버렸다.

"해리슨 드 다론 후작, 아니, 해리슨 드 다이포스 후작. 루벤트 제국의 명문인 다이포스 가문의 둘째 아들. 100년 전 루벤트 제국이 트렌실바니아 왕국을 점령했을 때 심어두었던 고정 스파이. 소드 마스터였던 에이라 폰 샤드의 문하로 들어가 그에게 검술을 배우고는 트렌실바니아 왕국의 일곱 명뿐인 소드 마스터가 되었음. 7인 위원회에서 취급하는 1급 정보를 빼내 루벤트 제국으로 보내는 임무를 수행하던 중이었음. 내 말에 잘못된 곳이 있는가?"

싸늘한 음성으로 내뱉는 샤드의 말에 장례식에 참석했던 사람들은 할 말을 잃었다. 다른 사람도 아니고 트렌실바니아 왕국에서 최고 지위에 있던 7인 위원회까지 루벤트 제국의 스파이가 침투해 있을 줄은 상상도 못했다.

작은 웅성거림도 없었다. 샤드가 밝히는 내용은 단순한 놀라움을 넘어서 경악과 터질 듯한 분노를 느끼게 하기에 충분한 것이었다. 그럼에도 불구하고 샤드의 얼굴은 조금 전과 변화가 없었다. 어찌 보면 너무 싸늘해 얼음으로 만든 사람이 아닐까 하는 착각이 들 정도였다.

샤드가 밝힌 사실을 입술을 깨물며 듣고 있던 힝기스는 자신들이 있던 차양을 향해 손을 들었고, 그러자 50여 명의 인원들이 힝기스 곁으로 검을 뽑은 채 다가왔다. 그들이 다가오자 힝기스가 샤드에게 물었다.

"데미안이 가지고 있다는 그 명단을 입수했나?"

"명단은 처음부터 없었다. 너희 루벤트 제국의 첩자들을 끌어들이기 위한 샤드 공작 각하의 작전이었다."

조금 떨어진 곳에서 들리는 음성에 고개를 들고 보니 후리오의 손에 죽거나 사로잡혔어야 할 데미안 파이야, 슈벨만과 당당하게 서 있는 모습이 보였다.

데미안의 빨강 머리를 보는 순간, 그가 그동안 자신을 괴롭혀 왔던 데미안 싸일렉스라는 것을 직감할 수 있었다. 자신도 모르게 이를 간 힝기스는 데미안을 죽일 듯 노려보았다. 만약 인간이 눈빛만으로도 살인이 가능했다면 아마 데미안은 힝기스의 살인적인 눈빛을 견디지 못하고 산산조각이 나다 못해 먼지로 변했을 것이다.

"그대가 데미안 싸일렉스인가?"

"그렇다."

데미안의 대답에 장례식에 참석하고 있던 귀족들이나 트렌실바니아 왕국의 국민들은 데미안의 모습을 확인하기 위해 시선을 집중했다. 아버지에 이은 또 한 명의 젊은 영웅을 보기 위해서였다. 그러나 제로미스에게 중요한 것은 데미안이 누구인 것인가 하는 것이 아니었다.

"감히 기스 네가 루벤트 제국의 스파이들과 한통속이 되어 이 나라를 망치려 하다니! 게다가 아버님의 시신까지 이용하다니! 선더버드께서 네놈을 결코……."

"시끄러!"

퍽!

얀센은 제로미스의 목을 겨누고 있던 대거를 들어 그의 머리를 내려쳤다. 그러자 금세 그의 금발과 얼굴은 붉게 물들었다. 하지만 제로미스는 꼼짝도 하지 않고 얀센을 노려보았다. 그 눈길에 얀센은 조금 찜찜한 생각이 들어 고개를 돌리며 변명처럼 입을 열었다.

"멍청한 놈! 네 눈에는 내가 아직도 기난으로……."

제42장
드러난 마각

"제로미스 전하, 그자는 루벤트 제국의 스파입니다."

갑자기 들린 음성에 사람들의 눈길이 일제히 샤드 곁에 서 있는 평범한 인상의 50대로 보이는 사내에게 쏠렸다. 그러나 그의 얼굴을 알아보는 사람은 불과 몇몇에 불과했다.

"그대는?"

제로미스와 다론의 입에서 거의 동시에 놀란 음성이 터져 나왔고, 샤드가 사내의 정체를 궁금해하는 사람들에게 그를 소개했다.

"아는 사람도 있겠지만 아마 모르는 사람이 더욱 많을 것이오. 여기 있는 이 사람은 쎄인버 드 미놀테 후작이오. 언제나 음지에서 자신의 정체를 드러내지 않고 루벤트 제국의 첩자를 감시하는 임무를 수행하고 있었소."

샤드의 소개에 사람들은 그가 바로 7인 위원회에서도 세간에 가장 알려지지 않은 인물임을 알 수 있었다. 샤드가 7인 위원회에서 가장 드러난 인물이라면, 쎄인버는 가장 숨겨져 있던 인물이었다.

"이, 이자가 기난이 아니라고?"

"그렇습니다. 불행하게도 기난 전하께서는 이미 저들에게 살해되셨고, 별궁 근처의 숲에 버려져 있던 기난 전하의 시신을 발견해 다른 곳에 모셔두었습니다."

쎄인버의 말에 제로미스는 불신에 가득 찬 시선으로 기난으로 변장해 있는 얀센을 바라보았다. 비록 자신이 몇 년 간 동생을 만나지 못했지만 그렇다고 스파이가 동생으로 변장했는데 그것조차 알아보지 못했다니 믿을 수 없었다.

쎄인버가 자신의 정체를 밝히자 얀센으로서는 오히려 속이 편했다. 그러나 쎄인버의 말에 충격을 받은 사람은 하나둘이 아니었다.

물론 사람의 목숨이야 그 신분이 귀하거나 천하거나 모두 소중한 것이지만, 그 사실이 전해주는 영향력이 똑같을 수는 없는 법이 아닌가? 기난이 방탕했든, 아니면 멍청했든 그는 트렌실바니아 왕국의 왕자의 신분이었다.

그런 그가 적대국인 루벤트 제국의 스파이들에게 살해된 것이다. 분을 이기지 못해 부들부들 떨던 칼슨은 선더버드의 모습이 끝에 새겨져 있던 지팡이를 번쩍 쳐들고는 큰 소리로 외쳤다.

"원래의 모습을 보여라. 매직 실(Magic seal : 마력 봉인)!"

칼슨의 외침과 동시에 제로미스를 포로로 잡고 있던 힝기스 일행의 주위에 푸르스름한 연기 같은 것이 피어오르더니 곧 사라졌다. 힝기스 일행은 칼슨의 갑작스런 행동에 긴장하며 주위를 노려보았으나 몸에 아무런 이상이 없다는 것을 곧 확인할 수 있었다.

하지만 안심하던 힝기스는 주위에 있던 사람들의 눈이 커다래지며 놀라는 표정을 짓다가 곧 분노에 찬 표정으로 변하는 것을 발견했다. 황급히 고개를 돌리고 보니 기난으로 변장하고 있던 얀센의 얼굴이 조금씩 변하면서 본래의 얼굴로 돌아오는 것이었다.

결국 얀센의 얼굴이 원래대로 돌아오자 그때까지도 반신반의하던 사람들은 쎄인버의 말이 사실이었음을 확인할 수 있었다. 샤드의 얼굴 표정이 변하지는 않았지만 그의 두 손이 주먹이 쥐어진 채 부들부들 떨리고 있는 것으로 보아 그 역시 참기 힘든 분노를 억누르고 있다는 것을 짐작할 수 있었다.

"그대들이 원하는 것이 무엇인가?"

샤드의 싸늘한 말에 정신을 차린 힝기스는 자신이 생각해 두었던 것을 말했다.

"먼저 제로미스가 가지고 있는 80대의 골리앗을 우리에게 넘겨라."

힝기스의 말에 제로미스나 동쪽 차양 밑에 있던 안토니오들은 이를 부드득 갈았다.

"으드득! 내가 네놈들에게……."

"입 닥쳐!"

퍽!

제로미스가 입을 열자 얀센이 재차 제로미스의 머리를 내려쳤다. 그의 머리에는 새로운 상처가 생겼고, 아름답던 금발은 다시 선혈로 범벅이 돼버렸다.

안토니오나 다른 사람들은 그런 제로미스의 모습을 그저 안타까운 마음으로 바라볼 뿐 조금도 움직일 수 없었다.

"제로미스 전하가 가지고 계신 80대의 골리앗을 원하는가?"

"그렇다."

"내가 그것을 허락하리라 생각하는가?"

"뭐?"

뜻하지 않은 샤드의 말에 힝기스는 애써 태연한 표정을 지었지만 적지 않게 놀랐다. 뿐만 아니었다. 주위에서 그 장면을 바라보던 많은 사람들도 샤드의 태도에 놀랐다.

"나는 이 트렌실바니아 왕국의 군을 책임지고 있는 사람이다. 80대의 골리앗이라면 지금 군이 보유하고 있는 골리앗의 네 배가 되는 숫자다. 그것을 그대에게 넘겨주면 트렌실바니아 왕국은 당장 멸망하게 될 것이다. 그럼에도 불구하고 내가 그대에게 골리앗을 넘겨주리라 생각했단 말인가?"

"그, 그렇다면 제로미스가 죽어도 상관하지 않겠다는 말이냐? 설마 우리가 제로미스를 죽이지 못할 거라고 생각하는 것은 아니겠지?!"

"그대들의 요구 조건은 그것뿐인가?"

계속해서 질문을 하는 샤드의 태도는 조금도 변함이 없었다. 힝기스나 다론으로서는 지금 샤드가 무슨 생각을 하는지 도저히 알 수 없었다.

"물론 더 있다. 지금 즉시 그대들은 스스로 트렌실바니아 왕국을 포기하며 위대한 루벤트 제국의 제국령이 되기 원한다는 항복 조인서를 만들고, 왕국 내의 모든 귀족들이 서명을 해라."

힝기스의 그 말에 그 자리에 모여 있던 모든 사람들은 자신도 모르게 벌떡 일어서서는 이를 부드득 갈았다. 그러나 별다른 방법이 없었다. 사람들의 시선은 자연스럽게 샤드에게 향했지만 그로서도 당장 어찌할 도리가 없었다.

제로미스를 포기할 수도 없었지만, 그렇다고 골리앗을 넘길 수도 없는 문제였다. 샤드에 고심하고 있을 때 갑자기 제로미스의 외침 소리가 들렸다.

"나 제로미스는 지금 이 시간부터 스스로 왕자의 신분을 포기하겠다. 그리고 내가 누리고 있던 모든 권리와 책임져야 할 모든 의무를 내 동생인 알렉스에게 모두 넘긴다! 니퀼슨 경, 잘 부탁하오. 으하하하! 이젠 날 어쩔 거냐?!"

마치 실성이라도 한 사람처럼 너무도 급박하게 터져 나온 제로미스의 말에 사람들은 깜짝 놀랐다.

"혀, 형님……."

그때까지 아무런 말도 하지 못했던 알렉스는 제로미스의 갑작스러운 말에 미처 말을 잇지 못했다.

"으하하하! 내가 네놈들의 손에 포로가 되느니 차라리 죽고 말겠다."

그 말과 함께 제로미스는 그때까지 자신의 목에 검을 겨누고 있던 다론의 검을 움켜잡고는 그대로 목을 디밀었다. 제로미스의 목에서 솟아나온 눈이 아릴 정도로 붉은 선혈이 허공에 뿌려지는 모습이 너무나도 똑똑하게 보였다.

"안 돼!"

"멈춰!"

"체인 라이트닝!"

호통 소리와 시동어가 동시에 들렸다. 동시에 몇 개의 그림자가 힝기스를 향해 순식간에 다가들었다.

갑작스런 사태에 헛바람을 들이킨 다론은 멍한 표정을 짓다가 유로안이 자신을 향해 날린 번개를 발견하고는 무의식 중에 자신의 검을 들어 막았다.

　온몸에 적지 않은 충격을 받은 다론은 뒤로 몇 걸음을 물러선 상태였고, 그 순간 이미 힝기스의 모습은 보이지 않았다. 아이린이나 얀센이 무슨 일이 생겼는지 미처 깨닫지도 못하고 있을 때 수십 미터의 거리를 단숨에 달려온 두 사람이 있었다.

　분노에 찬 단테스의 검에 아이린의 허리가 단숨에 두 동강 났고, 샤드의 검에 얀센의 목이 너무도 간단하게 잘려 나갔다. 단테스가 다론의 앞을 가로막은 것을 확인한 샤드가 주위를 향해 큰 소리로 외쳤다.

　"힝기스가 도주했다! 유니콘 기사단은 지금 즉시 주위를 완전히 봉쇄하라."

　샤드의 외침이 끝나기도 전 장례식을 구경하러 온 사람들 가운데에서, 건물의 지붕에서, 땅속에서 은빛 하프 플레이트를 걸친 사람들이 쏟아져 나오며 장례식장 주위를 포위했다.

　변장한 채 군중들 가운데 섞여 탈출할 기회를 노리던 힝기스는 너무도 신속한 샤드의 지시에 탈출로가 봉쇄되자 이를 갈았다. 주위를 다시 한 번 둘러보았지만 너무도 많은 군중들이 몰려 있어 그들의 헤집고 도주한다는 것은 도저히 불가능한 일이었다.

　그때, 도주할 틈을 노리던 힝기스의 얼굴을 확인한 옆 사람이 큰 소리로 외쳤다.

　"스파이가 여기 있다! 어서…… 으윽!"

　힝기스를 손으로 지적하며 외치던 사내는 힝기스가 휘두른 롱소드에 두 동강이 났고, 그의 몸에서 뿌려진 선혈은 주위에 있던 사람들에게 뿌려졌다.

　"으악!"

"꺄악!"

사람들은 자신의 몸에 뿌려진 선혈에 비명을 질렀지만 자신이 선 자리에서 꼼짝도 하지 않았다. 자신이 죽을지도 모른다는 공포 때문이 아니라 자신이 움직이게 되면 혹시 힝기스가 도주할지도 모른다는 생각 때문이었다. 비록 자신이 죽는 한이 있어도 힝기스가 도망갈 수 있는 틈을 만들어줄 수는 없다는 생각에 겁에 질린 표정을 감추지 못하면서도 그 자리에서 움직이지 않았다.

사람들은 이미 충분히 분노할 만큼 분노해 있었던 것이다. 저마다 자신의 목숨이 위험한 것은 아랑곳하지 않고 힝기스를 노려보았다. 그런 군중들의 눈에는 끝없는 분노와 저주, 그리고 마치 손으로 찢어 죽이기라도 할 것처럼 보이는 격렬한 살인의 의지뿐이었다.

수십 년 동안 음모를 꾸미고 암약했던 힝기스였지만, 그런 군중들의 눈빛에는 자신도 모르게 몸이 움츠러들지 않을 수 없었다. 그가 잠시 멈칫하는 사이 군중들의 뒤쪽에서 은색 플레이트를 걸친 기사들이 포위망을 좁히며 다가들었다.

"모두 뒤로 물러서라. 지금부터는 우리가 맡겠다!"

기사들의 말에 군중들은 조금씩 뒤로 물러섰고, 자신을 향해 검을 겨눈 채 다가오는 기사들을 발견하고 힝기스는 절망하지 않을 수 없었다. 그런 기사들 사이에 샤드와 단테스의 모습도 보였다. 샤드가 여전히 굳은 표정을 보이는 반면, 단테스는 치미는 분노를 이기지 못하고 이를 갈고 있었다.

"이 비열한 쥐새끼 같은 놈! 어디 더 도망을 가보시지!"

더 이상 도주할 곳이 없다는 것을 안 힝기스는 어금니를 악물었다.

"흥! 단테스, 본인은 조국인 루벤트 제국의 위해 충성을 다했다. 다만 이런 결과를 맺게 되어 아쉽지만 그렇다고 내가 그대에게 비난받아야 할 이유는 없지 않은가?"

갑자기 당당하게 말하는 힝기스의 태도에 단테스는 기가 막힌 듯한 표정을 짓다가는 부드득 이를 갈았다.

"너희 루벤트 제국 놈들은 조금의 반성도 하지 않는 놈들이다. 오늘 내가 기꺼이 네 목숨을 거두어주마."

단테스가 말과 함께 한 걸음 앞으로 나서려 했지만 샤드의 제지로 걸음을 멈추어야 했다.

"무의미한 반항은 포기해라."

샤드가 무미건조한 음성으로 말하는 것을 들은 힝기스는 주위를 다시 한 번 둘러보고는 크게 외쳤다.

"루벤트 제국 만세! 황제 폐하 만세!"

그리고는 들고 있던 검으로 자신의 가슴을 힘껏 찔렀다. 그의 검은 주인의 가슴을 단숨에 꿰뚫고는 등 뒤로 빠져나왔다. 순식간에 일어난 일에 주위에 있던 사람들은 그저 멍한 표정을 짓고만 있었다. 그래도 가장 먼저 정신을 차린 샤드가 재빨리 그의 가슴에서 검을 뽑아내고는 가슴과 등에 난 상처를 손으로 막고는 힘껏 마나를 불어넣었다.

샤드의 노력에도 불구하고 힝기스의 안색은 빠르게 창백해져 갔다. 그 모습에 옆에 서 있던 단테스가 큰 소리로 외쳤다.

"근처에 선더버드의 사제나 신관이 있으면 지금 즉시 이곳으로 와라!"

단테스의 외침이 끝나기 무섭게 몇 명의 사제들이 샤드 곁으로 다가와 재빨리 신성 주문으로 힝기스의 상처를 치료하려 하였지만 힝기스의 상태는 별 차도가 없었다.

샤드도 포기하려고 할 때 그의 곁으로 데미안과 로빈이 다가왔다. 로빈이 치료를 준비하는 동안 데미안이 로빈의 신분을 샤드와 단테스에게 설명해 주었다.

"어펠런트 데쓰(Apparent Death : 가사(假死))! 코울션 큐어(Coercion Cure : 강제 치유)!"

로빈이 들고 있던 치유의 구슬에서 선명하기 이를 데 없는 푸른빛이 뿜어져 나와 힝기스의 전신을 감쌌다가 서서히 사라졌다. 비록 창백하기는 했지만 그의 얼굴에 어느 정도의 혈색이 보이는 듯했다.

그 모습을 본 단테스가 로빈에게 물었다.

"그자는 완전히 치료된 것인가?"

"예? 아, 아직은 아닙니다."

단테스의 갑작스런 질문에 로빈이 당황하며 대답했다.

"이 사람이 자신의 가슴을 찌를 때 옷속에 받쳐 입은 라이트 레더 때문에 검의 끝이 약간 빗나갔습니다. 덕분에 검은 아슬아슬하게 심장 옆을 통과하며 몇 개의 혈관을 자르고 지나갔습니다."

"그렇다면 이자는 살 수 없단 말인가?"

"아닙니다. 지금 당장은 아니지만 집중적인 치료를 받으면 며칠 내로 회복할 수 있을 겁니다."

"아차! 제로미스 전하께선……."

"이곳으로 오기 전에 로빈이 급하게 응급 치료를 했고, 선더버드의 대신관이신 칼슨 메로아님께서 옆에 계시는 것을 보고 왔습니다."

데미안의 대답에 샤드나 단테스는 그제야 안심할 수 있었다. 재빨리 정신을 차린 샤드는 근처에 있던 유니콘 기사단에게 지시를 내렸다.

"이자를 감옥에 가두고 엄중하게 감시하도록 해라."

"알겠습니다, 공작 각하."

은빛 하프 플레이트를 걸친 기사들은 샤드에게 허리를 숙여 보이고는 바닥에 쓰러져 있던 힝기스를 들고 신속하게 사라졌다. 샤드와 단테스는 다시 제로미스가 쓰러진 곳으로 향했고, 그들이 도착했을 때 그는 천천히 눈을 뜨고 있었다.

이미 목의 상처는 응급 치료가 되어 가늘고 붉은 줄로 보일 정도로 아물어 있었고, 안색이 조금 창백해 보였다. 그러나 조금 전 그렇게 많은 선혈을 쏟아낸 사람으로는 보이지 않았다.

천천히 눈을 뜬 제로미스는 주위에 모인 사람들이 걱정 어린 눈으로 자신을 바라보고 있는 것을 발견하고는 조금은 힘없는 음성으로 물었다.

"내가… 어떻게… 살아 있는… 거요?"

"여기 있는 이 라페이시스의 어린 사제가 살려냈습니다."

눈물을 글썽이며 대답하는 안토니오의 모습에 제로미스는 희미하게 미소를 지으려고 했지만 생각처럼 쉽지는 않았다.

"아, 아직 내가 이 땅에서 해야 할 일이 남았다는 뜻인가?"

"형님, 괜찮으십니까?"

그 음성에 제로미스는 고개를 돌렸다. 제로미스의 눈에 약간은 말라 보이는 듯한 금발 청년의 모습이 보였다. 금발 청년의 얼굴을 보는 순간 제로미스는 왠지 미소가 지어지는 것을 느꼈다.

"7년 만에 보는 것 같구나."

"예."

"얼굴이 야윈 것을 보니 고생이 심했던 모양이구나."
"아닙니다. 저보다 형님께서 더 고생이 많으셨습니다."
제로미스는 미소를 지은 채 손을 뻗어 알렉스의 뺨을 어루만졌고, 알렉스는 사무치는 듯한 표정을 지으며 그 손을 잡았다.
"그저 힘이 조금 없는 것뿐이니 그렇게 걱정스러운 표정은 짓지 말아라."
"형님, 제가 부축해 드리겠습니다. 일어나시죠."
알렉스가 부축을 하자 제로미스는 그의 팔을 잡고 천천히 몸을 일으켰다. 쓰러져 있는 제로미스를 걱정스럽게 바라보던 군중들이나 귀족들은 그가 알렉스의 팔을 잡고 일어서자 일제히 환호성을 질렀다.
"제로미스 전하 만세!"
"알렉스 전하 만세!"
"트렌실바니아 왕국 만세!"
엄숙해야만 해야 할 장례식과는 전혀 어울리지 않은 함성이었지만, 그들의 음성에는 제로미스의 무사함을 진심으로 기뻐하는 트렌실바니아 왕국 국민들의 진심이 담겨 있었다. 천천히 손을 들어 화답하며 제로미스가 걸음을 옮기자 군중들의 함성은 더욱 커져 갔다.
잠시 후 장내가 어느 정도 진정이 되자 샤드가 흐트러진 장내를 치우도록 지시했고, 유니콘 기사단의 기사들이 신속하게 장내를 정리하자 단상에 올라가 군중들을 향해 입을 열었다.
"트렌실바니아 왕국의 국민들은 잠시 내 말에 주목해 주기 바란다."
비록 샤드의 음성이 크지는 않았지만 그의 음성은 멀리까지 퍼졌고, 주위는 삽시간에 조용해졌다.
"우리가 루벤트 제국에 몬테야, 후로츄, 토바실 지역을 빼앗긴 지도 벌써 100여 년이 지났다. 게다가 우리는 그동안 루벤트 제국의 스파이들에게 보이지 않는 감시를 받으며 지내야만 했다. 그런데 그들은 오늘 국왕 폐하의 장례식을 이용해 우리 왕국을 집어 삼키려는 만행까지 저질렀다."
샤드의 말에 사람들의 얼굴은 붉게 상기되었다.
"오늘 비록 숨어서 암약하던 스파이들을 색출하는 데는 성공했지만, 그들 모두를 색출해 냈다고는 장담할 수 없는 일이다. 트렌실바니아 왕국의 국방을 책임지고 있는 본인으로서는 이제 중대한 결정을 내리지 않을 수 없다."
말과 함께 샤드는 뒤로 돌아 나란히 앉아 있는 제로미스와 알렉스를 바라보았다.
"이제 트렌실바니아 왕국의 왕족은 두 분밖에 남지 않으셨습니다. 저는 두 분께서 내리시는 결정에 무조건 따르겠습니다. 결정을 내려주십시오."
샤드의 말에 장내는 다시 긴장감이 흐르기 시작했다. 그의 말에 서로의 얼굴을 쳐다보는 제로미스와 알렉스.
먼저 입을 연 사람은 알렉스였다.
"형님, 형님께서 즉위하시는 것이 당연하십니다. 이것은 저의 솔직한 심정입니다. 허락하신다면 저의 모든 것을 바쳐 옆에서 보필하겠습니다."
알렉스의 말에 사람들의 시선은 자연스럽게 제로미스에게 향했다. 잠시 동생 알렉스의 얼굴을 바라보던 제로미스는 천천히 고개를 저었다.

"아니야. 나보다는 네가 이 트렌실바니아 왕국의 국왕이 되는 것이 좋을 듯하구나. 그리고 조금 전 나는 분명히 내 입으로 내가 누리고 책임져야 할 모든 것을 너에게 넘겨준다고 선포하지 않았느냐? 내가 비록 자격은 없지만 왕가의 한 사람으로서 자신이 한 말에는 책임을 지고 싶구나."

그 말을 하는 제로미스의 얼굴은 너무나도 평온해 보였다.

"아닙니다. 그럴 수는 없습니다. 조금 전 형님께서는 저들에게 위협을 받아 어쩔 수 없이 그런 말씀을 하신 것이 아닙니까? 당연히 형님께서 국왕이 되셔야 합니다."

"네 말은 틀렸다. 내가 비록 아까 스파이들에게 잠시 포로가 되기는 했지만, 그렇다고 모든 것을 포기한 것은 아니었다. 진심으로 루벤트 제국에 복수할 수만 있다면 이 나라의 가장 비천한 자가 돼도 좋다고 생각을 했기 때문에 그런 말을 한 것이다. 그리고 너도 이제는 너 하나만을 생각할 때가 아니지 않느냐?"

제로미스의 말에 알렉스는 자신도 모르게 주위를 둘러보았다. 자신을 따르던 사람들과 제로미스를 따르던 사람들, 그리고 그 외에도 많은 사람들이 자신을 얼굴만 보고 있는 것을 발견하고는 어떤 표정을 지어야 좋을지 몰랐다.

"어서 네가 국왕이 되겠다고 약속을 해다오. 샤드 공작의 말처럼 비록 스파이들을 색출했다고는 하지만 그들이 전부라고는 장담할 수 없지 않느냐. 게다가 만약 이 사실을 루벤트 제국에서 알게 된다면 필시 꼬투리를 잡아 우리 왕국을 침략할 것이 분명한데 자신의 몸도 추스르지 못하는 내가 어찌 그 일을 맡을 수 있겠느냐. 급한 일을 먼저 처리해야 될 것 아니냐? 이젠 왕족은 너밖에 남지 않았는데 도망이라도 칠 생각이란 말이냐?"

"아, 아닙니다, 형님."

"됐다. 샤드 공작, 알렉스 폰 트레디날님께서 허락을 하셨소."

제로미스는 재빨리 샤드에게 그 말을 하고는 알렉스 앞에 한쪽 무릎을 꿇고 앉아 그의 오른손에 가볍게 입맞춤을 했다.

"폐하, 이 제로미스가 폐하께 충성을 맹세합니다."

그 모습을 본 샤드와 단테스가 알렉스를 향해 빠르게 허리를 숙였다.

"에이라 폰 샤드가 국왕 폐하께 충성을 맹세합니다."

"단테스 폰 체로크가 영원한 충성을 바치겠습니다."

마치 호수에 파문이 일듯 알렉스 주위에 서 있던 수많은 귀족들이 앞 다투어 알렉스를 향해 충성을 맹세했다. 갑작스런 사태에 알렉스는 멍한 표정을 짓고 있었고, 그가 정신을 차렸을 땐 그를 제외하고 서 있는 사람은 한 사람도 없었다. 잠시 고심스러운 표정을 짓던 알렉스가 근엄한 음성으로 말했다.

"모두 자리에서 일어나시오."

사람들이 일어서는 모습을 본 알렉스는 제로미스가 다시 의자에 앉는 것을 확인하고는 고개를 돌렸다.

"이제 본인은 트렌실바니아 왕국의 국왕으로 과거의 영광을 되찾기 위해 모든 노력을 다할 것이오. 먼저 왕국을 안정시킬 것이고, 또 이번 일로 인해 불이익을 받는 사람들이 없도록 최선을 다할 것이오. 그리고 트렌실바니아 왕국에 숨어 있는 루벤트 제국의 스파이들의 잔당이 아직 남아 있다면 지위 고하를 막론하고 철저히 뿌리를 뽑겠소."

"국왕 폐하 만세!"

"트렌실바니아 만세!"

"알렉스 폐하 만세!"

열광하는 국민들의 환호를 받으며 알렉스는 제로미스 등과 함께 왕궁으로 향했다. 비록 대관식(戴冠式)을 치르지는 않았지만 그 자리에 모여 있던 사람들은 알렉스를 트렌실바니아 왕국의 국왕으로 인정한 것이다.

왕궁으로 돌아온 알렉스는 먼저 비상 대책 회의를 개최했다. 장례식에 참석했던 모든 귀족들이 참석한, 트렌실바니아 왕국이 루벤트 제국에게 영토를 빼앗긴 후로 가장 많은 귀족들이 참석한 회의가 열린 것이다.

가장 높은 상석에는 알렉스가 앉아 있었고, 제로미스는 시종들이 준비한 긴 의자에 누워 있었다. 샤드를 비롯한 많은 귀족들은 신임 국왕을 바라보았다.

"오늘 저들의 간악한 흉계에도 불구하고 큰 피해 없이 종결이 된 것은 샤드 공작의 공로가 지대하다고 할 수 있소. 또한 왕국의 안정을 위해 스스로 제위를 포기하신 형님의 용기 또한 잊어서는 안 될 것이오. 해서, 본인은 샤드 공작과 형님을 이 트렌실바니아 왕국의 대공으로 임명하고자 하오. 그리고 두 사람이 다스리게 될 영지는……"

"폐하, 한 가지 부탁이 있습니다."

샤드가 알렉스의 말을 자르고 나서자 사람들의 시선은 자연스럽게 샤드에게로 향했다.

"말하시오, 샤드 공작."

"오늘 저들의 음모를 분쇄하게 된 것이 저 혼자만의 공로가 될 수는 없습니다. 싸일렉스 백작의 아들인 데미안 군의 많은 활약과

쎄인버 미놀테 후작이 음지에서 수고를 해준 덕분입니다. 게다가 라페이시스의 사제인 로빈 군이 없었다면 어떻게 제로미스 전하의 목숨을 구할 수 있었겠습니까? 그 말씀은 거두어주십시오."

"폐하, 저 역시 마찬가지입니다. 루벤트 제국에게 복수할 수만 있다면 모든 것을 포기할 수도 있다는 저의 본심을 알아주시기 바랍니다."

제로미스마저 샤드를 거들고 나서자 알렉스는 잠시 뭐라고 말을 해야 좋을지 몰랐다.

"폐하, 물론 두 분의 공로를 인정하는 것도 중요한 일이지만 지금은 이러한 소식이 루벤트 제국에게 알려지기 전에 다음 일을 생각하셔야 합니다."

"다음 일?"

알렉스가 단테스의 말에 반문을 하자 단테스로서는 보기 드물게 딱딱하게 굳은 표정으로 입을 열었다.

"루벤트 제국과의 전쟁입니다, 과거의 영광을 되찾기 위한."

그 말에 그 자리에 모여 있던 사람들의 얼굴도 일제히 굳어졌다. 알렉스의 얼굴도 굳어졌지만 망설이는 기색이 완연했다. 물론 그도 루벤트 제국과 언젠가는 실지(失地)를 되찾기 위한 혈전(血戰)을 벌여야 한다고 생각은 했었지만 이렇게 급박하게 상황이 돌아갈 줄은 미처 예상하지 못했다.

"물론 체로크 공작의 뜻을 모르는 바는 아니지만, 우선 루벤트 제국과의 전력 차이가 너무 크지 않소?"

알렉스의 걱정이 담긴 질문에 단테스는 샤드를 바라보았고, 샤드는 갑자기 뒤를 향해 짧게 명령을 내렸다.

"그라시아스 후작, 주위를 철저히 경계하라!"

"알겠습니다."

어디선가 넬슨의 대답이 들렸고, 회의장 주위는 유니콘 기사단의 기사들로 완벽하게 둘러싸였다. 그 모습을 직접 확인한 샤드는 다시 네오시안을 바라보았다.

"보르도 백작, 루벤트 제국과 우리 트렌실바니아 왕국의 객관적으로 드러난 전력에 대해 자세하게 비교해 보시오."

"알겠습니다, 공작 각하."

자리에서 일어난 네오시안은 잠시 귀족들의 얼굴을 바라보다가는 신중하게 입을 열었다.

"먼저 최근 입수된 루벤트 제국의 군사력에 대해 설명을 드리겠습니다. 먼저 루벤트 제국의 군대에 소속된 병사의 수는 총 68군단 408만 명입니다. 물론 이외에도 총 7개 기사단과 수도 윌라인을 맡고 있는 근위 기사단, 그리고 그에 소속된 2개 군단이 있습니다. 이를 다 합친다면 420만 명에 이릅니다."

네오시안의 설명에 귀를 기울이던 귀족들은 상상을 초월하는 루벤트 제국의 군사력에 기가 질린 표정을 지었다.

"물론 그 외에도 수천 명에 이르는 마법사들과 600대가 넘는 골리앗도 군 조직에 포함이 되어 있습니다. 그에 반해 저희 병사의 수는 80만 명이고, 3개 기사단에 100여 대의 골리앗을 보유하고 있습니다. 이 숫자는 4개 용병단도 포함된 숫자입니다. 일단 겉으로 드러난 전력은 방금 말씀드린 것과 같습니다."

보고를 마친 네오시안은 자신의 자리에 앉았고, 순식간에 모두 벙어리가 돼버린 듯 아무도 입을 여는 사람이 없었다. 알렉스 역시 네오시안의 보고를 듣고는 할 말을 잃은 듯 보였다.

물론 그도 루벤트 제국과 전력 차이가 난다는 사실은 익히 알고 있었다. 그러나 막연하게 알고 있는 것과 정확한 숫자에 근거하는 것은 엄연하게 차이가 났다.

아무도 자신의 의견을 말하지 못하는 것을 본 샤드가 자신의 자리에 일어나서는 알렉스에게 고개를 숙였다.

"폐하, 물론 객관적으로 드러난 전력에선 저희가 열세인 것만은 사실입니다. 그러나 몇 가지의 변수가 있다는 것을 잊지 마시길 바랍니다."

"변수? 이렇게 불리한 상황을 만회시킬 만한 변수가 있단 말이오?"

"지금부터 제가 드리는 말씀을 들으시고 직접 판단을 하시기 바랍니다. 그리고 그대들도 생각을 해보기 바란다. 먼저 저희가 보유하고 있는 골리앗의 숫자는 모두 100대가 아니라 292대입니다."

샤드의 그 말에 회의실은 당장 소란스러워졌다. 알렉스 역시 깜짝 놀란 표정을 짓다가 곧 정신을 차리고는 손을 들어 사람들을 조용히 시켰다.

"그게 무슨 말이오? 언제 우리 왕국에……."

"원래 100여 년 전 저희 왕국이 보유하고 있던 골리앗의 숫자는 모두 90여 대였습니다. 그러나 루벤트 제국과의 싸움에서 크게 패한 후 70여 대의 골리앗을 그들에게 빼앗겼고, 남은 것은 20대뿐이었습니다. 폐하께서도 알고 계시겠지만 10여 년 전 신인들의 던전을 발굴해 제로미스 전하께서 현재 보유하고 계시는 80대의 골리앗을 추가로 찾아낼 수 있었습니다."

샤드가 방금 말한 내용은 힝기스와 샤드의 대화를 통해 대부분의 사람들이 알고 있던 내용이었다.

"그러나 얼마 전 싸일렉스 백작의 아들인 데미안 군과 레토리아 왕국의 군사령관이었던 제롬 드 티그리스 후작의 아들인 헥터 군이 각각 선더버드의 신전과 타울의 신전을 발굴해 골리앗을 찾아내는 데 성공해 모두 190대에 해당되는 골리앗을 입수할 수 있었습니다. 해서 저희가 현재 보유하고 있는 골리앗의 숫자는 모두 290여 대에 이릅니다. 이 정도의 골리앗이라면 충분히 루벤트 제국과 전쟁을 치를 만한 숫자입니다."

샤드의 설명에 알렉스는 약간 고개를 숙이고 있는 데미안과 그의 뒤편에 버티고 서 있는 헥터의 모습을 바라보았다. 그가 왕립 아카데미에 입학하게 위해 페인야드에 왔을 때만 해도 그저 조금 특이한 소년이라고만 생각을 했었는데, 지금은 트렌실바니아 왕국에 없어서는 안 될 사람이 되었다는 것이 믿기 힘들 지경이었다.

"그리고 또 하나, 지금 토바실 지역에는 티그리스 후작이 잠입하여 저항군을 조직해 활동하고 있습니다. 만약 루벤트 제국과의 전쟁이 일어난다면 후방에서 큰 도움이 될 것입니다. 물론 레토리아 왕국을 되찾는 데 도움을 주기로 하기는 했지만 제가 생각할 때 큰 문제는 없을 것 같습니다."

"그렇다 해도 우리의 전력보다는 저들의 전력이 앞서는 것만은 사실이지 않소?"

"또 한 가지가 더 있습니다. 데미안 군이 토바실을 다녀와 전해 준 정보로 인해 알게 된 것인데, 지금 루벤트 제국의 왕국은 상당히 복잡한 상황에 처해 있습니다."

귀족들의 시선은 다시 한 번 데미안에게 향했다.

"루벤트 제국의 황제인 루벤트 4세에게는 40명이 넘는 자식들이 있는데, 문제는 황태자인 앤드류가 자신의 배다른 동생들에게 상당한 적개심을 가지고 있다는 겁니다. 이미 상당히 많은 수가 제거가 된 상태이고, 살아남은 자들은 어쩔 수 없이 연합을 해야만 하는 상황입니다."

"그러니까 공작의 말은 지금 윌라인의 사정이 복잡하니까 우리에게도 승산이 있다는 말이오?"

"그렇습니다, 폐하. 저희들은 루벤트 제국에게 복수를 하기 위해 모든 것을 쏟아부을 수 있지만, 루벤트 제국으로서는 그럴 수 있는 상황이 아닙니다. 국론이 분열되면 제대로 힘을 쓸 수 없는 것은 루벤트 제국도 예외가 될 수 없습니다. 그리고 저로 하여금 이렇게 발상의 전환을 하도록 일깨워 준 사람이 있습니다."

샤드의 말에 귀족들은 약간 놀란 표정을 지었다. 자신의 뜻을 거스르는 자는 절대 용서하지 않는 사람으로 유명한 샤드에게 감히 누가 충고를 했단 말인가?

"데미안 싸일렉스는 앞으로 나서라."

샤드가 돌연 자신을 지목하자 데미안은 깜짝 놀랐지만 어쩔 수 없이 앞으로 나섰다.

"자네가 나에게 말했던 것을 다시 한 번 국왕 폐하께 말씀드리도록 하라."

"예? 무슨 말씀이신지……?"

"루벤트 제국이 우리에게 군사력의 전부를 쏟아부을 수 없는 이유를 설명하라."

그제야 샤드의 말뜻을 이해한 데미안은 고개를 끄덕이고는 신중하게 머리 속에서 생각을 정리했다. 그 자리에 모였던 귀족들은 다시 한 번 데미안을 바라보았고, 아름답게 생긴 청년의 말에 귀를 기울였다.

"루벤트 제국이 건국한 지 약 230여 년이 지난 것으로 알고 있습니다. 루벤트 왕국이 제국으로 불리기까지 그들은 눈부시게 성장을 했습니다. 그 루벤트 제국이……."

"그대는 말을 자중하라. 지금 그대는 루벤트 제국을 옹호하는 발언을 하고 있다는 것을 아는가?"

데미안의 말을 자른 사람은 안토니오였다. 데미안은 그런 안토니오를 조금 굳은 표정으로 바라보았다. 다른 몇 사람의 귀족들도 인상을 찌푸린 채 데미안을 바라보고 있었다.

"그럼 제가 감히 니컬슨 후작 각하께 여쭈어보겠습니다. 후작 각하께서는 루벤트 제국에 대해 얼마만큼 알고 계십니까? 그들의 국민이 얼마나 되는지, 또 그들은 어떤 역사를 가지고 있는지 아십니까? 왜 그들이 그렇게 남의 나라를 침략하는 데 열을 올리는지 아십니까?"

갑작스런 데미안의 반격에 안토니오는 말문이 막혔다. 아니, 그뿐만이 아니었다. 다른 귀족들 역시 너무나도 잘 알고 있을 것 같은 루벤트 제국에 대해 과연 자신이 무엇을 알고 있는지 생각을 해보았지만 특별하게 기억나는 것이 없었다.

"루벤트 제국의 국토는 현재 저희 왕국의 여섯 배가 넘습니다만 국민들의 숫자는 저희보다 겨우 200만 명이 더 많을 뿐입니다. 그럼에도 불구하고 저희보다 병사들의 수에서 앞서는 것은 저희들이 25세에서 30세에 해당되는 청년들을 군대에 가도록 하는 것에 반해 루벤트 제국에선 22세에서 35세까지 군대에 가도록 하기 때문입니다. 게다가 설사 35세가 넘는다고 하더라도 실력과 능력이 있는 사람들은 높은 급료를 주어 군대에 남도록 합니다. 또 이름난 용병들을 초청해 병사들을 훈련시키는 데 돈을 아끼지 않습니다."

데미안이 설명하는 사실을 알고 있던 사람도 있기는 했지만 모르고 있던 사람들이 더 많았다. 안토니오 역시 루벤트 제국에 대해 이를 갈고는 있었지만 지금 데미안이 말한 사실들은 미처 모르고 있었다.

"루벤트 제국은 체계적이고 지속적으로 군대를 양성하고 있습니다. 그들이 군대를 양성하는, 아니, 양성할 수밖에 없는 이유는 과거 루벤트 제국의 영토 대부분이 풀 한 포기 자라기 힘든 황무지였기 때문입니다. 그런 이유로 그들은 비옥한 영토를 차지하기 위해 주변의 나라들과 싸우지 않을 수 없었고, 지금 그들이 차지하고 있는 영토의 대부분은 그런 과정을 거쳐 자신들과 국경을 접하고 있는 주위의 나라들에게서 빼앗은 것입니다. 저희와 인접해 있는 크로네티아 왕국도, 루벤트 제국보다 더 큰 바이샤르 제국도, 또 레토리아 왕국이나 오르고니아 왕국도 마찬가지입니다. 만약 저희가 이들 나라의 협조를 얻을 수만 있다면 루벤트 제국을 지도상에서 아예 지워 버릴 수도 있을 겁니다."

데미안의 어마어마한 말에 대부분의 귀족들은 벌린 입을 다물지 못했다.

"하지만 저희가 잃었던 영토를 되찾고, 과거의 영광을 되살리려면 우선 선행되어야 할 일들이 몇 가지 있습니다."

"자세히 말해 보겠는가?"

"만약 폐하께서 허락을 하신다면 한 사람을 이 자리에 부르고 싶습니다."

"그가 누구인가?"

"왕립 아카데미에서 사서를 맡고 있던 제크 레이먼이란 사람입니다. 그 사람이라면 저희가 루벤트 제국과 상대를 하는 것에 대해 좋은 충고를 해줄 것입니다."
"허락하겠다."
알렉스의 허락을 받자 데미안은 직접 제크를 부르러 갔다. 잠시 후 제크는 데미안에게서 들은 이야기를 정리했다.
"천한 신분인 제가 이 자리에서 말할 수 있는 것만 해도 무한한 영광입니다. 그러나 폐하의 명을 받았으니 몇 가지만 말씀을 드리겠습니다. 먼저 루벤트 제국과 전쟁을 벌이려면 무엇보다 먼저 제로미스 전하를 대공으로 임명하셔야 합니다. 해서 다른 나라와 협상을 하는 데 제로미스 전하께서 나서셔야 할 것으로 생각합니다. 물론 다른 나라의 사신을 접견할 때는 폐하께서 맡아주셔야 합니다. 두 번째는 군의 지휘 계통을 하나로 통일하셔야 하고, 후방에서의 지원 문제 등 각종 제반 문제에 대해 샤드 공작 각하께서 맡아주셔야 합니다."
마치 오래 전부터 생각해 왔던 것을 말하듯 제크의 말은 막힘이 없었다.
"그리고 좀 전 데미안님께서 말씀하신 대로 왕국 내에 동원 가능한 사내들을 모아 병력을 늘려야만 합니다. 트렌실바니아 왕국에 사는 남자 가운데 군대를 다녀오지 않은 사람은 없으니 단기간 안에 현재보다 훨씬 많고, 강한 군대가 될 겁니다. 그리고 마지막으로 폐하께서 포고령을 발표하시어 이 전쟁의 필연성과 타당성을 국민들에게 알리셔야 합니다. 지금 제가 말씀드린 것은 루벤트 제국과 전쟁을 벌이기 전 반드시 선행되어야 할 일들입니다."
제크는 담담한 어조로 말을 마쳤지만 그 자리에 모였던 사람들은 아직 그가 한 말의 내용에 빠져 각자 나름대로의 생각에 빠져 있었다.

제크가 한 말은 아주 간단하고, 모두들 어느 정도는 알고 있던 내용들이었다. 그러나 그런 자신들의 생각을 다른 사람의 입을 통해 듣게 되자 왠지 잔뜩 긴장을 하는 자신을 깨닫게 된 것이다.

"그대의 말대로 형님을 대공으로 정하고, 샤드 공작으로 하여금 전쟁의 준비를 하게 하고, 징집을 해 병력을 늘렸다고 하세. 하지만 가장 커다란 문제는 역시 다른 나라의 협조가 아니겠는가? 그에 대한 자네의 계획은 무엇인가?"

"폐하의 걱정은 잘 알고 있습니다. 그렇지만 이미 데미안님이 말씀하셨다시피 루벤트 제국에 인접해 있는 나라들은 모두 루벤트 제국에게 자신들의 영토를 빼앗긴 전력이 있습니다. 게다가 레토리아 왕국 같은 경우에는 멸망해 이미 루벤트 제국의 제국령으로 바뀌지 않았습니까? 잊고 싶은 뼈아픈 과거를 건드려 그들의 자존심을 자극한다면 그들에게서 협조를 얻어내는 것이 그리 어려운 일은 아닐 것으로 사료되옵니다."

자신의 질문에 막힘이 없는 제크를 보고 그 자리에 모였던 대부분의 귀족들은 그의 정체에 대해 궁금함을 느꼈다. 오죽했으면 샤드나 단테스조차도 경탄에 찬 표정으로 제크를 바라보고 있겠는가?

"폐하, 드릴 말씀이 있사옵니다."

"샤드 공작, 말해 보시오."

"만약 폐하께서 허락을 하신다면 후방에서 지원하는 임무를 맡아줄 사람으로 니컬슨 후작을 추천하고 싶습니다."

샤드의 말에 안토니오는 물론이고 다른 귀족들 역시 깜짝 놀랐다. 알렉스 역시 놀란 표정으로 그 이유를 물었다.

"니컬슨 후작을 추천하는 이유는?"

"이미 폐하께서도 아시겠지만 니컬슨 후작은 누구보다 훌륭하게 귀족원을 이끌어오지 않았습니까? 게다가 제로미스 전하를 누구보다 충실하게 보필을 한 것으로 알고 있습니다. 그런 니컬슨 후작이 후방을 맡아준다면 전 안심하고 전선(戰線)으로 달려갈 수 있을 것 같사옵니다."

"으음, 잘 알겠소. 니컬슨 후작, 후작은 샤드 공작이 말한 그 일을 맡아주겠소?"

"폐하, 루벤트 제국에게 복수를 하는 일이라면 제 목숨을 거는 한이 있어도 반드시 해내겠사옵니다."

"좋소. 그럼 전쟁에 관한 일은 샤드 공작이, 후방 지원은 니컬슨 후작이 책임지시오."

"명심하겠습니다, 폐하."

"알겠사옵니다, 폐하."

황제에게 공손하게 고개를 숙이던 안토니오는 조금은 감격스러운 눈으로 샤드를 바라보았다. 그가 설마 자신을 추천하리라고는 전혀 예상하지 못했기 때문이다. 그러나 샤드는 여전히 무표정한 얼굴이었다.

"그리고 제크, 그대는 내 곁에 남아 앞으로 있을 여러 가지 일에 대해 충고나 조언을 하도록 하라. 알겠는가?"

갑작스런 알렉스의 제의에 잠시 입술을 깨물며 고심하다 곧 대답했다.

"그렇다면 이번 전쟁이 끝난 후 제가 데미안님께 돌아가는 것을 허락해 주십시오."

전쟁이 끝나고 다시 데미안에게 돌아간다는 것은 이미 전쟁에서 승리를 확신하고 있다는 말이 아닌가? 다른 사람들도 그 점을 궁금하게 생각했는지 그를 바라봤다. 알렉스 역시 그렇게 생각을 했지만 이 자리에서 그에게 묻지는 않았다.

"좋소. 형님의 몸이 완쾌되는 대로 크로네티아 왕국과 바이샤르 제국에게 각각 사신을 보내 우리의 뜻을 전하도록 하겠소."

말을 거기까지 한 알렉스는 자리에서 일어나 자신을 바라보는 귀족들의 얼굴을 천천히 둘러보았다. 한결같이 열기에 차 있었고, 또 결의에 찬 표정이었다.

"이미 경들이 들었듯이 전반적인 전력은 루벤트 제국에 비해 우리가 뒤지는 것만은 사실이오. 그러나 우리에게는 루벤트 제국의 손아귀에서 해방되기만을 간절히 바라는 우리의 동포들이 있소. 게다가 루벤트 제국의 첩자들로 인해 분열되었던 우리들은 이전보다 훨씬 굳게 단결하게 되었소. 우리에겐 우리 왕국을 지켜보고 계시는 선더버드가 계시고, 또 빼앗긴 영토를 되찾길 간절히 원하는 국민들과 우리의 손길을 기다리는 동포들이 있소. 또한 우리에게는 적들을 물리칠 용기와 격정이 들끓고 있소. 저들에게 선전 포고를 하고 영토를 수복하는 그날까지 모두 자중하고 지내길 바라오. 내가 선창을 할 테니 모두 따라해 주기 바라오. 선더버드의 정의와 영광을 위하여!"

"선더버드의 정의와 영광을 위하여!"

"선더버드의 정의와 영광을 위해!"

"트레디날 제국의 영광을 위하여!"

"트레디날 제국의 영광을 위하여!"

"영광을 위하여!"

"영광을 위하여!"

격정에 찬 음성은 의사청을 뒤흔들기 충분했다. 그 자리에 모였던 모든 사람들의 눈에는 이미 100년 전 사라졌던 트레디날 제국의 모습이 다시 보이는 듯했다.

"공작 각하, 드릴 말씀이 있습니다."
"급한 일인가? 만약 그렇지 않다면 우선 술이라도 한잔 같이 하도록 하세. 오늘이 지나면 우리는 좀처럼 휴식을 취할 기회가 없을 거네."
"다름이 아니라……."
웬일인지 데미안은 조금 망설이는 듯했다.
"만약 공작 각하께서 허락을 하신다면 헥터와 같이 레토리아 왕국을 찾아가려고 합니다. 물론 토바실에 계신 티그리스 사령관께서도 합류하실 겁니다."
"자네 말은… 레토리아 왕국을 수복하겠다는 말인가?"
"예, 그렇습니다. 우리가 전쟁을 준비하고 있다는 사실을 숨길 수도 있을 것이고, 레토리아 왕국을 수복한다면 다른 나라들도 저희들의 제의에 동조하는 데 도움이 될 것으로 사료됩니다. 다만 그들을 상대하려면 기사단의 도움이 필요합니다. 골리앗을 가진 기사단 가운데 일부의 도움을 받을 수는 없겠습니까?"
잠시 생각을 하던 샤드는 곧 고개를 끄덕였다.
"다른 사람의 협조를 얻으려면 일단 이쪽의 본심을 보여줄 필요가 있겠지. 내가 국왕 폐하께 허락을 얻겠네."
"감사합니다, 공작 각하."
공손히 고개를 숙이는 데미안의 모습을 본 샤드는 뜻 모를 미소를 잠시 지었다가는 곧 지웠다.

제43장
레토리아 왕국으로

　왕궁에서 돌아온 데미안은 일행과 곧 레토리아 왕국이 있는 갈리온 산맥으로 출발할 준비를 했다. 그러나 곧 이어 전해진 샤드의 대기 명령에 어쩔 수 없이 싸일렉스에서 대기한 채 조금은 무료한 시간을 보내야만 했다.

　이미 토바실에 있는 제롬에게는 페인야드에서 수정구를 통한 통신 마법으로 연락을 취해놓은 후였기에 특별히 걱정이 되는 일은 없었다.

　다른 일행들이 제각기 휴식을 취하고 있는 동안에도 데미안은 地獄二刀流의 책자 가운데 미처 해석을 끝내지 못한 나머지 부분의 해석에 열을 올리고 있었다. 그 이외의 시간은 라일과 地獄二刀流의 해석된 부분에 대해 상의를 하거나 헥터와 실전을 방불케 하는 검술 훈련을 하며 보냈다.

　그사이 데미안의 실력이 조금 늘었는지, 이제는 헥터와 겨루어도 누가 우세하다고 할 수 없을 정도였다. 일행은 데미안의 나날이 늘어가는 검술 실력에 벌린 입을 다물지 못했지만, 그의 실력이 늘면 늘수록 그에 비례해 걱정도 늘어갔다. 그가 이렇게 기를 쓰고 검술 실력을 늘리려고 하는 이유를 알고 있었기 때문이다.

이제는 카프까지 합세해 데미안의 검술 실력을 늘리는 데 협조를 하는 상황이었다. 샤드에게서 연락이 온 것은 헥터와 살벌하기 이를 데 없는 검술 대련을 하고 있을 때였다.

따따따— 딱!

두 자루의 목검이 눈부신 속도로 부딪치며 비명 같은 소음을 토해냈다. 4미터 정도 떨어진 곳에서 서로 마주 보고 서 있는 데미안과 헥터의 모습은 흡사 부모를 죽인 원수를 대하듯 했다. 그들과는 조금 떨어진 곳에선 나머지 일행들이 묵묵히 그들의 대련을 지켜보고 있었다.

특히 네로브를 안고 있는 데보라의 얼굴에는 희미하지만 그림자가 끼어 있었다.

페인야드에서 이곳 싸일렉스로 돌아온 지도 벌써 7일이 지났지만 데미안의 생활은 매일매일이 똑같았다. 오전과 야간에는 地獄二刀流를 번역하는 데 매달리고, 오후 시간은 헥터와 대련을 하면서 시간을 보냈다. 어쩌다 한번씩 네로브와 간단히 산책을 할 뿐, 그 이외의 시간은 철저히 자기 자신을 단련하는 데 보낸 것이다. 데미안과 이야기를 해본 적이 언제인지 이젠 기억도 나지 않았다.

팽팽한 긴장감이 데미안과 헥터를 감싸고 있을 때 데보라의 품에 안겨 있던 네로브가 데미안에게 외쳤다.

"아빠! 할아버지가 아빨 찾아!"

그 말에 두 사람의 대련은 자연스럽게 끝이 났다. 숨을 고르고 있는 데미안에게 다가온 사람은 한동안 보이지 않던 자렌토였다.

"데미안, 나와 함께 페인야드에 가야 할 것 같다."

"무슨 일이 생긴 겁니까?"

"글쎄… 자세한 것은 나도 알 수 없지만 공작 각하께서 찾으시니 어서 준비를 하도록 해라. 그리고 헥터와 나머지 분들도 같이 갈 수 있도록 준비를 해주시오."

"저도 말입니까?"

"물론입니다."

카프의 질문에 자렌토는 간단히 고개를 끄덕였다.

일행들이 나름대로 여행 준비를 하고 있을 때 네로브가 데보라의 등에 매달리며 칭얼거리는 음성으로 입을 열었다.

"엄마, 나도 같이 갈래."

"안 돼, 네로브. 너무 위험해."

"싫어, 그래도 갈 거야. 으응, 엄마~"

막무가내로 매달리는 네로브를 달래기 위해 데보라는 진땀을 흘려야만 했다. 좀처럼 보채지 않던 네로브가 웬일로 이렇게 보채는 것인지 영문을 알 수는 없었지만 그렇다고 적들과 격전을 벌일 것이 분명한 곳에 네로브를 데리고 갈 수는 없었다. 결국 데보라가 생각해 낸 것은 한 가지뿐이었다.

'데미안, 미안해.'

"그렇게 가고 싶니?"

"으응."

"그럼 아빠한테 가서 허락을 맡아. 그러면 엄마가 데리고 갈게."

"정말?"

"정말이고 말고. 그러니 아빠한테 가봐."
"알았어."
네로브는 대답을 하면서 데미안에게 달려갔다. 그 모습을 보며 데보라는 고개를 흔들었다.

"아빠, 아빠, 나도 같이 갈래."
"같이 가다니… 어딜?"
"아빠가 가려고 하는데."
"네로브는 아빠가 어딜 가려고 하는지 알아?"
데미안은 네로브의 연한 보랏빛이 어린 눈망울을 바라보았다. 네로브는 빙그레 미소를 지으며 고개를 끄덕였다.
"아빤 높은 산에 갈 거잖아."
"높은 산?"
"응, 높은 산속에 있는 집이 많이 있는 데."
데미안은 네로브가 레토리아 왕국에 대해 알고 있는 것에 놀라지 않을 수 없었다.
"네로브, 누가 가르쳐 주었니?"
"아니, 그냥 눈에 보였어."
데미안은 네로브가 가진 신비스러운 능력에 대해 감탄을 하면서도 과연 어린아이에게 많은 사람들이 죽는 모습을 보여주는 것이 옳은 일일까 생각을 해보았지만 대답은 '아니다' 였다. 아니, 그저 '아니다' 정도가 아니라 '절대 아니다' 였다. 하지만 네로브에게 어떻게 설명을 해주어야 할지 망설여졌다.
"네로브, 너에게 뭐라고 설명을 해야 할지 모르지만 거기선 많은 사람들이 다치거나 죽을지도 몰라. 넌 죽는다는 것이 뭔지 잘 모르지 않니? 그리고 너도 다칠지도 몰라. 그런데도 그곳에 가고 싶니?"

"응, 가고 싶어. 그리고 네로브가 거기 가야만 찾을 수 있는 물건이 있거든."

"물건?"

"응, 어젯밤 꿈에 큰 날개를 가진 새가 나보고 거기 가서 아빠에게 뭔가를 찾아주라고 했거든. 그래서 네로브는 아빠가 가는 데 따라가야 해."

네로브가 말한 큰 날개를 가진 새라는 것이 선더버드의 모습이라는 것을 직감한 데미안은 네로브가 꾼 꿈이 순결과 풍요의 여신 아레네스의 계시가 아닐까 생각했다.

"뭘 찾는다고 했는데, 찾아야 할 물건이 뭐지?"

"나도 몰라. 장소만 알고 있거든."

네로브의 대답을 들은 데미안은 더 더욱 망설이지 않을 수 없었다. 데미안이 망설일 때 네로브의 큰 눈에 천천히 물기가 고이기 시작하더니 금세 굵은 눈물이 주르륵 흘러내렸다.

"아빠, 네로브는 아빠랑 같이 있고 싶은데, 그럼 안 돼?"

그 모습을 본 데미안은 네로브가 가지고 있는 신기한 능력 때문에 네로브가 아직 다섯밖에 안 된 어린아이란 사실을 깜빡 잊고 있었던 자신을 책망했다. 그리고는 네로브를 번쩍 안아 들고는 품에 꼭 끌어안았다.

"아니, 아빠도 네로브와 같이 있고 싶어."

"그럼 네로브도 가도 돼?"

"그래, 같이 가자. 아빠가 항상 네로브 곁에 있어줄게."

데미안은 자신의 품에 안겨 있는 네로브를 다시 한 번 꼭 끌어

앉았다.

*　　　*　　　*

　페인야드에 도착한 자렌토와 데미안 일행은 지체없이 왕궁을 찾았다. 페인야드에 거주하는 시민들은 대부분 분주하게 움직이고 있었지만 어딘지 모르게 전체적인 분위기가 긴장되어 있다는 느낌을 주었다.
　물론 자렌토보다 한발 앞서 말을 모는 한스의 손에 들려 있는 깃발의 문장을 보고 자렌토의 신분을 안 시민들은 가던 길을 멈추고 그에게 고개를 숙이며 인사를 했지만, 데미안을 알아보고 인사를 하는 사람도 적지 않았다. 그 모습에 정작 놀란 사람은 데미안이었다.
　"와! 아빠, 저 사람들이 아빠한테 인사해."
　"으응, 그, 그렇구나."
　네로브는 인사를 하는 시민들의 모습에 박수를 치며 즐거워했고, 일행들도 데미안을 사람들이 알아보자 의외라는 표정을 지었다.
　일행들은 사람들의 인사를 받으며 왕궁으로 향했다. 정문을 지키고 있던 보초들과 경비대장은 자렌토의 모습을 발견하고는 고개를 숙여 인사했다.
　"어서 오십시오, 싸일렉스 백작님."
　"수고가 많소."
　"국왕 폐하와 공작 각하께서 기다리고 계십니다. 이리로."
　자렌토와 일행들은 한 경비대장의 안내를 받아 화려하게 지어진 궁으로 향했다. 그들이 정문에 도착을 하자 미리 기다리고 있던 시종장이 우아하고 절도있는 동작으로 자렌토와 일행들에게 인사를 했다.

"싸일렉스 백작님, 기다리고 있었습니다. 제가 백작님을 안내해 드리겠습니다."

중년의 시종장 얼굴에는 부드러운 미소가 걸려 있어 보는 사람의 마음을 편하게 만들었다. 일행들이 말에서 내리자 어디선가 마부들이 나타나 말들을 끌고 갔고, 시종장의 안내를 받아 일행들은 그의 뒤를 따라갔다.

제법 긴 낭하를 지나 그들이 도착한 홀에는 이미 여러 사람들이 그들을 기다리고 있었다.

트렌실바니아 왕국의 새로운 국왕이 된 알렉스가 가장 높은 곳에 위치한 커다란 의자에 앉아 있었고, 그의 양 옆으로 두 사람의 공작이 근엄한 표정으로 서 있었다. 그리고 그 아래로 네 사람의 후작들이 서 있었고, 다시 그 아래로 네오시안과 서너 명의 귀족들이, 홀의 양 옆으로 트렌실바니아 왕국의 모든 귀족들이 배석해 있었다.

뜻밖의 모습에 자렌토는 당혹스러움을 느끼기는 했지만 천천히 알렉스 앞으로 걸음을 옮겼다.

"국왕 폐하의 종 자렌토 싸일렉스가 국왕 폐하의 부름을 받고 지금 도착했습니다."

"이곳까지 오느라고 수고 많았소. 샤드 공작, 백작도 오고 했으니 이제 시작하도록 합시다."

"알겠사옵니다, 폐하."

공손하게 허리를 숙인 샤드는 곧 몸을 돌려 홀 안에 모여 있는 귀족들의 얼굴을 바라보았다.

"이 자리에 모인 여러분들은 며칠 전 선대 국왕 폐하의 장례식장에서 있었던 불미스러운 사건에 대해 잘 알고 있을 것이다. 불행 중 다행으로 사건은 잘 수습되었지만, 언제 루벤트 제국에 이 일이 알려질지 모르는 일. 해서 루벤트 제국에서 눈치를 채기 전에 선공(先攻)을 취하기로 했다. 본인은 지난 며칠 동안 군대의 지휘 체계를 다시 정립했고 이틀 전 끝마칠 수 있었다."

샤드의 말에 장내는 팽팽한 긴장감이 돌았다. 드디어 루벤트 제국과 일전을 겨룰 날이 다가오기 때문이었다.

"잘 정비된 하부 조직만큼이나 상부 조직의 정비도 중요한 법. 국왕 폐하와 체로크 공작, 그리고 본인은 심각한 상의를 했고, 그 결과 조직 강화를 위해 몇 명의 인사 조치가 불가피하다는 결정을 내렸다. 자렌토 싸일렉스와 네오시안 보르도는 앞으로 나서라."

샤드의 말에 자렌토와 네오시안은 홀의 중앙으로 나섰다. 그 모습을 본 샤드는 알렉스에게 허리를 가볍게 숙였다.

"폐하, 이젠 폐하께서……."

"알겠소."

자리에서 일어난 알렉스는 천천히 계단을 내려 두 사람 앞에 섰다.

"두 사람은 국왕 폐하 앞에 무릎을 꿇어라."

두 사람이 그 자리에 무릎을 꿇자 알렉스는 시종이 들고 있던 국왕의 검을 받아 들어 자신의 가슴 앞에 세우고는 조금은 엄숙한 음성으로 입을 열었다.

"자렌토 싸일렉스는 국왕인 나 알렉스 폰 트레디날의 이름으로 후작으로 봉한다."

고개를 숙이고 있던 자렌토는 알렉스의 말에 깜짝 놀라지 않을 수 없었다. 다만 자리가 자리인만큼 주먹을 쥐고 참을 뿐이었다.

자렌토의 양쪽 어깨를 가볍게 검으로 건드린 알렉스는 마지막으로 그의 머리 위에 검을 가져갔다.

"그대는 한 사람의 후작으로 트렌실바니아 왕국을 위해 충성을 다하겠는가?"

"충성을 다하겠습니다, 국왕 폐하."

자렌토의 대답을 들은 알렉스는 걸음을 옮겨 네오시안에게도 똑같은 의식을 베풀었다. 네오시안의 대답을 들은 알렉스는 다시 자신의 자리로 돌아가 자신을 바라보는 귀족들에게 설명했다.

"새로 임명된 싸일렉스 후작과 보르도 후작은 루벤트 제국의 스파이로 밝혀진 다른 후작의 후임으로 적합하다고 판단이 되었기에 샤드 공작의 조언을 받아들여 후작으로 임명을 했소. 그리고 니컬슨 후작은 새로 정비된 왕국의 모든 내정 문제를 책임질 총리(總理)로 임명되었다는 사실 역시 알려주겠소."

말을 마친 알렉스가 자리에 앉자 샤드가 다시 입을 열었다.

"새로 후작으로 임명된 두 사람은 일국의 국왕으로서 당연히 치러야 할 대관식이나 선대 국왕 폐하와 기난 전하의 장례식마저 뒤로 미루신 폐하의 깊은 뜻을 새기고 충성을 다해주기를 바란다."

"이 목숨을 바쳐 국왕 폐하께 충성을 다하겠습니다."

"명심하겠습니다."

두 사람이 인사와 함께 물러서자 샤드가 다시 사람들의 이름을 호명했다.

"데미안 싸일렉스, 헥터 티그리스, 한스 맥리버는 앞으로 나서라."

갑작스러운 샤드의 호명에 세 사람은 당황하며 홀의 중앙으로 나섰다.

"세 사람은 그 자리에 무릎을 꿇어라."

샤드의 말이 끝나자 다시 알렉스는 일어나 세 사람에게 다가갔다.

"데미안 싸일렉스는 트렌실바니아 왕국을 위해 많은 공적을 쌓았고, 또 그에 합당한 능력을 겸비했기에 국왕 폐하께서는 그에게 작위를 내리기로 하셨다. 헥터 티그리스는 데미안 싸일렉스를 도와 역시 트렌실바니아 왕국을 위해 많은 공적을 쌓았기에 그에 맞는 작위를 내리기로 했다. 한스 맥리버는 이번 알렌 기사단의 단장으로 임명된 맥시밀리언 후작의 후임으로 공석이 된 알렌 기사단의 부단장에 임명하는 바이다."

샤드의 말이 끝나자 알렉스는 데미안 앞에 섰다.

"데미안 싸일렉스는 국왕인 나 알렉스 트레디날의 이름으로 백작으로 봉한다."

"헥터 티그리스는 그가 레토리아 왕국 사람이라는 것을 고려해 우정의 표시로 트렌실바니아 왕국의 명예 백작에 봉한다."

"한스 맥리버는 맥시밀리언 후작의 후임으로 알렌 기사단의 부단장이 되었기에 그에 합당한 직위인 백작에 봉한다."

순식간에 작위 수여식은 끝이 났고, 세 사람은 자신들에게 작위가 내려졌다는 사실을 깨닫지도 못한 채 멍한 표정을 짓고 있었다.

세 사람이 물러나자 샤드는 엄숙한 표정을 짓고는 장내를 둘러보았다.

"이제 남은 것은 루벤트 제국과의 결전뿐이다. 루벤트 제국과 결전이 있기 전까지 귀관들이 해야 할 일이 무엇이라는 것을 잘 알고 있으리라고 생각한다. 본인은 지금 이 순간부터 비상 체제에 돌입했다는 것을 선포한다."

샤드의 말에 사람들의 얼굴은 붉게 상기되었다.

* * *

왕궁에서 빠져나오기 전 데미안은 샤드의 부름을 받았다.

"데미안 군, 아니, 이제는 국왕 폐하께 작위까지 받았으니 더 이상 그렇게 부르지 못하겠군. 싸일렉스 백작, 그대가 말한 기사들은 이미 선발해 두었다. 하지만 그들 대부분이 쉐도우 기사단과 유니콘 기사단에 소속된 자들이라 조금은 거칠 것이다. 인원은 모두 50명. 그들 가운데 골리앗을 가지고 있는 자들은 20명이다."

골리앗을 가진 기사가 20명이라니… 어지간한 나라가 보유하고 있는 골리앗에 맞먹는 숫자였다. 데미안은 샤드의 호의에 머리 숙여 고마움을 표시했다.

"공작 각하의 호의에 진심으로 감사를 드립니다. 레토리아 왕국의 국민들도 고마워할 것입니다."

"기사들은 왕궁의 후면에 위치한 워프 포인트에서 그대를 기다리고 있다. 비록 임시적인 조직이기는 하지만 그대의 능력이 뛰어나지 못하다면 그들을 통솔하는 데 조금 무리가 따를지도 모른다. 그대는 내 말이 무슨 뜻인지 알겠는가?"

"명심하겠습니다, 공작 각하."

"그럼 조심해서 다녀오도록. 낭보를 기다리고 있겠다."

다시 한 번 정중하게 고개를 숙인 데미안은 천천히 방에서 빠져나와 자신을 기다리고 있던 일행들을 찾았다. 자신을 반기는 네로브를 팔에 안고 왕궁의 후면에 위치한 워프 포인트로 향했다.

그곳에는 이미 중무장한 50명의 사내들이 조금은 무표정한 얼굴로 묵묵히 서 있었다. 약 30명 정도는 왼쪽 가슴에 유니콘의 문장이 자리하고 있었고, 20명 정도의 인원은 검은색으로 그려진 유령의 문양이 새겨져 있었다.

약간은 도전적인 눈길로 자신을 바라보는 사내들의 얼굴을 찬찬히 살피던 데미안은 뜻밖에 낯익은 얼굴을 발견할 수 있었다. 1년 전 왕립 아카데미에서 함께 공부를 했던 엔쏘니 트레비앙이었다. 1년 전에 보았을 때보다 키도 더 커진 것 같았고, 근육은 비교할 수도 없을 정도로 발달해 있었다. 엔쏘니 역시 고개를 갸웃거리며 데미안의 얼굴을 살피다 눈이 휘둥그레졌다.

"지금부터 우리가 해야 할 일은 앞으로 있을 루벤트 제국과의 일전에 상당한 영향을 끼칠 수 있는 일이라는 것을 명심하고 방심하지 말기를 당부한다. 먼저 이곳을 떠난 후에 우리가 수행해야 할 임무에 대해 설명해 주겠다."

데미안은 빠르게 말을 마치고는 네로브를 안은 채 워프 게이트의 중앙에 섰고, 나머지 일행들도 데미안 곁에 섰다.

"워프!"

순식간에 데미안과 일행들이 사라지자 남아 있던 기사들의 입에서는 어이없다는 식의 말들이 튀어나왔다.

"뭐야? 저 애송이는."

"설마 가족들끼리 피크닉 가는데 우리보고 호위하라는 것은 아니겠지?"

"핏덩어리 꼬마에다 애송이, 여자, 엘프에다 로브를 뒤집어쓴 이상한 자까지 있는 저런 지저분한 놈들과 대체 무슨 일을 하라는 거지?"

기사들은 투덜거리면서도 워프 게이트의 중앙으로 신속하게 이동을 하고는 순식간에 왕궁을 떠났다. 몇 번의 워프를 거쳐 기사들이 도착한 곳은 작은 마을을 둘러싼 몇 개의 산 가운데 중턱이었다.

기사들이 도착을 했을 때 데미안 일행은 주위에 흩어져 있는 나무들을 긁어모아 점심 식사를 준비하던 중이었다. 그 모습을 발견한 기사들은 어이없다는 표정을 짓다가 천천히 데미안에게 다가갔다.

대부분 사람들의 얼굴이 딱딱하게 굳어져 있는 것으로 보아 데미안에게 화가 나 있는 것이 분명했다. 그들 가운데 보통 키에 짧게 턱수염을 기른 사내가 한 발 앞으로 나섰다.

"질문이 있습니다."

"하게."

데미안은 여전히 네로브의 얼굴을 쳐다보며 고개조차 돌리지 않았다. 그 모습에 사내는 분노가 치미는지 얼굴이 붉게 변했다. 잠시 분노를 억지로 눌러 참으며 질문했다.

"먼저 귀하의 신분과 직책을 밝혀주십시오."

"내 신분은 데미안 싸일렉스 백작. 이번 임무에서 그대들을 인솔할 그대들의 일시적인 상관이다."

데미안의 말에 기사들의 얼굴에는 예외없이 불신의 기색이 완연했다. 겨우 20세 정도로밖에 보이는 않는 데미안의 신분이 백작이라니…….

물론 그의 이름을 처음 듣는 것은 아니었다. 자렌토 싸일렉스 백작의 아들이고, 얼마 전 루벤트 제국의 스파이들을 색출해 내는 데 막대한 공로를 쌓았다는 것은 인정한다. 그렇지만 자렌토가 아직 살아 있는데 데미안이 백작의 작위를 가지고 있다는 것은 믿을 수 없는 일이었다.

하지만 명예를 중요시 여기는 귀족가의 자제가 거짓말을 할 리 없을 테니 그의 말은 분명히 사실일 것이다. 언제 데미안이 백작의 작위를 받았는지는 모르겠지만, 그보다 그들이 승복할 수 없는 것은 데미안이 이번 임무에서 자신들의 상관이라는 점이었다.

"자네의 신분은?"

"임시로 조장을 맡고 있는 이안 레이스 자작입니다."

"일단 이곳에서 점심을 먹고 출발을 할 것이니 식사를 하도록 지시하게."

데미안은 여전히 네로브와 장난을 치면서 말을 꺼냈다. 그 모습에 이안은 화를 낼 생각도 못한 채 뒤로 물러섰다.

"데미안, 저 작자들 보니까 가만히 있지 않을 것 같은데 어쩌려고 그렇게 시비를 걸었어?"

"시비? 내가 말이야? 걱정 마. 날 우습게 봤다면 다치는 건 저들이 될 거야."

데보라의 걱정스런 말에 데미안은 대수롭지 않다는 듯 대꾸를 하고는 식사에 열중했다.

점심 식사를 마치고 짧은 휴식을 즐기는 동안 결국 일이 발생했다. 잠시 수군거리던 기사들 가운데 세 명이 일어서더니 곧장 데미안을 향해 다가왔다. 하나같이 건장한 체격에 날카로운 눈매를 가진 사내들이었다. 특히 가운데 서 있는 사내는 데미안을 깔보는 듯한 눈으로 데미안을 내려다보고 있었다.

"무슨 일인가?"

"본인과 본인의 친구들은 조금 전 그대가 한 말을 이해할 수 없어서 왔소이다."

"내가 한 말?"

"그렇소. 특히 그대가 이번 임무에서 우리의 임시 상관이라는 것을 이해할 수 없소."

"내가 임시 상관이라는 게 믿어지지 않는가?"

"그대가 이번 임무에 어울리는 검술 실력을 가지고 있는지를 우리에게 보여주시오."

그때까지 고개를 돌리지 않고 있던 데미안은 비로소 고개를 돌리고 상대를 확인했다. 190센티미터는 족히 되어 보이는 키에 울퉁불퉁한 근육을 가진 사내였다. 등에는 덩치에 어울리는 상당히 커다란 바스타드 소드가 걸려 있었다. 그의 양 옆에 서 있는 사내들도 보통 사람보다는 큰 체격에 많은 혈전을 치른 듯 플레이트 메일 밖으로 드러난 팔과 얼굴에는 크고 작은 상처가 덮고 있었다.

세 사람 모두 눈빛이 차분하게 가라앉은 것이, 어디서나 흔히 볼 수 있는 기사들은 아닌 듯 보였다. 품에 안겨 있던 네로브를 데보라에게 넘겨준 데미안은 천천히 자리에서 일어나 세 사람 앞에 섰다.

데미안의 키도 작은 편은 아니었지만 세 사람과는 비교할 수도 없었다. 게다가 호리호리한 데미안의 체격은 세 사람에 비하면 나약하다는 인상마저 풍기는 것이었다.

"그러니까 내 실력을 자네들에게 보이란 말인가?"

그들과 조금 떨어진 곳에 서 있던 기사들이 비록 대답을 하지는 않았지만 그들의 표정을 보면 모두의 뜻이 그렇다는 것을 쉽게 짐작할 수 있었다.

그들 틈에 섞여 있던 엔쏘니는 자신보다 먼저 졸업한 데미안이 어느샌가 백작의 작위를 받았다는 사실에 조금 놀라기는 했지만, 그보다 1년이라는 시간이 지난 지금 데미안이 얼마만큼의 실력을 쌓았는지가 더 궁금했다.

엔쏘니는 노블 칼리지에서 데미안에게 패한 후 설욕할 기회도 없이 데미안이 조기 졸업을 해버린 탓에 한동안 상심을 하기도 했었다. 그러나 곧 뼈를 깎는 훈련을 통해 졸업할 당시에는 쉐도우 기사단에 뽑힐 수 있었고, 그곳에서도 그런 그의 노력과 실력을 인정받아 곧 두각을 나타낼 수 있었던 것이다.

데미안이 백작의 작위를 받았다면 그의 검술 실력이 최소한 소드 익스퍼트에서도 상급 이상에 해당되는 실력을 가지고 있다는 말이었다. 졸업 시험 당시 그가 소드 익스퍼트 중급의 실력이었으니 1년 사이에 최소 한 단계 이상 발전했다는 말인데, 그것을 믿기에는 많은 무리가 따르는 일이었다.

데미안의 도전적인 말에 그의 앞에 서 있던 세 사람은 천천히 흩어져 데미안을 포위했다. 그들도 꽤나 많은 실전 경험이 있는 듯 조급한 모습은 보이지 않았다. 데미안은 천천히 바스타드 소드와 레이피어를 뽑아 들었다.

일행은 데미안이 처음부터 두 자루의 검을 뽑아 들자 약간의 호기심을 드러냈다. 그러나 어느 누구의 얼굴에도 걱정하는 빛이 보이지 않았다. 그 모습에 그들과 조금 떨어진 곳에서 네 사람의 모습을 보고 있던 기사들은 이상한 생각이 들었지만 일단 네 사람의 모습에 시선을 집중했다.

"그대들의 이름은?"

"나는 론리, 저 친군 보일, 그리고 포거슨이오, 애송이 백작 나으리."

빈정대는 듯한 론리의 말에도 데미안은 그저 가볍게 미소를 지었다. 그렇지 않아도 데미안의 행동이 마음에 들지 않던 기사들은 그가 미소를 짓자 더욱 눈살을 찌푸리며 어리둥절해했다. 그렇기는 엔쏘니 역시 마찬가지였다.

'데미안, 넌 지금 무슨 생각을 하는 거지? 저들 세 사람은 유니콘 기사단의 기사들 가운데 가장 강한 사람들이란 말이야. 설사 너를 보지 못했던 기간 동안 네가 엄청나게 실력이 늘었다고 하더라도 저들을 막기는 무리라는 것을 모르겠니?'

엔쏘니의 걱정스러움과는 달리 데미안의 표정은 평온했다. 그의 얼굴만 보면 도저히 세 사람과 싸움을 앞둔 사람이라고는 볼 수 없을 지경이었다.

"셋 다 덤비게."

데미안의 말에 세 사람은 데미안을 포위하듯 주위로 흩어졌다. 그러나 쉽사리 움직이지는 못했다. 그 모습을 본 데미안은 다시 미소를 지었다.

"그대들이 공격할 의사가 없다면 내가 하지."

말이 끝남과 동시에 데미안은 자신의 뒤쪽에서 공격할 틈을 보고 있던 보일을 향해 달려들었다. 평소처럼 지그재그로 달려가는 것이 아닌 일직선으로 곧장 다가들며 오른손에 들고 있던 바스타드 소드를 힘껏 휘둘렀다.

보일과 데미안은 거의 6미터 이상 떨어져 있었지만 데미안은 일순간에 거리를 좁혀 공격을 한 것이다. 공격을 당한 보일은 헛

바람을 들이키며 본능적으로 자신의 검을 들어 데미안의 검을 막아냈다.

"챙―!"

날카로운 금속음이 귓전에 사정없이 울려 퍼졌을 때 보일은 엄청난 충격으로 인해 양쪽 손목이 시큰거려 도저히 검을 계속 들고 있을 수가 없었다. 결국 오른손은 검을 놓아버렸지만 가까스로 왼손으로 검의 손잡이를 잡을 수 있었다. 그러나 데미안의 공격은 끝난 것이 아니었다.

상대가 자신의 검을 막아내자 지체없이 왼손에 들고 있던 레이피어로 상대의 옆구리를 빠르게 찔러갔다. 뒤에서 그 모습을 보고 있던 포거슨은 보일의 상황이 위험해지자 기합을 지르며 데미안의 등을 공격했다.

"이야압!"

만약 데미안이 보일을 공격하던 것을 포기하지 않는다면 자신 역시 큰 부상을 입을 수 있는 상황이었다. 그러나 데미안은 공격을 포기하지 않았다.

"앱솔루트 아머!"

뜻밖에 상대가 공격을 포기하지 않자 뒤에서 공격을 하던 포거슨은 당황해 검을 멈추려 했지만 멈출 수 있는 상황이 아니었다.

"스윽!"

"크윽!"

"챙!"

레이피어가 옆구리를 스치고 지나가며 길다란 상처를 내는 소리와 인간의 신음, 그리고 묘한 금속음이 동시에 터져 나왔다.

옆구리를 잡고 그 자리에 쓰러지듯 주저앉은 보일의 모습이 보였고, 뒤에서 데미안을 공격하던 포거슨이 멍하니 데미안의 등을 바라보고 있는 모습, 그리고 데미안이 몸을 회전하며 포거슨의 양쪽 허벅지를 공격하는 모습이 동료 기사들의 눈에 슬로모션Slow-motion처럼 느리게 보였다.

포거슨 역시 허벅지에 상처를 입고 그 자리에 주저앉자 데미안은 천천히 뒤로 돌아 멍한 표정을 짓고 있는 론리를 바라보았다. 데미안이 자신을 바라보자 흠칫 놀라며 그제야 정신을 차린 론리는 이를 갈았다.

"왜, 어째서 동료에게 심하게 손을 쓴 것이지?"

"그럼 자네는 지금까지 그저 장난이었다고 말하고 싶은가?"

데미안의 담담한 대꾸에 론리는 들고 있던 검의 손잡이를 움켜잡고는 데미안을 향해 다시 달려들었다. 자신의 동료 둘이 옆구리와 양쪽 허벅지를 감싼 채 주저앉아 있는 모습에 이성을 잃은 론리는 사정없이 검을 휘둘렀다. 하나 그가 비록 동료들의 부상에 이성을 잃었다고는 하지만 오랜 기간 체계적인 훈련을 받은 탓에 그의 검은 데미안의 상체를 노린 채 날아들었다.

재빨리 바스타드 소드를 등에 멘 데미안은 레이피어를 이용해 론리의 검을 막고 재빨리 뒤로 물러났다. 그리고는 몸속의 마나를 힘껏 레이피어에 집어넣고는 그대로 휘둘렀다.

"슈팅 스타!"

데미안의 외침과 동시에 데미안의 레이피어에서는 붉은색의 마나가 뻗어 나와 론리에게로 날아들었다. 다급해진 론리는 자신의 검에 마나를 최대한 집어넣고는 데미안의 공격을 막아냈다. 그러나 데미안의 공세가 워낙 강해 도저히 제자리에 서 있을 수가 없었다. 조금씩 뒤로 밀리더니 결국 몇 발자국을 뒤로 물러서서야 겨우 중심을 잡을 수 있었다.

이를 악문 채 고개를 들고 보니 데미안이 레이피어를 내린 채 자신을 바라보고 있는 모습이 보였다.

"계속할 텐가?"

데미안의 음성은 여전히 담담했다. 분노가 머리끝까지 치미는 것을 느끼기는 했지만 만용을 부릴 정도로 어리석은 론리는 아니었다. 특히 검기를 사용할 수 있을 정도의 실력이라면 이미 소드 익스퍼트에서도 최상급에 해당되는 실력을 가졌음이 확실했다. 자신들은 이제 겨우 상급에 이르렀으니 결코 데미안의 적수가 될 수 없었다.

"져, 졌소"

"로빈, 저 두 사람을 치료해 줘라."

로빈이 신속하게 치료를 마치자 세 사람은 데미안의 앞에 무릎을 꿇고 사과의 말을 했다.

"저희들이 감히 백작님을 시험하려 든 점, 깊이 사과드리겠습니다. 어떠한 처벌이라도 달게 받겠습니다."

"출발 시간이 늦었다. 오늘 저녁까지 갈리온 산맥의 레토리아 왕국에 도착을 해야 한다. 만약 저녁 시간까지 도착을 한다면 그대들의 죄는 묻지 않겠다."

여전히 담담한 어투였다. 조금 떨어진 곳에서 그 모습을 지켜보던 엔쏘니는 눈부시게 변한 데미안의 모습에 할 말을 잃었다. 자신도 엄청나게 노력을 했지만 자신이 발전한 것 이상 데미안도 발전해 있었던 것이다. 아니, 자신의 본 것이 틀림없다면 이미 데미안은 소드 익스퍼트 최상급의 실력을 가지고 있는 것이 분명했다.

천천히 자신의 짐을 챙기며 데미안을 모습을 보던 엔쏘니는 데미안이 자신을 향해 미소를 짓고 있는 것을 보았다. 왕립 아카데미에서 함께 지낼 때보다는 차분한 눈빛이었지만 그 미소만큼은 그때와 똑같이 아무런 사심도 없는 깨끗하고 맑은 미소였다. 마치 자신은 그때와 조금도 변한 것이 없다는 듯.

그래서일까? 데미안을 향해 가볍게 고개를 숙이는 엔쏘니의 입가에도 가벼운 미소가 떠올라 있었다.

창공에 빽빽하게 뜬 별들이 밝히는 어슴푸레한 길을 따라 이동하던 데미안 일행의 발걸음이 멈춰졌다. 일행들 가운데 가장 뛰어난 실력을 가지고 있던 라일과 카프가 거의 동시에 멈춰 서서는 검을 뽑아 든 채 주위를 경계했기에 자연스럽게 일행들의 걸음도 멈춰진 것이다.

"라일님, 제롬입니다."

나직한 말과 함께 모습을 드러낸 사람은 제롬과 레베카였다. 그리고 중무장을 한 서너 명의 기사들이 두 사람을 호위하고 있었다.

상대가 제롬과 레베카라는 것을 확인한 라일은 그 자리에서 무릎을 꿇고는 인사를 했다.

"공주님, 그동안 안녕하셨습니까. 라일이 인사드립니다."

"라일님, 어서 일어나세요."

라일의 팔을 잡고 일으켜 세우는 레베카의 얼굴이 상기되어 있는 것을 밤임에도 불구하고 확인할 수 있었다. 라일을 일으킨 레베카는 데미안 일행 뒤에 도열해 있는 60명의 기사들을 발견하고는 감격스러운 표정을 지었다.

"레토리아 왕국의 왕녀로서 저희 나라를 도와주기 위해 오신 여러분들께 진심으로 고맙다는 말씀을 드리고 싶어요."

레베카의 인사에 대부분의 기사들은 그녀가 레토리아 왕국의 공주라는 사실에 적지 않게 놀랐다. 상대의 신분을 알게 된 기사들은 그녀에게 예를 표해야 하는지, 아니면 그대로 있어도 되는 것인지 잠시 망설였다. 그런 기사들의 모습은 아랑곳하지 않고 데미안은 제롬을 그들에게 소개했다.

"이분은 지금부터 우리를 인솔하실 레토리아 왕국의 사령관이신 제롬 티그리스 후작 각하이시다."

데미안의 소개에 제롬은 기사들을 향해 가볍게 고개를 숙여 인사를 했다.

"지금부터 우리는 레토리아 왕국에 주둔하고 있는 루벤트 제국의 군대를 몰아내 레토리아 왕국을 탈환해야 하는 중대한 임무를 수행해야 한다. 이번 일은 루벤트 제국과 일전을 벌이기 전 반드시 해내야만 될 매우 중요한 일이다."

그제야 자신들이 해야 될 일을 알게 된 기사들은 어이가 없었다. 말이 좋아 레토리아 왕국에 주둔한 루벤트 제국군을 물리친다는 것이지, 자신들의 숫자는 겨우 60명 정도에 불과하지 않은가?

"잠깐! 묻고 싶은 것이 있습니다, 후작 각하."

"무엇이오?"

"지금 레토리아 왕국에 주둔하고 있는 루벤트 제국의 군대는 얼마나 됩니까?"

이안의 질문에 대답한 사람은 제롬이었다.

"병사들의 숫자는 2만, 사령관은 웨이드 폰 쥬논 후작이고, 다수의 기사들이 주둔하고 있을 것으로 예상되오."

제롬의 대답을 들은 기사들은 어이없다는 표정을 지었다. 단지

60명에 불과한 숫자로 2만 명을 상대한다는 것은 누가 봐도 미친 짓이었다.

"혹시 그렇다면 후작 각하께서는 다른 계획이라도 세우신 것이 있으십니까?"

이안의 잇따른 질문에 제롬의 얼굴이 굳어졌다.

"왕국 내부에 동료들이 있고, 그들은 지금 우리의 연락을 기다리고 있소. 우리가 할 일은 루벤트 제국에 빌붙어 동포의 고혈을 빨아먹는 기생충 같은 작자들과 현재 레토리아 왕국을 점령하고 있는 루벤트 제국의 쥬논 후작을 생포하는 것이오."

"저희가 해야 할 일을 좀 더 상세하게 설명해 주십시오."

"일단 나를 따라오시오."

말을 마친 제롬은 얼마 남지 않은 정상을 향해 걸음을 옮겼다. 이안과 기사들은 어쩔 수 없이 제롬의 뒤를 따라갔고, 데미안 일행은 다시 그 뒤를 따라갔다.

1시간 정도의 시간이 지나 그들은 레토리아 왕국이 있는 분지의 정상에 도착할 수 있었다. 워낙 높은 곳에 위치한 탓인지는 몰라도 대부분 구름에 가려 레토리아 왕국의 모습은 확인할 수 없었다. 그러나 제롬과 헥터, 그리고 레베카는 십여 년 만에 다시 보는 조국의 모습에 감회가 새로운 듯 아무 말도 못하고 그저 바라보고만 있었다.

"다시 이곳까지 돌아오는데 208년이 걸렸군."

별빛처럼 아스라이 보이는 불빛을 보며 말하는 라일의 음성에는 짙은 회한이 어려 있었다. 그의 숙연함 탓일까? 주위에 있던 일행들은 아무런 말도 하지 못한 채 밤바람에 펄럭이는 라일의 망토만 바라보고 있었다.

"그럼 지금부터 귀하들이 해주어야 할 일을 설명해 주겠소. 먼저 싸일렉스 백작은 헥터와 나머지 사람들을 인솔해 쥬논 후작의 저택과 기사단을 맡아주시오. 루벤트 제국에서 레토리아 왕국에 파견한 자들의 주력이 모여 있는 만큼 조심해야 할 거요. 안내는 헥터가 해줄 것이오. 그리고 라일님께서는 과거 국왕께서 휴양지로 삼으시던 별장에 있는 저들의 부사령관과 기사들을 맡아주십시오. 저는 동료들과 만나 레토리아 왕국의 배신자들을 처단하겠습니다."

제롬의 말에 일행들의 얼굴에는 약간의 긴장감이 어렸다. 그때까지 네로브를 안고 있던 데보라는 한쪽에서 제롬의 말을 들으며 긴장하고 있던 레베카에게 다가갔다.

"공주님, 죄송하지만 오늘 밤 일이 끝날 때까지 이 아이를 잠시 데리고 있어 주지 않으시겠어요?"

너무도 긴장하고 있던 레베카는 갑자기 들린 데보라의 음성에 놀라면서도 고개를 돌려 네로브를 쳐다보았다. 커다란 눈망울을 깜빡이고 있는 모습에 사랑스러움을 느끼면서도 어딘지 모르게 그 또래의 다른 아이들과는 다르다는 느낌을 강하게 받았다.

"제가 잘 볼 수 있을지는 모르겠지만 최선을 다할게요."

몇 개월 전 보았을 때와 마찬가지로 여전히 연약해 보이는 레베카의 모습이었지만, 그녀의 음성만큼은 차분하면서도 강하게 들렸다.

"가장 큰 문제는 타이밍이오. 내가 배신자들을 처단하고 왕궁 앞 사거리에 불을 지르면 그때 루벤트 제국에서 파견된 자들을 일제히 처리하시오."

제롬의 나직한 말에 기사들은 다시 한 번 자신들의 복장을 살피며 고개를 끄덕였다. 그러는 사이 헥터에게서 쥬논 후작이 거처하는 곳의 설명을 들은 데미안은 일단 기사들을 둘로 나누어 자신과 헥터가 그들과 함께 공격하기로 했다.
　일행들의 준비가 끝난 것을 안 제롬은 앞장서서 일행들을 안내했다. 15분 정도가 지나자 일행들은 불이 환하게 밝혀져 있는 곳에 도착할 수 있었다.
　"저곳이 바로 레토리아 왕국을 점령하고 있는 루벤트 제국의 외곽 방어선이오."

제44장
레토리아 왕국 잠입

"대체 언제까지 이곳에 있을 거요?"
"이제 얼마나 되었다고 그러는 거죠?"
"벌써 한 달 가까운 시간을 책 속에서만 파묻혀 보내지 않았소. 이젠 머리가 다 어지러울 지경이오."

짜증 섞인 사내의 말에 테이블 건너편에서 책을 보고 있던 여인이 고개를 들어 사내를 바라보았다. 아름다운 여인의 눈빛은 묘한 빛을 띠고 있었다. 왠지 초점이 잡히지 않은 것 같아 보이는 그녀의 눈은 사내를 보는 것인지, 아니면 허공을 바라보는 것인지 알 수가 없었다.

"앤드류 전하께서는 신의 무기를 가지고 싶지 않으신가요?"
"그야 물론 당연히 가지고 싶소. 그렇지만 굳이 내가 하지 않아도 밑에 부하들을 시키면 될 것 아니오?"
"호호호, 부하들을 시킨다고요? 호호호."

"기분 나쁘게 왜 웃는 거요?"

짜증 섞인 앤드류의 말에 마브렌시아의 웃음이 갑자기 그쳤다. 그러나 그녀의 얼굴에는 여전히 미소가 걸려 있었다.

"어느 것이든 하나만 찾으면 나라를 세울 수도 있는 물건을 부하들에게 찾으라고 시킨다는 것이 말이 되는 소린가요? 그들이 앤드류 전하를 배신하지 않는다고 어떻게 장담하지요?"

마브렌시아의 얼굴에 걸려 있는 미소는 조소에 가까웠다. 그 웃음을 발견한 앤드류는 솔직히 기분이 상했지만 속으로 삭혔다. 이상하게도 마브렌시아에게는 화를 낼 수 없었다. 단순히 그녀가 아름다운 여자라 화를 낼 수 없다는 것보다는 감히 화를 낼 수 없는, 아니, 그런 생각조차 할 수 없는 존재라는 느낌 때문이었다.

지금 그들이 있는 곳은 루벤트 제국의 수도 윌라인에서 가장 고서적이 많은 국립 도서관이었다.

역사가 짧은 루벤트 제국에서 이렇게 많은 책이 보관되어 있을 수 있었던 이유는 모두 인근 국가를 침공했을 때 얻은 전리품들 때문이었다.

호전적인 국민성 탓인지는 모르지만 학문이나 문학보다는 거대한 원형 경기장에서 검투사들이 벌이는 투기 대회 같은 것에 많은 사람들이 몰렸다. 해서 국립 도서관을 여러 곳에 만들었음에도 불구하고 몇몇 사람을 제외하고는 찾는 이가 거의 없었다.

수십 개의 서가에 빽빽하게 들어찬 책들에게서 풍기는 냄새를 더 이상 견디지 못한 앤드류는 자리를 박차고 일어섰다.

"더는 못 참겠소. 마브렌시아 양이 안 나가겠다면 나 혼자서라도 나가서 바람이라도 쐬어야겠소."

앤드류가 자리에서 일어나 금방이라도 나갈 듯한 모습을 보이자 마브렌시아는 어쩔 수 없이 자리에서 일어서며 앤드류의 뒤를 따라갔다.

도서관의 한쪽 벽면은 모두 유리로 되어 있어 늦여름의 햇살이 실내로 쏟아져 들어오고 있었다. 앤드류는 문을 통과해 도서관에 붙어 있는 테라스로 걸어 나갔다.

이미 9월도 다 지나갔건만 아직도 한낮의 햇살은 따가웠다. 테라스의 난간에 손을 얹은 앤드류는 평화스러운 주위의 전경을 바라보았다.

중앙에는 분수대가 있었고, 주위로 잔디밭이 펼쳐져 있었다. 그리고 일렬로 늘어선 나무들이 불어오는 바람에 몸을 맡겨 이리저리 흔들리고 있었다.

그 모습을 바라보던 앤드류는 자신이 지금 도서관이 있다는 사실을 믿을 수가 없었다. 물론 루벤트 제국의 제1왕위 계승자로서 알아야 할 기본적인 소양을 배우기는 했지만, 단 한 번도 자발적으로 도서관을 찾은 적이 없었다.

그랬던 자신이 지금 도서관의 낡은 책 속에 파묻혀 있다는 사실을 믿을 수 없었다. 물론 마브렌시아가 말한 그 신의 무기라는 것을 찾아 소유하고 싶다는 생각을 한 것도 사실이지만, 그래도 한 달 가까운 시간을 도서관 같은 곳에서 보냈다는 사실이 믿어지지 않았다.

"루벤트 제국 내에 고서적을 보관하고 있는 곳이 여기뿐인가요?"

"그렇지는 않소. 내가 알기로 일곱 군데인가, 여덟 군데인가에 나누어 보관하고 있는 것으로 알고 있소."

앤드류의 대답에 마브렌시아는 그동안 있었던 자신의 여정에 대해 생각했다.

다른 드래곤들이 황금이나 보석 등에 관심을 보일 때 자신은 신의 힘이 깃들여져 있는 아티펙트나 마법의 힘이 봉인되어 있는 무기들에 관심을 보여왔었다. 그리고 거의 천여 년 동안이나 뮤란 대륙을 돌아다니며 아티펙트나 마법 무기를 찾아다녔지만 단 하나도 찾을 수 없었다.

그러다 이십 년 전쯤에 만났던 골드 드래곤 카르메이안에게서 신이 지상에 남겨두었다는 여섯 개의 무기에 대한 단서를 듣고 찾아 나서 몇 개월 전에야 겨우 신기루의 반지라는 것을 입수할 수 있었다.

물론 신기루의 반지가 있었던 곳에는 강력한 신의 결계가 쳐져 있기는 했지만, 자신의 강력한 파이어 브레스 한 방에 결계는 깨졌고, 결국 신기루의 반지를 차지할 수 있었다.

신기루의 반지에 얼마만한 힘이 있는지 전부 파악한 것은 아니지만 그동안 자신이 밝혀낸 것만 하더라도 나머지 무기들이 얼마만한 힘을 가지고 있는 것인지 짐작할 수 있었다. 그리고 그에 대한 욕심이 생기는 것도 사실이었다.

자신의 본 모습을 드러내고 루벤트 제국의 황제를 위협한다면 신의 무기가 있는 장소에 대한 단서를 찾을 수도 있을지 모른다. 그러나 만약 그들이 그 신의 무기라는 것을 찾아내 그 무기가 가지고 있는 힘을 이용해 자신에게 대항을 한다면 자신이 그것을 막아낸다고 확실하게 장담할 수 없었다.

그런 이유로 지금처럼 인간의 모습으로 폴리모프해서 신의 무기가 있는 장소에 대한 단서를 찾으려고 하는 것이다. 그런데 지금과 같은 상황—앤드류가 자신이 하는 일에 그리 협조적이지 못할 때—이 닥치면 당장 원래의 모습으로 돌아가 자신의 커다란 발로 상대를 마구 짓이기고 싶은 생각이 열두 번도 더 들었다.

"여기에 있는 책들을 대충 살펴보았는데 여기에는 신의 무기에 대한 단서가 없는 것 같아요."

"마브렌시아 양은 왜 그렇게 신의 무기에 집착을 하는 것이오? 당신이 가지고 있는 신기루의 반지만 하더라도 엄청난 힘을 가지고 있지 않소?"

"제가 일전에 말씀드리지 않았던가요? 전 그저 그 무기가 과연 전설로 전해지는 것만큼의 힘을 가지고 있는 것인지 그것이 궁금할 뿐이라고요."

앤드류는 천천히 고개를 돌려 마브렌시아의 얼굴을 바라보았다. 확실히 마브렌시아는 자신이 여태껏 알고 지내왔던 다른 여자들과 다른 이질적인 분위기를 가지고 있었다.

"내가 보기에 마브렌시아 양이 내게 말하지 않은 다른 이유를 가지고 있는 것 같소. 더 솔직하게 말하자면 당신의 존재도 믿을 수 없소."

"그렇다면 내가 다른 이유를 가지고 앤드류 전하께 접근했다는 말인가요?"

"그건 아니오. 당신이 내게 말한 대로 신의 무기를 찾는 것은 사실인 것 같지만 단순히 그 위력을 확인하기 위해서는 아닌 것 같소."

"호호호, 그렇다면 설마 제가 그것을 차지하기 위해서 앤드류 전하를 이용하고 있다고 생각하는 것은 아니겠지요?"

작은 소리로 웃음을 터뜨리는 마브렌시아의 얼굴을 잠시 바라보던 앤드류는 다시 고개를 돌려 도서관 앞의 정원을 바라보았다.

"혹시 그럴지도……."

순간 마브렌시아의 얼굴에서 웃음기가 사라졌다. 딱딱하게 굳은 그녀의 얼굴에서 짧은 순간이지만 살기가 떠올랐다가 사라졌다.

"그렇게 생각하면서 왜 그동안 저와 함께 있었던 거죠?"

그녀의 음성은 평상시 음성으로 돌아왔지만 그녀의 얼굴은 여전히 굳어 있었다.

"글쎄, 그것은 나도 잘 모르겠소. 물론 당신의 얼굴이 지금껏 보아왔던 어느 여자보다 아름다운 것은 사실이지만, 단순히 당신의 얼굴이 아름답기 때문은 아니었소. 본능적으로 당신을 도와야 한다고 느꼈기 때문이랄까? 물론 나도 그 신의 무기라는 것이 존재한다면 그것을 가지고 싶소. 그렇지만 존재할지도 모르는 그런 물건보다는 당신을 내 여자로 만들고 싶다는 느낌이 더 강했는지도 모르오."

앤드류의 말에 마브렌시아는 어이없다는 표정을 짓다가 곧 의미를 알 수 없는 미소를 지었다.

"좋아요. 앤드류 전하께서 그 신의 무기를 찾도록 계속 도와주신다면 그 무기를 찾는 날 앤드류 전하의 여자가 되어드리죠, 당신만의 여자가."

마브렌시아의 말에 앤드류는 고개를 돌렸고, 순간의 그의 얼굴에는 탐욕스러운 빛이 어렸다. 조금은 가늘게 눈을 뜨고, 자신 앞에 미소를 지은 채 서 있는 마브렌시아의 전신을 훑어보았다.

"정말이오?"

"앤드류 전하께서는 다음번 루벤트 제국의 황제가 되실 분이 아닌가요? 전하께서 가지고 있는 힘이라면 어느 여자든 자신의 여자로 만드실 수 있으셨을 텐데……."

"물론 내가 이 루벤트 제국의 황태자이기 때문에 다가오는 여자는 헤아릴 수 없이 많았소. 나 역시 그런 여자들을 거부하지는 않았지만, 단지 그뿐이오. 그런 여자들과 또다시 만날 정도로 내가 정신나간 인간도 아니고 말이오. 그러나 당신은 다르오. 난 당신이 날 황태자가 아닌 한 사람의 남자로 보아주길 원하오."

"만약 제가 앤드류 전하의 뜻을 거절한다면 어쩌실 생각인가요?"

"솔직하게 그런 생각은 해보지 않았소. 하지만… 끝까지 당신이 나를 거부한다면 강제적인 방법을 동원해서라도 당신을 내 것으로 만들겠소. 다만 내가 그러한 행동을 하기 전에 당신이 나를 받아들여 주었으면 하는 것이 내 진심이오."

앤드류의 얼굴에 떠 있던 탐욕스러운 빛이 어느새 사라졌고, 한 여자의 사랑을 바라는 젊은 사내가 서 있을 뿐이었다. 그런 앤드류의 모습을 잠시 바라보던 마브렌시아는 다시 미소를 지으며 입을 열었다.

"조금 전 말씀드린 대로 제가 그 신의 무기를 찾는 것을 계속 도와주신다면, 그 단서를 찾는 날 기꺼이 앤드류 전하의 여자가 되어드리겠어요."

"좋소. 이 뮤란 대륙에 존재하는 모든 책들을 뒤지는 한이 있더라도 당신이 찾는 그 신의 무기에 대한 단서를 내가 꼭 찾아주겠소."

앤드류의 다짐에 마브렌시아는 그저 빙그레 미소 지을 뿐이었다.

*   *   *

"아이작, 빈센트에게서 온 연락은 없는가?"

"일전에 보내오신 연락 말고 다른 연락은 없으셨습니다."

무표정한 부관의 대답에 스캇은 책상 위에 올려놓은 자신의 발끝을 보면서 다시 물었다.

"부하들의 상태는?"

"지속적인 훈련으로 만전을 기하고 있습니다."

"그건 그렇고, 요즘 저항군들의 동태는 어떤가?"

"일전에 있었던 저항군 색출 작업 때문인지 요즘은 활동이 주춤한 상태입니다."

"그래? 비록 색출 작업이 있었다고는 하지만 당시 적발된 자들은 불과 30명 정도에 불과하지 않았나? 너무 조용하니까 이상한 생각이 드는데……"

"트렌실바니아 왕국과의 접경 지역에 포진해 있는 7, 8, 9군단이 철통같이 지키고 있고, 추가로 지원된 22, 23군단이 후방에서 그들을 지원하고 있지 않습니까? 이런 상황에서 섣불리 움직인다는 것이 자살 행위라는 것을 잘 알고 있기 때문이라고 생각합니다."

자신의 부관으로 있는 이 아이작이란 사내는 유능하기는 하지만 언제나 나무로 깎아 만든 조각상처럼 무표정한 모습을 하고 있어 정말 밥맛이었다. 자신에게만 그런 것이 아니라 주위에 있는 다른 사람들을 대할 때도 무표정한 얼굴로, 또 한 점의 감정도 없는 음성으로 이야기할 때는 대체 어린 시절을 어떻게 보낸 것인지 정말 궁금하기조차 했다.

게다가 병영 내에서 도는 소문을 우연하게 들은 적이 있는데 이렇게 목석 같은 그가 현재의 부인과 결혼했을 당시에는 너무도 열렬한 구애를 해 상대를 감동시켰고, 마침내 결혼까지 했다는 것이었다. 물론 아이작이 그런 행동을 했다는 것도 믿을 수 없었지만, 그보다는 이런 사내의 프로포즈를 받아들였다는 아이작의 부인을 만나보고 싶다는 생각이 더 들었다.

"전하, 정말로 거사를 일으키실 생각이십니까?"

"왜, 자네가 생각하기에는 내가 하는 행동이 너무 무모해 보이는가?"

"그렇게 생각하진 않습니다."

"그렇다면 왜 묻는 것인가?"

"현재 전하의 곁에서 전하를 모시는 부관으로 있기에 여쭈어 보는 것입니다. 제가 알고 있는 전하의 성품상 확신이 없으면 일을 진행시키지 않는다는 것을 생각해 보면 요즘 전하의 모습을 이해하기 힘듭니다."

여전히 무표정한 모습을 아이작의 모습에 스캇은 천천히 책상 위에 올려놓았던 다리를 내리며 천천히 일어섰다.

"난 말이야, 아버지란 작자가 정말 마음에 들지 않았거든. 그저 어머니를 농락만 하고는, 내가 태어나 자랄 때까지 단 한 번도 찾아오지 않았지. 그 이후에도 열심히 다른 여자들을 찾아가는 모습을 보면서 자란 사람이 바로 나잖아. 은근히 그런 반감을 가지고 있었는데 빈센트란 귀여운 녀석이 날 찾아와 형님이라고 부르면서 도와달라고 하는데 내가 도와줄 수밖에 없잖아? 물론 그것 때문에 거사를 일으키려고 한 것은 아니지만 그 녀석의 말이 시발(始發)이 된 것은 사실이지. 왜, 내가 아무런 생각 없이 일을 벌인 것 같은가?"

"아닙니다. 이미 전하께서 계획을 세우고 계실 거라고 생각을 합니다."

아이작의 대답에 가벼운 미소를 지은 스캇은 다시 고개를 돌려 막사 사이를 오가는 병사들의 모습을 보았다.

"난 날 낳은 어머니를 제외하고 날 가장 많이 아는 사람이 자네일 거라고 생각하네. 기사들의 선발 작업은 끝났는가?"

"예, 이미 선발대에 해당되는 기사 50명과 전투 경험이 풍부한 야전군 2천 명을 뽑아 윌라인 근처의 아군 부대로 보냈습니다. 그리고 1차로 만 명, 2차로 2만 명을 추가로 보낼 준비를 모두 마쳤습니다."

아이작의 보고에 스캇은 고개를 끄덕이고는 천천히 의자에 몸을 묻으면서 입을 열었다.

"그들이 빠짐으로 인한 전력 손실은?"

"빠진 숫자만큼 다른 병사로 대체해 놓을 수는 있지만 전력에 손실이 생기는 것만큼은 어쩔 수 없습니다. 그렇지만 윌라인에서의 일이 끝나면 모두 자대로 복귀를 할 것이니 큰 문제가 될 것은 없을 것으로 생각합니다."

"추가 병력을 보내는 날짜는?"

"1차 병력은 다음 달 15일이고, 2차 병력은 25일입니다."

"어차피 시일이 지나면 밝혀질 일이지만, 그때가 되기 전까지는 비밀 유지가 최대 관건이라는 것을 잊지 말게."

"명심하겠습니다, 전하."

스캇은 여전히 의자에 몸을 묻은 채 허공을 노려보았다.

* * *

과거 루벤트 제국과의 일전에서 패하고 난 후 탈출로 사용했던 비밀 통로를 이용해 데미안과 그 일행들은 레토리아 왕국으로 잠입했다.

거미줄처럼 이어진 통로에서 일행들은 서로 헤어졌고, 데미안과 일행들은 헥터의 안내를 받아 통로로 전진했다. 한참 동안 일행들을 안내하던 헥터가 발걸음을 멈추었다. 일행들에게 조용히 하라는 손짓을 하고는 조용히 자신의 바스타드 소드를 뽑아 들었다. 그 모습에 데미안도 체인 라이트닝의 스펠을 캐스팅하고는 숨을 죽였다.

헥터는 조용히 벽면으로 다가가 조심스럽게 벽면을 더듬었다. 그의 손이 벽면의 어딘가를 눌렀다고 생각되는 순간 벽이 빙글 회전을 했고, 순간 어두운 비밀 통로로 빛이 새어 나왔다.

그 순간 헥터와 데미안, 그리고 데보라가 순간적으로 빛 속으로 몸을 날렸고, 그 뒤를 이어 이안과 기사들이 뛰어들었다.

마지막에 뛰어든 엔쏘니는 너무도 기가 막힌 광경에 아무런 말도 하지 못한 채 그 자리에서 얼어붙은 듯 꼼짝도 하지 못했다. 그들이 뛰어든 곳은 다름 아닌 상당히 커다란 목욕탕이었다.

그곳으로 뛰어든 사람도 놀라서 아무 말도 하지 못했지만, 그곳에서 목욕을 하고 있던 사람들도 놀란 표정으로 꼼짝도 하지 못했다.

잠시의 침묵이 흐른 뒤 정신을 차린 헥터가 재빨리 출입구를 막아섰고, 데미안은 재빨리 수면 마법의 스펠을 캐스팅하고는 멍한 표정으로 목욕을 하고 있던 사람들을 향해 외쳤다.

"슬립!"

데미안의 외침과 거의 동시에 목욕탕 내에는 붉은색의 마나가 번쩍였고, 목욕을 하던 사람들은 하나도 빠짐없이 잠 속에 빠져들었다. 모두 잠에 빠져든 것을 확인하고서야 데미안이나 다른 사람들은 안도의 한숨을 내쉴 수 있었다.

"대체 여긴 뭘 하는 곳인데 전부 옷을 벗고 있는 거지?"

데미안의 헥터에게 질문을 하면서도 주위를 둘러보았다. 그런 그의 눈에 얼굴이 새빨개진 채 천장을 노려보고 있는 데보라의 모습이 보였다. 어떤 상황에서도 당황하지 않고 침착하기만 했던 데보라의 놀란 모습을 처음 본 것이었다.

"여긴 목욕탕이라고 부르는 곳입니다."

"목욕탕?"

"그렇습니다. 귀족이나 돈이 많은 상인들은 자신들의 집에 욕실을 가지고 있지만 일반 사람들은 단순히 목욕만을 위한 공간 같은 것은 가질 형편이 못 됩니다. 해서 그런 일반 사람들을 위해 공동으로 목욕할 수 있는 곳을 만든 것입니다."

헥터의 말을 듣고 보니 잠 속에 빠져든 사람은 모두 사내들뿐이었다. 중앙에 커다란 웅덩이가 있었고, 그곳에 뜨거운 물이 담겨 있었다. 둘레에는 사람들이 앉을 수 있도록 턱이 마련되어 있었는데 한 번도 목욕탕을 구경하지 못한 데미안이나 기사들은 신기하기만 했다.

곯아떨어진 사람들을 한쪽으로 뉘여놓고 바닥에 떨어진 수건들로 그들의 몸을 가려준 뒤 작전 회의에 들어갔다. 잠시 밖의 동정을 살피고 돌아온 헥터가 입을 열었다.

"제가 레토리아 왕국을 떠난 지 10년도 더 지났기에 혹시 많이 변하지는 않았을까 걱정을 했는데, 다행히 과거와 별 차이가 없는 것 같습니다."

"그럼 쥬논 후작이라는 작자가 어디에 있는지 알 수 있을 것 같아?"

"예, 지금 저희가 있는 곳에서 북쪽으로 2킬로미터쯤 가면 커다란 신전이 하나 있습니다. 그곳은 레토리아 왕국의 국신(國神)인 타울을 모시는 신전이었는데, 쥬논 후작이라는 자가 자신의 거처로 사용하고 있는 듯합니다. 그곳은 원래 사원으로 사용하던 곳이라 담이 없어 접근하는 데 문제가 될 수도 있습니다."

"그래? 그럼 그곳까지 가는 데 다른 위험은 없어?"

"아버님께 들었던 정보대로라면 타울을 모시는 신전으로 가는 길에 작은 강을 가로지르는 다리가 있는데, 그곳에 몇 명의 경비병들이 경비를 서고 있답니다."

"알았어. 지금부터 내가 하는 말을 잘 들어. 일단 일행을 모두 셋으로 나눈다. 헥터가 먼저 20명을 데리고 앞을 맡아. 그리고 이안이 다른 사람들과 함께 중간을 맡고, 내가 나머지 사람들과 함께 뒤를 맡는다. 우선은 다리 앞까지 무사히 도착해 경비병들을 처치하고, 다시 신전 앞까지 전진을 한다. 도착해서 상황을 보고 판단한 후에 다시 계획을 세운다. 질문있는 사람?"

데미안의 말에 기사들은 자신들의 검을 만지며 이를 악물 뿐 어느 누구도 입을 여는 사람은 없었다.

"좋다. 질문이 없으면 지금 즉시 출발."

헥터가 20명의 기사들과 함께 목욕탕을 빠져나갔다. 그리고 약 10분이 지난 후 이안이 나머지 기사들과 함께 조용히 실내에서 빠져나갔다. 그 모습을 보고 있던 데미안은 그때까지도 얼굴이 빨갛게 상기되어 있던 데보라를 보며 슬며시 물어봤다.

"데보라, 어디 아파?"

"아, 아니, 아픈 데 없어."

"그럼 왜 그렇게 얼굴이 빨간 거야?"

데미안이 계속 짓궂게 질문을 하자 데보라는 고개를 휙 돌리고는 살벌하기 이를 데 없는 눈빛으로 노려보았다. 그리고 데미안의 입가에 걸린 묘한 웃음을 발견하고는 그만 화를 터뜨리고 말았다.

"너, 지금까지 날 약올린 거지?!"

"아~ 니~ 내가 감히 그럴 리가 있겠어?"

"그럼 그 웃음의 저의가 뭐야?"

"글쎄? 내가 왜 웃고 있을까?"

웃음을 참지 못해 이상하게 일그러진 얼굴을 하고 있던 데미안의 엉뚱한 대답에 일행들은 더 이상 참지 못하고 그만 웃음을 터뜨리고 말았다.

여태껏 하루도 빠지지 않고 함께 행동했던 라일과 헥터가 빠져 나가 일행들은 자신도 느끼지 못한 사이 상당히 불안감을 느끼고 있었다. 특히 나이 어린 로빈이나 차이렌의 영혼과 공생하고 있던 뮤렐의 경우에는 특히 더 심했다.

다만 영문을 모르는 레오만이 웃음을 터뜨리는 데미안의 얼굴을 바라보고 있을 뿐이었다. 조금은 과장되게 웃음을 터뜨리던 데미안이 웃음을 그치더니 일행들에게 말했다.

"시간이 됐어. 나와 데보라가 앞장을 서고, 레오와 로빈, 그리고 뮤렐이 가운데, 그리고 뒤는 카프님께서 맡아주십시오."

데미안의 말에 일행들은 자신의 복장을 살피며 안색을 굳혔다. 먼저 목욕탕의 문을 열고 나간 데미안은 재빨리 주위를 둘러보았다.

목욕탕의 위치가 후미진 곳이었기 때문이지, 아니면 어두운 밤이기 때문인지는 모르지만 다행히도 골목 안에 사람들의 모습은 보이지 않았다.

데미안의 수신호에 일행들은 신속하게 데미안의 뒤를 따라 움직였다. 꽤나 복잡하게 보이는 미로 같은 골목길을 데미안은 서슴없이 앞장서서 달려갔다.

옆에서 함께 달려가던 데보라는 데미안이 대체 어떻게 처음 와 보는 이곳에서 그렇게 거침없이 달려갈 수 있는지 이해를 할 수 없었다.

데보라의 성격상 궁금증을 참는다는 것이 불가능에 가까운 일이라는 것을 이미 일행들도 알 만큼 아는 사실이기에 데보라는 데미안에게 묻기 위해 고개를 돌렸다.

그런 그녀의 눈에 한발 앞서 달리던 데미안이 달려가면서 쉴 새 없이 사방을 살피는 것이 보였다. 그러면서도 데미안의 손이 사방을 향해 움직이는 것을 발견했고, 데미안의 손이 움직일 때마다 작은 돌이 완전히 부서져 모래로 변하는 것을 발견했다.

이상한 생각에 자세히 살펴보니 데미안의 손이 움직일 때마다 벽에 박혀 있던 작은 돌이나 길 위에 뒹굴던 작은 돌이 데미안의 손으로 빨려들 듯 날아왔고, 또 그 돌들이 은은히 푸른색의 빛을 뿌리는 것을 발견할 수 있었다.

그 모습을 보고서야 데미안이 어떻게 앞서 이동을 한 일행들의 뒤를 따를 수 있는 것인지 알 수 있었다. 앞서 이동하던 기사들은 자신들만의 특수한 방법으로 형광 물질을 바른 돌들을 자신이 이동한 곳에 떨어뜨려 두었고, 뒤를 따르던 사람들은 앞선 사람들이 표시한 곳을 정확하게 찾아 이동할 수 있었던 것이다.

불과 20분 정도가 지나자 데미안 일행은 헥터가 말한 다리에 도착할 수 있었다. 숨을 고르는 로빈과 뮤렐을 제외하고 나머지 사람들은 다리를 바라보았다.

다리의 길이는 불과 25에서 30미터쯤 되어 보였고 다리의 양쪽 입구에 두 명씩의 경비병이 경계를 서고 있는 모습이 보였다. 초소가 없는 것으로 보아 일정 시간이 지나면 교대를 하는 곳으로 보였다.

주위를 살피던 데미안의 눈에 앞서 이동한 헥터와 이안의 모습이 보였다. 잠시 고심을 하던 데미안은 침착한 모습으로 서 있던 카프에게 도움을 청했다.

"카프님, 죄송하지만 저를 도와주실 수 있겠습니까?"

"제가 도움이 되는 일이라면……."

"아까 말씀드린 대로 저희는 저 다리를 통과해 이곳에 주둔하고 있는 루벤트 제국의 사령관을 사로잡아야 합니다. 그러려면 저 다리에 있는 경비병들을 은밀하게 처치해야 하는데, 카프님께서 저희를 도와주셨으면 고맙겠습니다."

그러나 카프는 무슨 이유에서인지 머뭇거렸다. 그런 그의 모습에 일행들은 무엇 때문에 카프가 망설이지는 이유를 전혀 짐작할 수 없었다. 그러나 데미안은 카프가 망설이는 이유를 짐작할 수 있을 것 같았다. 단순히 부상을 입혀 포로로 잡는 것이라면 모르지만 지금 같은 상황에서는 상대를 반드시 죽여야만 하는 상황이었다. 평화를 사랑하는 엘프로서 자신과 아무런 원한도 없는 상대를 죽인다는 것은 그리 간단한 문제가 아니었다.

"죄송합니다, 카프님. 제 욕심만 차린 것 같군요. 레오."

데미안이 자신을 부르자 레오는 기다리고 있던 것처럼 재빨리 데미안의 품을 파고들었다. 그 모습에 데보라의 눈에서는 당장 불똥이 튀었지만 데미안은 모른 척하며 레오에게 입을 열었다.
"레오, 저쪽에 있는 병사들을 소리내지 않고 죽일 수 있어?"
데미안은 그 말을 하면서도 레오에 대한 죄책감을 느꼈다. 레오가 선악에 대한 개념이 부족하다는 것을 알면서도 자신이 그에게 이런 말을 한다는 것이 마음에 들지 않았다. 아니, 자신에게 혐오감이 들었다.
"레오, 할 수 있다."
역시나 레오의 대답은 거침이 없었다. 그와 함께 레오의 몸이 조금씩 변하더니 곧 호인족(虎人族) 수컷으로 몸을 변화시켰다. 그리고는 소리없이 물로 뛰어들었다.
그 모습을 보는 데미안의 얼굴에는 짧은 시간 고통스러운 빛이 흘렀지만 곧 헥터 등이 있는 곳으로 시선을 돌렸다. 그리고는 수신호로 다리 위의 경비병들을 공격할 것이라는 것을 알려주었다.
잠시 후 달이 구름에 가려지는 순간, 레오가 물속에서 허공으로 치솟으며 다리 위에 경계를 서고 있는 경비병들을 공격할 때 헥터 역시 골목에서 뛰어나와 다리 반대편의 경비병들을 공격했다.
소리도 없이 네 명의 경비병들이 목숨을 잃었고, 다시금 일행들은 타울의 신전을 향해 신속하게 이동했다.
데미안은 자신 곁에서 함께 달리고 있는 레오의 모습을 보면서 뭐라고 그에게 사과를 해야 할지 몰랐다. 데보라는 그 모습에 데미안의 어깨를 툭 치고는 위로의 말을 건넸다.
"너무 그렇게 심각하게 생각하지 마. 레오는 너를 돕는 것으로 만족할 거야. 그러니까 레오를 이용했다고 생각하지 마."
데보라의 위로에 데미안은 그저 쓴웃음을 지었을 뿐이었다. 될 수 있으면 큰길을 피해 이동을 한 탓인지는 모르지만 조금 전보다 시간이 좀 지나서야 타울의 신전에 도착할 수 있었다.

  신전의 거대한 돌기둥을 멀리 떨어진 곳에서 보면서 일행들은 일단 주위를 먼저 살폈다.

  늦은 밤인 데다 루벤트 제국이 레토리아 왕국을 병탄한 지 오랜 세월이 지난 탓인지는 모르지만 밤길을 오가는 사람들의 모습도 보이지 않았다.

  그 모습을 보는 헥터의 심정은 복잡하기 이를 데 없었다. 물론 전쟁과 맹약의 신 타울을 레토리아 왕국의 모든 사람들이 믿고 따른 탓도 있어였기 때문이겠지만 타울의 신전은 늦은 밤까지 사람들의 발길이 끊이지 않던 곳이었다.

  어린 시절 누구보다 마음이 여렸던 헥터도 아버지인 제롬의 손에 이끌려 몇 번이나 타울의 신전을 찾았던 기억이 있었다. 그랬던 신전이 이제는 아무도 찾아오지 않는 황량한 곳이 되었다는 사실에 말로 표현하기 힘든 감회를 느낀 것이다.

  어느새 헥터 곁에 다가온 데미안이 그에게 질문했다.

  "헥터, 그 쥬논 후작인가 하는 작자가 어디쯤 있을지 짐작하겠어?"

  "확실한 것은 장담할 수 없지만, 아마 과거 대주교가 있던 방이 아닐까 예상이 됩니다. 이 신전에서 그 방이 가장 큰 방입니다."

  "그래? 그럼 헥터가 생각할 때 어디의 경계가 가장 취약할 것 같아?"

  "제가 들은 정보로는 신전의 정면에 네 개의 망루가 설치되어 있고, 측면에는 세 개의 망루가 설치되어 있답니다."

  "그럼 후면은?"

  "타울의 신전은 산을 깎아 세운 곳이기에 후면이 절벽입니다.

올라가는 것은 문제가 없지만 몸을 숨길 만한 곳이 없어 금방 발각될 수 있습니다."

"일단 그쪽으로 이동을 해서 다시 생각을 하는 것이 좋을 것 같아."

일행들은 데미안의 말에 타울의 신전을 크게 우회해 신전의 후면으로 다가갔다.

절벽 위의 신전까지의 높이는 약 40미터 정도로 서너 곳에 발판을 만든다면 간단히 뛰어넘을 수 있을 정도의 높이였다. 그러나 절벽 밑은 날카로운 돌들이 깔려 있어 몸을 숨길 만한 곳이 전혀 없었다.

절벽 위에는 두 곳에 경비 초소가 있었다. 경비병의 숫자가 얼마나 될지는 모르지만 동시에 제압하지 않으면 그들에게 발각되는 것은 시간 문제였다.

데미안은 먼저 차이렌과 함께 먼 곳을 볼 수 있는 클레어보이언스의 스펠을 캐스팅해 두 경비 초소의 경비병들의 숫자를 확인했다. 두 사람이 확인해 본 결과 경비 초소간의 간격은 40미터, 그리고 좌측의 경비병 숫자는 둘, 우측은 세 명이었다.

원거리 공격 마법이 없는 것은 아니지만 소리를 내지 않고 적을 제압할 수 있는 방법은 없었다.

데미안이 고심을 하고 있을 때 뒤에 있던 카프가 자신의 생각을 말했다.

"좌측의 경비병은 제가 맡겠습니다. 데미안님은 우측의 경비병들을 맡아주십시오."

"그렇지만……."

"아닙니다. 제가 너무 제 입장만 내세운 것 같군요."

카프는 자신의 등에 메고 있던 가죽 주머니를 내려놓고는 두 자루의 스피어를 뽑아 들었다.

그런 카프의 모습에 그의 정체를 모르는 기사들은 어이가 없었다. 지금 자신들이 있는 곳에서 경비병들이 있는 초소까지의 거리가 얼마나 되는데 스피어를 꺼내 든 것인지 이해를 할 수 없었다.

다행히 카프가 나서서 한쪽을 맡아주겠다고 하자 데미안은 안도의 한숨을 쉬었다. 신중하게 초소까지의 높이나 거리를 가늠하고는 카프에게 자신의 작전을 설명했다. 그리고는 헥터와 함께 검을 뽑아 들었다.

"지금입니다."

데미안의 신호와 함께 카프는 좌측의 초소를 향해 스피어를 던졌고, 스피어가 완만한 곡선을 그리며 날아가는 것을 확인한 데미안은 헥터의 손을 잡고 짧게 시동어를 외쳤다.

"워프!"

순간 두 사람의 모습은 사람들의 눈에서 사라졌고, 일행들의 눈이 우측 초소로 향하는 순간 초소 옆에 두 사람의 모습이 소리도 없이 나타났다.

데미안과 헥터는 깜짝 놀라는 세 명의 경비병들의 목을 단숨에 날려 버렸고, 그 순간 완만한 곡선을 그리며 날아가던 카프의 스피어가 좌측의 경비병들의 목을 사정없이 꿰뚫었다.

그야말로 순식간에 일어난 일이었다.

기사들이 어안이 벙벙한 표정을 짓고 있을 때 데미안이 일행들에게 손짓을 했다. 일행들은 재빨리 절벽 밑으로 다가가서는 몇 자루의 대거를 꺼내 벽면에 박아넣었다.

자루 부분까지 박힌 대거의 손잡이를 밟고 일행들은 가볍게 절벽을 올라갔다. 로빈은 카프가 데리고 올라갔고, 차이렌은 비행 마법을 사용해 유유하게 올라갔다.

"우리의 임무는 루벤트 제국의 파견군 사령관인 쥬논 후작을 생포하는 것이다. 최대한 교전을 피하고 쥬논 후작을 생포하는 데 주력한다."

데미안의 말에 사람들의 반응은 제각각이었다. 데미안을 처음 보는 기사들은 사무적이고 냉철한 모습이 그의 본 모습이라고 생각을 했다. 그러나 데미안과 같이 생활했던 적이 있던 엔쏘니 같은 경우에는 조금은 변한 듯한 데미안의 모습이 어딘지 모르게 어색하게 느껴졌다.

특히 데미안과 함께 여행과 고생을 같이했던 데미안의 일행들의 느낌이 더욱 달랐다. 장난스럽고 자기 고집이 강하기는 했지만 그것이 오히려 그의 매력으로 받아들여졌었는데, 지금은 꼬집어 말할 수는 없지만 다른 사람을 대하고 있는 듯한 느낌이 드는 것을 감출 수 없었다.

지면에 신전의 대략적인 모양을 그린 헥터가 쥬논 후작이 있을 것으로 추정되는 위치를 표시했다.

"제 예상으로 쥬논 후작은 아마 이곳에 있을 겁니다. 이곳으로 통하는 길은 모두 세 갈래. 첫 번째 길은 가장 빠른 반면 가장 경계가 심할 것이고, 두 번째 길은 비교적 거리가 멀기는 하지만 별다른 위험은 없을 겁니다. 세 번째 길은 가장 거리가 멀고, 게다가 두 군데 이상의 경비 초소를 지나야 할 것으로 판단됩니다."

"그렇다면 두 번째 길을 선택하면 될 것 아닙니까?"

이안의 질문에 헥터는 자신없는 음성으로 대답했다.

"조금 전에도 말씀드렸다시피 이것은 제 예상일 뿐 실제로 저들이 어느 곳에 병력을 집중시켰을지는 알 수 없습니다."

"저희로서는 처음 와보는 곳입니다. 어차피 모든 위험을 피해가기는 불가능한 일 아닙니까? 헥터님, 첫 번째 길은 저와 동료들이 가겠습니다. 싸일렉스 백작님과 헥터님이 잠입하시는 것을 도울 길은 그 방법뿐인 것 같습니다. 저들의 이목이 저희에게 집중되는 순간 쥬논 후작을 생포하도록 하십시오. 지금으로써는 그것이 최선의 방법이라고 생각합니다."

신중한 모습으로 대답하는 이안의 말에 뒤에서 그의 이야기를 듣고 있던 다른 기사들도 고개를 끄덕였다. 데미안도 곰곰이 생각을 해보았지만 이안이 말한 것보다 좋은 방법은 없을 듯했다.

문제가 되는 것은 역시 언제 들어가느냐 하는 것이었다.

들어가는 시간이 빠르면 루벤트 제국의 병력과 충돌하는 것은 기정사실이었고, 그렇게 된다면 막대한 피해가 생길 것은 뻔한 일이었다. 반대로 너무 늦는다면 제롬이 위험에 빠져 그의 목숨이 위험할지도 모르는 일이었다.

"헥터, 지금 우리가 있는 곳에서부터 쥬논 후작이 있을 것으로 판단되는 곳까지 소요되는 시간이 얼마나 되지?"

"첫 번째 길은 약 5분, 두 번째 길은 15분, 세 번째 길은 15분 이상입니다."

"헥터가 생각하기에 어떻게 하는 것이 좋을 것 같아? 헥터와 내가 먼저 잠입을 하고 이안과 나머지 사람은 뒤에 잠입을 하는 것이 좋을 듯한데……."

데미안의 제안에 신중하게 생각하던 헥터는 곧 고개를 끄덕였다.

"제가 생각하기에도 그렇게 하는 것이 좋을 듯하군요."

"헥터의 생각에도 그렇지? 그럼 이렇게 하자고. 먼저 나에게 세 번째 길에 대해 자세하게 설명을 해줘. 그러면 로빈과 레오, 그리고 데보라와 함께 갈게. 그리고 헥터는 카프님, 뮤렐과 함께 두 번째 길을 택해 최대한 빠른 시간에 가도록 하는 거야."

"하지만 그렇게 되면 데미안님이 너무 위험해집니다."

"괜찮아. 헥터가 그 쥬논 후작을 빠른 시간에 생포한다면 우리도 곧 안전해질 수 있잖아?"

이미 데미안은 결심을 굳혔는지 말하는 투가 그저 상대에게 알려주는 투였다.

물론 자신이 아무리 설득하려고 해도 설득될 데미안이 아니라는 것을 알면서도 데미안을 그런 위험에 빠지게 한다는 것이 불안한 헥터였다.

"이미 헥터의 아버님과 헤어진 지도 상당한 시간이 지났잖아. 우리도 빨리 준비를 하자고."

데미안의 말에 모두들 고개를 끄덕이고는 각자 자신의 무기를 점검했다. 점검이 끝나고 헥터에게서 자세한 설명을 들은 일행은 제롬에게서 신호가 오기만 기다렸다.

초조하게 신호를 기다리는 일행들의 귀에 갑자기 소란스러운 소리가 들렸다. 순간 눈빛을 교환한 일행들은 각자가 맡은 곳을 향해 신속하게 이동했다.

로빈을 등에 업고 달려간 데미안은 먼저 안의 동정을 살폈지만 사람들의 흔적은 발견할 수 없었다. 데미안은 레오와 데보라에게 손짓을 하고는 통로를 향해 달려갔다.

데미안이 택한 통로는 헥터의 설명대로 상당히 복잡한 미로 형태를 띠고 있었다. 거의 20미터 정도마다 갈림길을 만났다. 데미안은 무조건 북쪽을 향해 달려갔다. 그리고 그 양 옆으로 레오와 데보라가 잔뜩 긴장한 채 달리고 있었다.

전면에서 뭔가가 움직이는 것을 감지한 데미안은 재빨리 두 사람에게 손짓을 하고는 벽에 붙어 섰다. 그리고는 레이피어를 뽑아 들고는 적들이 나타나기를 기다렸다.

잠시 후 세 명이 검을 뽑아 든 채 조심스럽게 이동하는 모습에 데미안의 눈에 띄었다. 순간 데미안은 그 자리에서 점프를 해서 벽면을 박차고 몸을 날렸다. 때를 같이해 데보라와 레오도 몸을 잔뜩 낮춘 채 이동했다.

루벤트 제국의 기사들이 데미안의 모습을 발견했을 때는 이미 데미안이 자신들의 머리 위로 떨어져 내릴 때였다. 데미안의 레이피어는 사정없이 기사들의 목을 꿰뚫었다.

두 사람이 비명도 남기지 못하고 목숨을 잃는 순간 다른 한 사람도 데보라의 쇼트 소드에 심장이 꿰뚫리고, 레오의 손톱에 목이 잘려 나갔다.

로빈은 비명도 없이 너무도 간단히 세 사람이 목숨을 잃는 모습에 자신도 모르게 눈을 감았다. 물론 어쩔 수 없는 선택이라는 것을 모르는 것은 아니지만 사람이 죽어가는 모습은 언제 봐도 끔찍하기만 했다.

사람을 살려야 하는 라페이시스의 사제로서 사람을 죽이는 데 자신이 동조해야 한다는 게 로빈에겐 고통이었다. 물론 더 큰 전쟁을 막는다는 목표가 있기는 했지만 그런다고 살인이 정당화될 수는 없다는 것이 로빈의 생각이었다.

"로빈, 뭐 하고 있어?"

데미안의 말에 로빈은 눈을 뜨고 데미안을 바라보았다.

자신이 데미안을 안 지 1년이 지났다. 처음 그를 보았을 때만 하더라도 버릇없고, 무례하고, 종잡을 수 없는 성격의 소유자라고 생각을 했었다. 그러나 그와 일행이 된 후 옆에서 본 데미안은 참으로 많은 모습을 보여주었다.

그중에서도 자신이 가장 좋아하는 모습은 타인을 위해 자신을 희생한다는 것이었다. 지금도 헥터나 제롬을 돕기 위해 스스로 이곳까지 오지 않았는가?

"아니에요."

"싱겁기는……."

데미안은 그 말을 하고는 다시 로빈을 업고 통로 안을 달려갔다.

그 후에도 몇 번이나 루벤트 제국의 기사들을 만났지만 기습을 해 어렵지 않게 그들을 처치할 수 있었다. 신전 밖에서 벌어진 소란에 상당수의 기사들이 빠져나갔는지 잔류하고 있는 기사들의 수가 예상보다 적었다.

헥터들과 만나기로 예정한 곳에 도착을 하고 보니 쥬논 후작이 있을 것으로 예상되는 방은 직선으로 이어진 통로와 연결이 되어 있었다. 어떻게 할까 고심하고 있을 때 뒤에서 인기척이 들렸다.

고개를 돌리고 상대를 확인하니 헥터와 카프, 그리고 뮤렐이 다가오고 있었다. 상당한 격전을 치뤘는지 그들의 의복에는 꽤나 많은 피가 묻어 있었다.

"일단 제가 먼저 들어가겠습니다. 데미안님께서는 뒤를 맡아주십시오."

헥터의 말에 자신이 나서겠다고 말하려던 데미안은 그런 자신의 생각을 접었다. 쥬논 후작을 잡는 것이야말로 당연히 헥터가 해야 할 일이라는 생각이 들었기 때문이었다.

천천히 숨을 고르던 두 사람은 잠시 눈빛을 교환하고는 그대로 문을 향해 돌진했다.

쾅!

요란한 소리와 함께 문이 열렸고, 실내에서 회의를 하고 있던 사람들은 검을 뽑아 든 채 달려드는 두 사람의 모습을 발견하고는 어이없다는 표정을 지었다.

길다란 테이블 주위에는 열 명 정도의 사내들이 앉아 있었는데 대략 이십대 후반에서 사십대 초반으로 보였고, 복장은 제각각이었다.

헥터는 바스타드 소드를 치켜든 채 사람들을 훑어보았다. 그런 그의 눈이 멈춰진 곳은 오른쪽 구석에 앉아 있는 사람을 보았을 때였다.

짧게 다듬은 콧수염과 턱수염이나 구릿빛으로 탄 얼굴이 누가 보아도 군인이라고 말할 것처럼 생긴 사내였다.

사십대 초반 정도로 보였고, 지금처럼 갑작스런 상황에서도 조금도 당황한 모습을 보이지 않은 것이 자신이 목표로 했던 자가 분명했다.

"그대가 웨이드 폰 쥬논 후작인가?"

"그렇다. 무례하게 뛰어든 그대는?"

"본인은 레토리아 왕국의 군사령관이었던 제롬 드 티그리스 후작의 아들 헥터 티그리스다."

제45장
레토리아 왕국 탈환

"제롬 티그리스? 그렇다면……."

헥터의 대답에 반응한 것은 웨이드가 아니라 주위에 앉아 있던 사내들이었다.

제자리에서 벌떡 일어선 그들은 당장 자신의 허리에 차고 있던 롱 소드를 뽑아 들었다. 그리고는 곧 데미안과 헥터를 포위했다.

"그렇지 않아도 10여 년 전 레토리아를 탈출했다는 너희들을 찾고 있었는데 제 발로 찾아오다니."

그들의 눈에 제 발로 자신들을 찾아온 헥터의 행동을 비웃는 듯한 기색이 역력했다. 그러나 헥터는 자신을 포위하고 있는 사내들에게는 관심도 보이지 않았다.

"이렇게 모습을 보인 것은 우리를 물리칠 자신이 있기 때문인가?"

"타울의 은총이 레토리아 왕국을 보호하는 한 루벤트 제국의 병사들을 반드시 몰아낼 것이다."

"흥! 누구 맘대로!"

헥터의 말에 그를 포위하고 있는 사내들 가운데 누군가가 코웃음을 치더니 그대로 달려들었다. 재빨리 헥터의 앞을 가로막은 데미안은 상대의 검을 막아내면서 헥터에게 소리쳤다.

"헥터, 나머진 내가 맡을 테니까 어서 저자를 사로잡도록 해."

그 말과 함께 데미안은 눈부신 속도로 레이피어를 뽑아 들고는 검끼리 부딪친 충격을 이기지 못하고 뒤로 물러서는 사내를 향해 그대로 찔러 들어갔다.

자신의 롱 소드가 데미안의 바스타드 소드와 부딪치며 손목이 시큰할 정도로 충격을 받은 사내는 순간적으로 자신이 두 청년을 너무 가볍게 봤다는 생각을 했다. 그리고 미처 자세를 잡기도 전에 날아오는 데미안의 레이피어를 발견하고는 그만 공포에 휩싸이고 말았다.

이건 빨라도 너무 빨랐다.

쳐들었던 손을 미처 반도 내리기 전 데미안의 레이피어는 무정하게 사내의 목을 꿰뚫었다.

"크아악!"

영혼을 쥐어짜는 듯한 비명 소리와 함께 실내에 피 내음이 좍 악 피어났다. 목숨을 잃은 사내의 시신이 바닥에 떨어지기도 전, 데미안은 벌써 다른 상대를 찾아 이동하고 있었다.

눈 깜짝할 사이에 동료를 잃은 사내들은 순식간에 눈에 핏발이 섰다. 그리고는 사정없이 데미안을 몰아쳤다.

아무리 데미안의 검술이 뛰어나다고 해도 상대할 수 있는 수는 정해져 있었다. 게다가 상대와 비교해서 조금 뛰어날 정도였지 결코 월등히 앞서는 것은 아니기에 금세 데미안은 궁지에 몰렸다.

만약 조금 전에 목숨을 잃은 사내도 방심하지만 않았다면 그렇게 간단히 목숨을 잃을 사람은 아니었다. 데미안의 몸이 사내들에게 가려져 보이지 않게 된 그 순간, 갑자기 사내들 뒤에서 누군가가 실내로 뛰어들었다.

"싸일렉스 백작님, 저희가 돕겠습니다."

"데미안, 조금만 기다려!"

"데미안님, 조심하십시오."

갖가지 음성과 함께 십여 명이 들어서자 사내들은 흠칫 놀라며 재빨리 뒤로 물러섰다.

"사령관님, 일단 넓은 장소로 이동하는 것이 좋겠습니다."

사내들의 말에 웨이드는 실내로 뛰어든 사람들을 살폈다. 모두의 몸에 적지 않은 피가 묻어 있는 것으로 보아 그들을 가로막았던 자신의 부하들이 목숨을 잃었다는 것은 묻지 않고도 알 수 있었다.

사대들이 거의 50명이 넘어 보이는 반면 자신들은 겨우 열 명 정도가 아닌가? 생각은 길었지만 행동은 빨랐다.

부하들에게 눈짓을 한 웨이드는 그대로 창문을 뚫고 몸을 날렸다. 그와 동시에 그의 부하들도 웨이드를 뒤따랐다.

헥터와 데미안은 웨이드가 설마 창문을 통해 뛰어내릴 줄은 상상도 못했기에 순간적으로 멈칫할 수밖에 없었다. 그러나 곧 정신을 차리고 창문 아래로 뛰어내렸다. 그리고 그들 뒤를 따라 다른 사람들도 몸을 날렸다.

웨이드와 그의 부하들, 그리고 신전 주위에 있던 그의 부하들은 이미 데미안들이 내려오기만을 기다리고 있던 중이었다.

가장 먼저 뛰어내린 데미안과 헥터에게 수십 명의 루벤트 제국 병사들이 각자의 무기를 휘두르며 달려들었다. 데미안과 헥터는 재빨리 상대의 공세를 피하고는 들고 있던 검을 힘껏 휘둘렀다.
"챙챙챙―!"
요란한 소리와 함께 루벤트 제국 병사들의 무기가 튀어 올랐고, 그 틈을 놓치지 않고 두 사람의 검이 그들의 몸을 훑고 지나갔다.
"으악!"
"크아악!"
당장 서너 명의 몸에서 선혈이 솟구치며 바닥에 쓰러졌지만 상대의 숫자는 너무 많았다. 데미안의 뒤를 이어 뛰어내렸던 트렌실바니아 왕국의 기사들은 각자 자신들의 무기를 휘두르며 루벤트 제국의 병사들을 공격해 갔다.
웨이드에게 다가가기 위해 필사적으로 노력하던 헥터는 웨이드의 전면에 갑자기 거대한 물체가 나타나는 것을 확인했다. 골리앗이었다.
"적들이 골리앗을 동원했다."
헥터의 대답에 데미안은 신속하게 뒤로 물러나서는 자신의 골리앗을 호출했다.
"선더볼트!"
순간 데미안의 앞에 검푸른색의 골리앗이 모습을 보였다.
"선더볼트, 나에게 문을 열어라!"
데미안의 외침에 선더볼트의 가슴에 새겨져 있던 선더버드의 문양에서 한 줄기 푸른빛이 뿜어져 나왔고, 데미안의 몸에 닿는 순간 데미안의 몸은 순식간에 사라졌다.
거대한 황금색의 마법진 위에 올라선 데미안은 전면에 열린 마법의 창을 통해 주위를 둘러보았다.

"데미안님, 오랜만이에요."

"플레임, 그동안 잘 있었어?"

"예, 밖이 상당히 소란한 것 같군요."

플레임과 대화를 하면서도 데미안의 눈은 마법의 창에서 떨어지지 않았다. 그런 데미안의 눈에 상대의 골리앗이 순식간에 열 대로 늘어난 것을 확인했다.

고개를 돌려보니 헥터도 이미 자신의 골리앗인 엔시아를 호출해 탄 후였다. 데미안은 먼저 트렌실바니아 왕국의 기사들이 골리앗을 호출할 수 있는 시간을 벌어주기 위해 루벤트 제국의 병사들을 공격하기 시작했다.

"파이어 볼!"

운용되는 마나의 양이 틀리기 때문일까? 선더볼트의 왼손에는 지름이 1미터는 족히 되어 보이는 거대한 불덩이가 생겨났다. 데미안은 그 광경을 보고 놀라 입만 벌리고 있는 루벤트 제국 병사들 쪽으로 사정없이 파이어 볼을 날렸다.

펑! 하는 소리와 함께 커다란 불길이 치솟았고, 파이어 볼이 떨어진 곳에 있던 20여 명의 루벤트 제국 병사들은 새까맣게 탄 채 일순간에 목숨을 잃어버렸다.

그 모습에 루벤트 제국의 병사들이나 트렌실바니아 왕국의 기사들이 모두 놀라기는 마찬가지였다. 단 한 번도 골리앗을 탄 자가 마법을 펼치는 모습을 보지 못했기에 그들의 놀라움은 더욱 컸다.

데미안은 멍한 표정으로 자신, 아니, 선더볼트를 바라보고 있는 트렌실바니아 왕국의 기사들을 보고 분통을 터뜨렸다.

"지금 뭘 그렇게 쳐다보고 있는 거야? 적과 싸우던 중이라는 걸 잊기라도 했단 말이야?! 플레임."

"예, 데미안님."

"저 작자들에게 내 말을 전달해 줘."

데미안의 말에 플레임은 붉은 머리를 휘날리며 고개를 끄덕였다.

"지금 뭘 보고 있나! 적과 싸우고 있다는 사실을 잊었나!"

갑자기 골리앗에서 데미안의 음성이 들리자 트렌실바니아 왕국의 기사들은 화들짝 놀라며 정신을 차렸다. 골리앗을 가지고 있는 골리앗 라이더들은 재빨리 자신들의 골리앗을 호출했고, 골리앗을 가지지 못한 기사들은 재빨리 원형을 그리며 적들과 대치했다.

기사들이 정신을 차리는 모습을 발견한 데미안은 재빨리 고개를 돌려 헥터를 찾았다. 헥터가 탄 엔시아는 지금 열 대 정도의 골리앗에 포위가 되어 위험한 순간을 맞고 있었다. 그리고 그들 가운데 둘이 조금 전에 들린 폭음 소리에 놀라 뒤를 돌아보다가 데미안의 골리앗을 발견하고는 달려드는 중이었다.

데미안은 선더볼트의 등에 장착되어 있던 4미터짜리 검을 뽑아 들고는 상대가 좀 더 접근하기를 기다렸다. 검은 치켜든 채 달려드는 상대와의 거리를 계산하던 데미안은 상대와의 거리가 10미터로 좁혀지자 폭발적인 움직임을 보였다.

검을 옆으로 비켜든 채 잔뜩 몸을 낮추고는 엄청나게 빠른 속도로 뛰어나간 것이다. 갑작스런 데미안의 움직임에 상대들은 순간 움찔하며 걸음을 멈추려 했고, 그 순간 선더볼트의 거대한 몸뚱이가 한 마리 매처럼 빠르고 우아한 동작으로 허공으로 치솟았다. 그리고는 상대 골리앗의 머리를 향해 사정없이 검을 내려쳤다.

쾅!

귀청을 찢을 듯한 소리와 함께 상대 골리앗의 머리는 완전히 두 쪽이 났지만 선더볼트의 움직임은 멈춰지지 않았다. 재빨리 검을 회수한 선더볼트는 검을 회수함과 동시에 아래에서 위로 검 끝을 세운 채 힘껏 찔렀다.

선더볼트의 검은 상대 골리앗의 가슴 부분을 정확히 꿰뚫었고, 그로 인해 상대 골리앗의 심장은 완전히 파괴되었다. 그러는 사이 남은 한 명이 데미안의 등을 향해 힘껏 검을 내려쳤고, 미처 몸을 돌리지 못한 데미안은 마나를 끌어올리며 힘차게 외쳤다.

"앱솔루트 아머!"

쾅!

순간 데미안은 왼쪽 어깨에 상당한 충격을 받았다. 그러나 참지 못할 정도는 아니었다. 자신의 검이 보이지 않는 보호막에 막혀 튀어 오르는 것을 발견한 상대는 순간적으로 놀라 멈칫했고, 선더볼트는 그 기회를 놓치지 않고 앉은 자세에서 몸을 회전시키며 커다란 검을 휘둘렀다.

선더볼트의 검은 상대 골리앗의 가슴에 깊은 상처를 내기는 했지만 심장을 파괴하지는 못했다. 데미안의 공격에 상대가 뒤로 물러서자 선더볼트의 뒤에서 아군 골리앗 하나가 뛰어들며 검을 내려쳐 상대편 골리앗의 오른팔을 잘라 버렸고, 뒤이어 달려온 골리앗이 그대로 그 골리앗의 심장을 꿰뚫었다.

쿵!

육중한 소리를 내며 쓰러지는 상대 골리앗을 바라보며 선더볼트를 일으켜 세운 데미안은 자신이 인솔해 온 트렌실바니아 왕국의 기사들이 모두 골리앗을 호출한 것을 확인하고 재빨리 명령을 내렸다.

"15명은 헥터를 도와 쥬논 후작을 사로잡도록 하고, 나머지는 아군을 지원하라."

데미안의 명령에 기사들은 일사불란하게 움직였다.

물론 루벤트 제국의 병사들이 압도적으로 많았던 것은 사실이었다. 그러나 그들의 상대는 같은 인간이 아니라 신이 지상에 남겨놓은 골리앗이었다.

높이는 각 골리앗마다 약간씩 다르긴 했지만 평균적으로 6미터에, 평균적인 무게는 50여 톤에 이르는 엄청난 철 구조물이었다. 마법과 연금술의 힘으로 움직이는 골리앗을 뼈와 살로 이루어진 인간이 상대하기란 불가능에 가까운 일이다.

따라서 다섯 대의 골리앗을 상대하는 루벤트 제국 병사들의 상황이 얼마나 불리하리라는 것은 입 아프게 설명할 필요도 없었다.

이미 골리앗이 가진 힘이 어떤 것인가를 경험한 바 있는 데보라나 로빈은 놀라움이 덜했지만, 말로만 듣던 골리앗을 처음 보는 뮤렐이나 카프의 놀라움은 대단한 것이었다. 게다가 육중한 골리앗끼리의 전투는 육중한 맛이 있었다.

5, 60명의 침입자들 가운데 골리앗을 가진 자가 무려 20대가 넘자 웨이드는 기절할 듯이 놀랐다. 말이 20대지 골리앗 20대라면 웬만큼 작은 나라가 보유하고 있는 전체 골리앗의 숫자와 맞먹는 숫자였기에 그의 놀라움은 당연한 것이었다.

게다가 이자들의 검술 솜씨는 상당히 숙달되어 있었다. 조금 비겁하기는 했지만 한 대의 골리앗에 두세 대의 골리앗이 달라붙어 순식간에 상대를 확실히 무력하게 만들고 있었다.

5분도 안 되는 시간 동안 무려 여섯 대의 아군 골리앗이 파괴를 당했고, 위험한 상황은 계속 이어지고 있었다. 물론 혼자의 몸이라면 당장이라도 도망을 가겠지만 지금은 그럴 수 있는 상황도 아니었다.

더군다나 자신이 아무리 소드 마스터라고 하더라도 그 경지에 도달한 것도 얼마 전의 일이었기에 부하들을 완벽하게 보호할 수도 없었다.

도주할 것인가, 아니면 적과 교전을 할 것인가를 빨리 결정지어야만 했다. 그러는 사이에도 또 한 대의 아군 골리앗이 파괴되었다.

적들은 자신을 완전히 포위한 채 일방적으로 공격을 하고 있었고, 부하들은 상대의 공격을 힘겹게 막아내고 있었다. 결국 웨이드가 내린 결정은 도주를 하는 것이었다.

레토리아 왕국 자체가 전략적으로 중요한 곳은 아니지만, 만약 저들의 손에 레토리아 왕국이 해방되기라도 한다면 루벤트 제국으로서는 수치스러운 일이었다.

게다가 레토리아 왕국이 해방하는 것으로 끝날 문제가 아니었다. 레토리아 왕국과 마찬가지로 루벤트 제국의 속국이 되어버린 오르고니아 왕국이나 국토의 상당 부분을 빼앗긴 트렌실바니아 왕국이나 크로네티아 왕국 역시 가만히 있지 않을 것은 불을 보듯 뻔한 일이었다. 어떻게든 지금 벌어진 일을 본국에 알리고 자신들을 공격한 자들의 신분이 어떻게 되는지 그 비밀을 밝혀야만 했다.

단순하게 10년 전에 탈출에 성공했던 제롬 드 티그리스의 아들이 어디선가 사귄 동료들의 도움을 받아 자신들을 기습했다고 믿을 정도로 단순한 웨이드는 아니었다. 적어도 국가적인 지원이 있지 않으면 이렇게 대규모 골리앗들이 레토리아 왕국에 나타날 순 없었다.

이를 악문 웨이드는 부하들에게 자신의 생각을 전달했다.

"그대들은 평소 황제 폐하께 막대한 은총을 입었다. 이제 그 은총에 보답할 기회가 왔다. 그대들은 목숨을 걸고 이곳을 사수하라. 본인은… 본인은… 이곳을 탈출해 황제 폐하께 이 사실을 보고 드리겠다."

웨이드의 말에 남은 네 대의 골리앗에서는 아무런 대답도 들리지 않았다. 십여 대에 이르는 골리앗의 집중적인 공격에 대답할 여력마저 없었던 것이다.

'나를 용서해라. 그리고 날 원망해라.'

웨이드는 틈을 보다 아군의 골리앗이 흩어지는 순간을 이용해 신속하게 이동했다. 설마 적 사령관이 탈출을 시도할 줄은 몰랐는지라 트렌실바니아 왕국의 기사들은 순간적으로 당황했다. 그 틈을 놓치지 않고 루벤트 제국의 골리앗은 악착같이 달려들었다.

웨이드에 대한 생포를 헥터에게 맡기고 자신은 일행들에게 돌아가려던 데미안의 눈에 도주하고 있는 웨이드의 골리앗이 보였다.

발견하는 순간 데미안이 탄 선더볼트는 빠르게 웨이드의 골리앗을 뒤쫓았고, 헥터가 탄 엔시아 역시 빠른 속도로 달려오고 있었다.

쫓고 쫓기는 추격전이 한동안 계속되었고, 후방을 살피던 웨이드는 데미안과 헥터의 골리앗이 따라오는 것을 발견하고는 자신의 골리앗을 원래 있던 자리로 돌려보내고는 엄청난 속도로 이동을 했다.

헥터와 데미안도 자신들의 골리앗을 원래 자리로 돌려보내고는 웨이드의 뒤를 빠른 속도로 따라갔다. 그러나 시간이 지날수록 웨이드와의 거리는 점점 더 벌어졌고, 결국 그의 모습을 놓치고 말았다.

갑작스런 소란 때문인지 늦은 밤임에도 불구하고 많은 사람들이 길거리로 쏟아져 나왔다. 헥터와 데미안은 길 위에 나 있던 웨이드의 흔적을 찾으려고 안간힘을 썼지만 사람들의 발길에 지워져 포기할 수밖에 없었다.

헥터와 데미안이 허탈함을 이기지 못하고 있을 때 거리로 쏟아져 나왔던 사람들은 자신들을 지배하던 루벤트 제국 병사들이 누군가의 공격을 받아 엄청난 피해를 입었다는 소식을 듣고 환호성을 터뜨렸다.

그뿐이 아니었다. 각자 자신들의 집에서 들고 나온 무기나 몽둥이를 들고 왕궁이 있는 곳을 향해 달려가는 것이다. 그 모습을 보는 헥터나 데미안의 눈에는 그들의 안전을 걱정하는 빛이 가득했다.

"헥터, 쥬논 후작을 놓친 것은 어쩔 수 없는 일이잖아. 어서 헥터의 아버님께서 계신 곳으로 가자."

"그렇게 하죠, 데미안님."

헥터가 고개를 끄덕이는 사이 타울의 신전에 있던 동료들이 다가오고 있었다. 그들은 거리로 쏟아져 나온 군중들을 바라보며 한숨을 쉬었다.

"이렇게 혼란스러워서야 통제고 뭐고 아무것도 할 수 없겠군. 백작님, 쥬논 후작은?"

"놓쳐 버렸네. 그런데 카프님께서는 어디 계신가?"

"모르겠습니다. 아까부터 보이지 않았습니다."

이안의 대답에 데미안의 고개를 끄덕이며 다시 환호성을 지르는 군중들을 바라보았다.

"그럼, 일단 제롬님이 계시는 왕궁으로 가도록 하세."

데미안의 명령에 일행들은 궁중들을 헤치고 제롬과 만나기로 한 장소로 이동을 했다.

레토리아 왕국의 국민들은 10여 년 만에 찾아온 자유에 언제까지라도 환호성을 터뜨릴 것 같았다.

　　　　　*　　　　*　　　　*

"빈센트 전하, 스캇 전하께서 연락을 보내오셨습니다."
"형님이?"
"그렇습니다."

40대 사내가 정중하게 한 통을 편지를 건넸다.

빈센트, 네게 도움을 줄 선발대가 윌라인 근처에 있는 자이룽에 주둔하고 있다. 물론 노련하고 전투 경험이 많은 사람들이니 네가 하고자 하는 일에 많은 도움이 될 것이다. 그리고 며칠 간격으로 1차 만 명, 2차 2만 명의 인원이 추가로 이동을 할 것이다. 비록 그들의 숫자가 적다고는 하지만 윌라인을 수비하고 있는 수도 경비 사단에 비하면 월등하게 뛰어날 것이다. 그리고 비밀리에 이동을 한다고는 하지만 언제 앤드류의 귀에 이 소식이 전해질지 모르니 적당히 알아서 처리하도록 해라.

스캇.

사무적인 이야기만 나열된 편지였다. 그러나 빈센트는 그 글을 통해 스캇의 마음을 충분히 읽을 수 있었다. 그리고 자신이 기다리던 소식이기도 했다.

"이 편지를 전한 자는?"

"예, 스캇 전하의 명을 받아 이동해 온 기사였습니다. 언뜻 보기에 상당한 실력을 가진 기사 같더군요."

"그래?"

중년 사내의 보고에 빈센트는 의자에 몸을 깊이 묻으며 생각에 잠겼다. 그 모습을 지켜보는 중년 사내는 눈앞의 소년이 도저히 자신의 아들과 같은 나이라는 것을 믿을 수가 없었다.

특히 빈센트가 지금처럼 생각에 잠겨 있는 모습을 보면 그런 생각이 더욱 더했다.

"브렌시넌 자작, 요즘 황태자의 모습이 보이지 않던데 지금 그가 어디에 있는지 파악하고 있소?"

"은밀하게 수소문해 본 결과 지금 황태자께선 아름다운 묘령의 아가씨와 함께 도서관에서 매일을 보내시는 것으로 알고 있습니다."

"황태자가 도서관에? 그것도 묘령의 아가씨와?"

에이텍 브렌시넌 자작의 대답에 빈센트의 눈빛이 빛났다.

적어도 자신이 알고 있는 앤드류는 누구보다 도서관에 어울리지 않는 인물이었다. 그렇다고 그가 학문을 경시한다는 것은 아니지만 뭔가를 심각하게 생각하기보다는 직접 행동하는 것이 그에게 어울리는 모습이었다.

"설마, 데이트라도 즐기고 있단 말이오?"

"확실한 것은 알 수 없지만 무엇인가에 대한 단서를 찾고 있는 것으로 알고 있습니다. 하지만 그것이 무엇인지는 그의 부하들도 모르고 있었습니다."
"부하들도 모르는 것을 찾고 있다?"
자신이 알고 있는 앤드류의 성격상 자신에게 아무런 이득도 없는 짓을 하지는 않을 것이라 생각하고 보면 틀림없이 지금 그가 찾고 있는 것이 중요한 물건의 단서일 것이다. 그러나 여자와 함께 찾아야 할 물건이라니……
어쨌든 앤드류가 신경을 다른 곳에 쓰고 있다면 자신이 움직이기에는 더할 수 없이 편하니 좋지 않은 일이라고는 할 수 없었다.
"다른 작자들은 지금 뭐 하고 있지?"
갑작스런 질문에 에이텍은 말문이 막혔다.
"누구를 말씀하시는지요?"
"이복형제."
그제야 누굴 지칭한 것인지 깨달은 에이텍은 황급히 대답했다.
"예, 대부분 황태자 전하가 언제 자신을 호출할지 몰라 불안한 나날을 보내고 있습니다."
"멍청한 작자들……. 귀족들의 포섭은?"
"그렇지 않아도 모두 황태자 전하의 전횡에 공포를 느끼고 있기 때문에 포섭하는 것은 그리 어렵지 않았습니다. 전하께서 거사를 일으킬 때 모두 전하의 편에서 돕기로 약속을 했습니다."
"후후후, 자신들의 권력을 유지하기 위해서겠지. 그렇지만 지금은 그들의 도움이 절실할 때이니 일단은 눈감아주지. 요즘 황제 폐하의 근황은?"
"주로 윌라인 외곽에 마련된 별궁에서 지내고 계십니다."
"네포리아 황후는?"

"그, 그것이……."

왠지 에이텍이 말꼬리를 흐리자 빈센트가 그를 다그쳤다.

"무슨 일인가?"

"근위 기사들은 은밀하게 풀어 저희와 다른 왕자들을 감시하고 있습니다. 물론 들키지는 않았지만 지금 같은 상황이라면 외출하는 것조차 조심을 해야 할 지경입니다."

"후후후, 드디어 그 늙은 마녀가 몸이 달았군. 얼마 남지 않은 목숨, 그동안 아름다운 세상을 원없이 볼 수 있도록 지금은 살려 두마."

깍지를 낀 손을 자신의 배 위에 올려놓으며 빈센트는 자신만의 세계로 빠져들었다가 곧 깨어났다.

"거사를 앞당긴다. 형님께 거사를 앞당긴다는 연락을 드리도록 해라. 추가 병력이 도착하는 대로 거사를 일으킨다."

빈센트가 무심히 내뱉은 말에 에이텍은 심장이 멎는 듯한 충격을 받았다. 고개를 들어 빈센트의 얼굴을 살폈지만 이미 그는 다시 자신만의 세계에 빠진 듯 먼 곳을 바라보고 있자 나직하게 한숨을 쉬고는 곧 내실을 빠져나갔다.

"알겠습니다, 빈센트 전하."

     *   *   *

광란하는 군중들을 피해 왕궁으로 향한 데미안 일행은 헥터의 안내를 받아 궁 안으로 들어갈 수 있었다.

트렌실바니아 왕국은 다른 왕궁에 비하면 크기도 작고 화려하지도 않지만, 주위의 전경과 어우러져 마치 숲 속의 궁전 같다는 느낌을 주는 궁전이었다.

데미안 일행이 도착을 했을 때 궁전 앞 광장에는 수십 명이 넘는 사람들이 밧줄에 묶인 채 무릎을 꿇고 머리를 숙이고 있었다. 그리고 주위에는 수백, 수천 명이 넘는 성난 군중들이 그들을 노려보고 있었다.

그리고 두 사람의 여자와 남자가 단상에 서서 군중과 무릎을 꿇고 있는 사람들을 바라보고 있었다.

"사랑하는 레토리아 왕국의 국민들이여! 잠시 내 말을 들어주기 바란다."

제롬의 음성이 멀리까지 퍼지자 주위는 순식간에 조용해졌다. 그 모습에 제롬은 옆에 있던 레베카를 잠시 바라보다가 다시 말을 이었다.

"본인은 예전에 레토리아 왕국의 총사령관이었던 제롬 티그리스다. 오늘 본인은 우리의 우방인 트렌실바니아 왕국의 도움을 받아 레토리아 왕국을 장악하고 있던 루벤트 제국 파견군의 수뇌부를 괴멸시키고, 루벤트 제국에 조국을 팔아먹었던 매국노들을 일망타진할 수 있었다."

제롬의 말에 군중들은 환호성을 지르고 싶은 것을 억지로 참으며 계속 제롬의 말에 귀를 기울였다.

"그러나 불행하게도 적의 수뇌였던 쥬논 후작을 생포하지 못했다. 다시 말하자면……."

제롬의 말에 누군가 큰 소리로 대답을 했다.

"쥬논 후작은 여기 있습니다."

갑자기 들린 음성에 군중들의 시선은 자연스럽게 뒤로 향했고, 누군가가 사람들이 열어준 길을 따라 걸어오는 것이 보였다.

진한 녹색의 머릿결을 바람에 휘날리며 누군가를 어깨에 둘러멘 채 다가온 카프는 무릎을 꿇고 있는 사람들 곁에 자신이 메고 왔던 사람을 내려놓았다. 상대를 확인하니 틀림없이 웨이드 쥬논 후작이었다.

군중들의 시선이 자신에게 향하는 것을 보았지만 카프는 조금도 당황하지 않고 제롬에게 말을 건넸다.

"은밀하게 레토리아 왕국을 벗어나려 하는 것을 다행히도 생포할 수 있었습니다."

단상에서 뛰어내린 제롬은 담담한 표정을 짓고 있는 카프의 손을 잡고는 흥분을 감추지 못했다.

"카프님, 정말 감사합니다. 당신은 우리 레토리아 왕국의 영원한 은인이십니다."

"별말씀을······. 그보다 외각을 지키고 있던 루벤트 제국의 병사들은 아직 안에서 일어난 일을 모르고 있는 듯했습니다. 그들을 먼저 처리해야 할 것 같습니다."

"물론입니다."

대답을 한 제롬은 다시 단상으로 올라가 군중들을 설득했다.

"적의 수뇌부는 이미 괴멸되었다. 따라서 우리가 은밀하게 움직인다면 충분히 적들을 일망타진할 수 있을 것이다. 지금부터 그대들은 일단 집으로 돌아가라. 조금만, 조금만 더 참으면 우리는 완벽한 자유를 찾을 수 있다."

제롬의 부탁에 조금 전까지 흥분을 감추지 못하던 군중들은 천천히 몸을 돌려 자신들의 집으로 향했다. 얼마 되지 않아 왕궁 앞 광장은 텅 비었다.

제롬은 자신 뒤에 서 있던 기사들에게 명령을 내렸다.

"우선 이자들을 모두 궁의 감옥에 가두어라. 마나를 제압하는 것도 잊지 마라."

"명심하겠습니다."

제롬의 지시를 받은 기사들은 동료들과 함께 포로들을 끌고 갔다. 그들 가운데 한 사람이 제롬을 향해 외쳤다.

"제롬 티그리스, 언젠가는 네가 한 일 때문에 크게 후회할 때가 있을 것이다."

"닥쳐라, 칼렉터. 네놈이 한 짓이 얼마나 비겁한 짓이라는 것을 아직도 모른단 말이냐?"

"호호호, 비겁? 그렇다면 넌 10여 년 전 진정 루벤트 제국의 공격을 막아낼 수 있었을 것이라고 생각을 했단 말이냐?"

상대의 얼굴에는 비웃음이 어려 있었다.

옆에서 두 사람의 이야기를 듣던 사람들은 두 사람이 대체 무슨 관계인지 궁금해했다. 그 모습에 헥터가 데미안에게 두 사람 사이를 설명했다.

"저 두 분은 어린 시절부터 함께 검술을 배우던 동문이었습니다. 다만 저 칼렉터란 분께서는 소질이 없어 중간에 포기를 하셨지만……. 아버님께서 저렇게 분노를 하시는 것도 칼렉터란 분을 누구보다 소중한 친구로 생각하셨기 때문입니다. 아버님께서는 국방을, 칼렉터님은 내정을 각각 맡아 누구보다 성실하게 일하셨습니다. 두 분 사이가 결정적으로 갈라지게 된 것은 바로 루벤트 제국의 침공 때였습니다."

헥터의 설명에 주위에 있던 사람들은 두 사람을 바라보면서 그의 설명에 귀를 기울였다.

"아버님은 끝까지 루벤트 제국에 항전을 주장하셨고, 칼렉터님은 일단 일보 후퇴해 항복을 한 다음 후일을 기약하자고 말씀하셨습니다."

비웃음이 섞인 칼렉터의 말에 제롬은 치미는 분노를 참지 못하고 외쳤다.

"닥쳐라! 레토리아 왕국을 루벤트 제국에 팔아넘긴 네놈이 무슨 자격으로 그런 말을 한 것이냐?"

"크하하하! 내가 루벤트 제국에 조국을 팔아넘겼다고?"

칼렉터는 갑자기 미친 듯이 웃음을 터뜨리다가 웃음을 뚝 그치더니 제롬을 노려보았다.

"네가 여태껏 알고 있던 내가 그런 인간이었단 말인가? 날 고작 그런 인간으로밖에 취급하지 않았단 말이냐? 네놈과 친구였다는 사실이 정말 수치스럽군."

그 말을 한 칼렉터는 제 발로 걸어 왕궁의 감옥으로 향했다. 그 모습에 주위에 있던 사람들은 마치 뒤통수라도 얻어맞은 사람처럼 아무런 말도 못했다.

제롬 뒤에 서 있던 기사 가운데 하나가 조심스럽게 입을 열었다.

"사령관 각하, 칼렉터님께서 적과 밀통해서 레토리아 왕국을 무너뜨린 것은 사실입니다. 하지만… 그동안 칼렉터님은 레토리아 왕국의 국민들을 누구보다 열심히 보호하셨습니다. 물론 그분께서 하신 일이 잘못된 것이라는 것은 알지만 일방적으로 그분을 매도할 수는 없는 일이라고 생각합니다."

제롬이 점점 멀어지는 칼렉터의 등을 보고 있을 때 누군가 그들을 향해 다가오는 모습이 보였다.

검은 투구에 검은 라이트 레더, 그리고 검은색의 망토를 휘날리며 걸어오는 사람은 다름 아닌 라일이었다. 그런 그의 손아귀에는 오른팔을 잘린 중년 사내가 잡혀 있었다.

라일은 중년 사내를 거칠게 앞으로 던지듯 밀고는 제롬에게 말했다.

"자네가 말했던 루벤트 제국 파견군의 부사령관 휴일 백작이란 녀석일세."

"수고하셨습니다, 라일님."

"그것보다 루벤트 제국의 파견군들은 어떻게 처리할 생각인가?"

"제게 생각해 둔 계획이 있습니다."

제롬은 자신의 계획을 일행들과 자신의 동료들에게 설명을 했고, 그들은 곧 흩어졌다. 그리고 잠시 후 일행들은 흩어졌다.

다음날 아침 일행들은 왕궁으로 다시 모였다.

실로 길고 긴 밤이었다. 제롬은 먼저 동료들의 도움을 받아 레토리아 왕국에서 외부로 빠져나갈 수 있는 유일한 통로인 남쪽 대로와 동쪽 대로를 봉쇄했다. 그리고는 소규모 전투를 통해 루벤트 제국의 잔당들을 소탕하기로 한 것이다.

루벤트 제국의 파견군들이 한곳에 모여 있고, 또 그들을 지휘할 지휘관들이 있었다면 아군의 피해도 상당했겠지만 루벤트 제국의 파견군들에게는 지휘관이 없었다.

물론 적의 저항도 만만치 않았지만 소규모 전투에서는 제롬이 지휘하는 부대를 막아낼 수 없었다. 게다가 그들에게 가장 악재(惡材)로 작용한 것은 레토리아 왕국의 외곽을 봉쇄하느라고 부대들이 일정 거리 이상 떨어져 있었다는 것이다.

퇴로를 완전히 봉쇄당한 상태에서 루벤트 제국의 파견군들은 하나둘씩 무너져 갔다. 이러한 소탕 작전은 완벽한 기밀 유지가 관건이었기에 다른 부대는 아군의 부대가 무너지는 것을 까맣게 모르고 있다가 당하기 일쑤였다. 또 저항이 심할 것 같은 부대에는 골리앗을 동원했기에 그들에게서 항복을 받아내는 것이 그리 어렵지는 않았다. 물론 트렌실바니아 왕국 기사들이 한몫 단단히 한 것은 말할 필요도 없었다.

결국 루벤트 제국의 파견군들은 하룻밤 사이에 레토리아 왕국의 포로 신세로 전락했다. 물론 사상자가 발생했지만 루벤트 제국에서 파견한 파견군의 숫자가 2만 명인 것을 생각해 보면 극히 미미한 숫자였다.

이러한 소식을 전해 들은 레토리아 왕국 국민들의 기쁨이란 이루 말할 수 없을 지경이었다. 전 국민이라고 해봐야 10만 명도 되지 않는 숫자였지만 그들 모두가 거리로 쏟아져 나와 환호성을 지르고 눈물을 흘리며 기뻐했다.

술집과 음식점에서 제공한 술과 음식을 먹고 마시며 레토리아 왕국의 국민들은 레토리아 왕국의 광복을 진심으로 자축(自祝)했다.

거리엔 환호성을 지르는 군중들로 넘쳐 났고, 왕궁에도 많은 사람들이 들끓었다. 레베카는 왕궁에서 보유하고 있던 술과 음식을 풀어 이날의 기쁨을 국민들과 함께했다.

왕궁 안.

평소 정숙한 분위기를 가지고 있던 왕궁도 이날만큼은 넘쳐 나는 사람들로 인해 상당히 소란스러웠다. 통로를 오가는 기사나 시종들의 얼굴에도 기쁨이 흘러 넘쳤다.
　왕궁의 2층, 레베카의 임시 거처로 정한 곳에서 조촐한 자축연이 벌어지고 있었다.
　모인 사람은 레베카와 제롬, 그리고 데미안 일행과 기사들의 대표로 이안이 참석했다.
　담소를 나누고 있는 그들의 얼굴에도 웃음이 걸려 있었다.
　"레베카 공주님, 레토리아 왕국의 탈환을 진심으로 앙축드리옵니다."
　데미안의 점잖은 인사에 레베카는 조심스럽게 자리에서 일어나 데미안 일행을 향해 고개를 숙였다.
　"트렌실바니아 왕국이 저희 레토리아 왕국에게 보여준 우정에 깊이 감사드리고, 영원히 잊지 않겠습니다."
　"루벤트 제국에게 핍박을 받고 있는 같은 입장에 있는 나라로서 도와드리는 것은 당연한 일입니다."
　데미안의 예절을 갖춘 대답에 레베카는 자리에 앉으며 미소로 화답했다.
　데보라는 네로브에게 음식을 먹이면서 한껏 점잔을 빼고 있는 데미안을 바라보았고, 로빈과 뮤렐은 자신 앞에 놓인 음식 가운데 무엇을 먹을까 열심히 고심하고 있었다. 레오는 자신 앞에 놓인 음식이 마음에 들지 않는 듯 기분 나쁜 표정을 짓고 있었다.
　한동안의 즐거운 식사 시간을 마치고 일행들은 다시 접견실로 자리를 옮겨 차를 마시며 담소를 나누었다.
　네로브를 가슴에 안고 있던 데보라는 뭔가 이상한 기분이 들었다. 대체 무슨 이유 때문에 그런 기분을 느꼈을까를 한참 동안 생각해 보니 이유를 알 수 있을 것도 같았다.

차를 마시며 대화를 나누는 그들의 대화에 핵심적인 부분이 빠져 있는 것을 느낀 것이다.

"저어… 제롬님."

"데보라 양, 무슨 일이오?"

"제가 옆에서 듣기에 지금 여러분께서 나누시는 말씀 중에 뭔가 이상한 것이 있는 것 같아요."

"이상한 것?"

"예, 왜 이후에 일어날 일에 대해 말씀을 하지 않으시는 것이죠? 루벤트 제국에서 레토리아 왕국이 수복된 것을 안다면 가만히 있지 않을 것은 분명하잖아요? 그렇다면 당연히 그에 대한 대책을 강구하는 것이 옳을 듯한데, 왜 그에 대한 이야기가 없는지 궁금해요."

데보라의 말에 제롬의 얼굴에 잠시 어두운 기색이 어렸다가는 곧 사라졌다.

"데보라 양의 말이 맞습니다. 당연히 루벤트 제국에서는 가만히 있지 않겠지요. 그리고 우리는 그에 대한 대책을 의논하는 것이 당연하겠지요. 휴우~"

제롬의 긴 한숨이 지금 그의 심정을 반영하는 것 같았다. 그에 따라 다른 사람들의 얼굴에도 웃음이 사라지고 약간의 긴장이 어렸다. 갑작스런 변화에 오히려 데보라가 당황했다.

"제가 뭘 실수했나요?"

"아닙니다. 데보라 양은 실수한 것이 없습니다."

"실수야."

제롬과 데미안이 거의 동시에 입을 열었다. 그러나 두 사람의 대답은 정반대였다. 잠시 제롬의 얼굴을 바라보던 데미안은 곧 데보라를 바라보았다.

"물론 데보라의 말대로 다음에 일어날 일을 걱정하는 것이 옳지만, 그래도 루벤트 제국의 병사들을 소탕한 것이 오늘 새벽이야. 비록 아주 짧은 시간이지만 이 시간만은 다시 나라를 찾은 것을 기뻐하고 싶은 거야."

"그렇지만 루벤트 제국에서 이 사실을 안다면 가만히 있지 않을 것은 분명하잖아."

데보라의 반문에 데미안은 고개를 끄덕였다.

"물론이야. 제롬님, 데보라가 말을 꺼냈기에 하는 말인데 이후의 일은 어떻게 하시겠습니까? 이 일이 루벤트 제국에 전해진다면 보복이 있을 것은 틀림없을 것이고, 이제 겨우 나라를 되찾은 레토리아 왕국이 불리한 상황에 놓이게 될 것이 분명하지 않겠습니까?"

"자네 말대로네. 휴우~"

레토리아 왕국의 군사령관이라고 할 수 있는 제롬의 입에서 긴 한숨 소리가 들리자 데미안은 자신이 너무 직설적으로 말한 것이 아닐까 생각을 했다. 그러나 말을 하지 않는다고 그냥 지나갈 수 있는 문제가 아니란 생각이 들자 제롬의 대답을 기다렸다.

"현 상황에서 가장 좋은 방법은 일단 레토리아 왕국을 떠나 다른 곳으로 피신하는 것이라고 생각하네. 우리가 보유하고 있는 군대라고 해봐야 4천 명 정도인데, 이들만으로 레토리아 왕국을 지킨다는 것은 불가능한 일이지. 문제는 10만에 달하는 국민들을 이끌고 어디로 가야 하느냐 하는 것이네."

"제롬, 내가 있던 침묵의 숲은 어떤가? 레토리아 왕국의 국신(國神)이신 타울의 신전도 있고, 상당히 넓은 지역에 기후도 온화

한 편이고 말일세."

라일의 제의에 제롬은 곰곰이 생각을 해보았다. 라일의 말처럼 넓은 장소에 기후도 괜찮다면 그쪽으로 이동을 해도 괜찮을 성싶었다. 정작 반대를 한 사람은 데미안이었다.

"침묵의 숲은 너무 위험하지 않겠습니까? 그곳에는 몬스터들도 겁을 내는 포이라가 너무 많지 않습니까? 만약 포이라가 습격이라도 한다면 그 피해는 엄청날 겁니다."

"포이라? 포이라가 뭔가?"

제롬의 질문에 포이라가 뭔지 모르는 사람들은 데미안의 답변을 요구했다.

데미안은 자신이 침묵의 숲에서 보았던 포이라에 대해 최대한 자세히, 그리고 객관적인 시각에서 설명했다. 그의 설명을 들은 사람들은 수천, 수만의 엄청난 숫자의 포이라들이 인간들을 습격하는 모습을 상상하고는 몸서리를 쳤다.

"차라리 제가 있는 곳인 싸일렉스로 이동하시는 것은 어떻겠습니까? 물론 스승님께서 계시던 침묵의 숲보다는 환경이 좋지는 않지만 주위에 몬스터들도 거의 없는 편이고, 한동안 여러분이 계시기에는 괜찮을 곳일 겁니다."

그 말에 가장 감격스러워한 사람은 이제 여왕으로 등극할 레베카 레토리아였다.

"저희 왕국을 찾을 수 있도록 도와주신 것만 하더라도 갚지 못할 은혜를 입었는데, 또 도움을 주시겠다는 말씀이십니까?"

"아닙니다. 영지야 아버님이 다스리는 곳이고, 전 아버지의 영지를 여러분께 제공하겠다고 생색이나 내는 겁니다. 레토리아 왕국은 제 친구인 헥터의 조국이기도 하니까요."

"감사합니다. 레토리아 왕국을 대표해 데미안님께 진심으로 감사드립니다."

레베카의 감사 인사에 데미안은 쑥스러운 듯 어색한 미소를 지으며 뒷머리를 긁적였다.

"헥터, 헥터는 공주님을 모시고 싸일렉스로 가도록 해. 난 다른 사람들과 함께 우선 페인야드로 가서 공작 각하께 그동안의 경과를 보고한 후에 싸일렉스로 돌아가도록 할 테니까."

"데미안님, 그렇지만……."

"아니야, 그렇게 하도록 해. 게다가 헥터는 레베카 공주님과 결혼을 약속한 사이잖아? 그동안 날 보호하느라고 대화를 나눌 시간도 없었는데 이번 기회에 공주님과 친해지도록 해보라고."

별 표정이 없던 헥터도 데미안의 마지막 말에 얼굴이 붉어졌다. 레베카 역시 빨갛게 상기된 얼굴로 어쩔 줄 몰라 했다. 헥터가 당황한 적이 별로 없었기 때문일까? 일행들은 그런 헥터를 놀리기도 하면서 담소를 마쳤다.

"여러분들을 좀 더 왕궁에서 모시고 싶지만 그럴 만한 사정이 못 되어서 죄송합니다. 그렇지만 레토리아 왕국은 여러분들을 영원한 친구로 생각합니다. 언제 찾아오시든 여러분을 친구로 환영합니다."

레베카의 말에 데미안 일행은 고개를 숙여 감사를 표시했다.

"자아, 조금 피곤하기는 하지만 출발을 하자고. 부지런하게 움직이면 저녁 무렵에는 페인야드에서 쉴 수 있을 거야."

데미안의 말에 일행들은 자리에서 일어섰다.

제46장
블랙 드래곤
타이시아스 I

"여기서 보니까 꽤나 아늑하게 느껴지는 곳인데……."

데보라의 말에 옆에서 그녀의 말을 듣던 사람들은 모두 고개를 끄덕였다.

넓은 분지의 중앙에 위치한 레토리아 왕국의 모습은 평화스럽게만 보였다. 트렌실바니아 왕국에 비하면 페인야드보다 조금 큰 도시 정도에 불과한 나라였지만 자연과 어우러져 있는 것이 정말 평화로워 보였다.

헥터는 산 아래까지 데미안을 배웅하겠다고 고집을 부려 동행하고 있었다.

"정말 조용하고 평화스러운 나라입니다, 레토리아 왕국은."

헥터의 조용한 중얼거림에 고개를 끄덕이던 데미안은 곧 일행들에게 말을 건넸다.

"갈 길이 머니까 서두르자고."

데미안이 막 걸음을 옮기려고 할 때 그의 품에 안겨 있던 네로브가 데미안의 얼굴을 바라보며 말했다.

"아빠, 그쪽이 아니야."

"어?"

"내가 말했잖아. 여기에서 찾을 게 있다고."

"참, 그랬지. 그곳이 어딘지 말해 주겠니?"

"저쪽으로 가야 해."

앙증맞은 손으로 네로브가 가리킨 곳은 데미안 일행이 올라왔던 길의 오른쪽 편에 있는 작은 오솔길이었다. 어떻게 할까 잠시 고민하던 데미안은 일단 네로브에게 물었다.

"네로브, 그곳이 여기서 멀리 떨어져 있니?"

"아니, 조금만 가면 돼."

네로브의 싱글거리는 대답에 데미안은 일행들과 동행하기로 했다.

그 길은 오랫동안 사람이 다니지 않아서인지 잡목들이 우거져 있었다. 그래도 주위에 비하며 나무들이 성기게 나 있어 길을 찾기는 어렵지 않았다.

그렇게 산길을 따라 1시간쯤 내려왔을 때 네로브가 데미안의 품에서 뛰어내려 어디론가 달려갔다. 네로브가 향한 쪽은 작은 나무와 길게 자란 수풀이 잔뜩 우거진 곳이었다. 네로브에게 조심하라는 말을 하려던 데미안은 왠지 그곳이 다른 곳과 다르다는 느낌이 들었다.

육안으로는 도저히 식별이 불가능했으나 분명 다른 곳과는 다르게 느껴졌다. 그러한 느낌은 시오니스 산맥을 헤매다가 레오의 도움을 받아 신이 봉인한 장소에 들어갔을 때 느꼈던 것과 거의 비슷한 느낌이었다.

 데미안이 고개를 돌려 로빈을 보자 로빈도 데미안을 바라보고 있었다. 데미안의 시선이 자신에게로 향하자 로빈이 고개를 끄덕였다.

 "디텍트 마나Detect Mana!"

 시동어와 함께 붉은색 마나가 희미하게 뿜어져 나오는 눈으로 주위를 살피는 데미안의 모습에 일행들은 잠시 긴장했다.

 주위를 살피던 데미안은 네로브가 서 있는 자리에 역시나 비정상적이라고 할 정도로 짙은 마나가 집중되어 있는 것을 확인할 수 있었다. 일반적으로 푸른색의 마나가 너무 과도하게 집중되어 있다 보니 아예 검푸른색으로 보였다.

 데미안은 라일과 일행들에게 이곳이 시오니스 산맥에서 신이 봉인한 장소를 찾았을 때와 동일한 장소라고 설명하고 네로브가 서 있는 곳으로 걸음을 옮겼다.

 네로브의 뒤를 따라 약 30분 정도를 걸어갔을까? 데미안 일행은 작은 동굴 하나를 발견할 수 있었다. 입구는 오랜 세월 동안 아무도 찾지 않았는지 잡목과 덩굴들로 뒤덮여 작은 틈도 없었다.

 만약 네로브의 지적이 없었다면 그냥 스치고 지나쳤을 정도였다. 데미안은 바스타드 소드를 뽑아 들고는 잡목과 덩굴들을 제거했다. 그러자 높이 3미터에 두 사람이 어깨를 나란히 해서 들어갈 정도의 넓이를 가진 동굴이 모습을 드러냈다.

 데보라에게 잠시 네로브를 보호하게 한 후 데미안은 짧게 시동어를 외쳤다.

 "퍼머넌트 러스터!"

 시동어와 함께 일행들의 전면에 환하게 빛으로 둘러싸인 둥근 구체 하나가 모습을 드러냈다. 기사들에게 입구에서 대기하라고 지시를 한 다음 데미안이 먼저 동굴 안으로 들어갔다. 뒤에서 따라오던 차이렌이 두 개의 라이트 볼을 만들어 일행들의 앞길을 밝혀주었다.

동굴의 길이는 상당히 길었다. 거의 2킬로미터를 가서야 데미안은 일전에 보았던 것과 상당히 유사한 반원형의 지붕이 있는 곳에 도착할 수 있었다.

바닥에는 역시 거대한 마법진이 그려져 있었다. 중첩된 세 개의 원 사이에는 복잡한 문자들이 어지럽게 그려져 있었고, 중앙에는 몇 개의 돌을 쌓아 만든 제단이 있었다.

제단 전체를 둘러싸고 있는 구형(球形)의 둥근 막은 약간의 푸른색을 띠고 있었는데, 마치 살아 있는 생물처럼 끝없이 움직이고 있어 그 안에 무엇이 있는지 도저히 확인할 수 없었다.

데미안과 로빈을 제외한 다른 사람들은 난생처음 보는 엄청나게 커다란 마법진에 놀라 벌린 입을 다물지 못했다. 특히 차이렌 같은 경우에는 마법진의 문자들을 해석하기에 여념이 없었.

상상을 초월하는 크기의 마법진을 보며 라일은 그것이 데미안이 말한 적이 있는 신들의 봉인이 틀림없을 거란 생각을 했다. 이미 데미안은 네로브와 함께 마법진 안으로 들어섰고, 석대(石臺)를 향해 걸음을 옮기고 있었다.

마법진의 크기에 놀라던 일행들은 서둘러 데미안의 뒤를 따라 마법진 안으로 들어가려 했다. 그러나 보이지 않는 무엇인가에 가로막혀 마법진 안으로는 단 한 걸음도 들어갈 수 없었다.

데미안의 안전을 염려해 무리를 해서라도 들어가려는 일행들을 헥터가 말렸다. 자신의 예상이 맞다면 이것은 힘으로 해결할 수 있는 문제가 아니었기 때문이다.

"잠깐 제 말을 들어주십시오."

일행들의 시선이 자신에게 향해지자 헥터는 그동안 자신이 경험했던 던전이나 신전에서의 경우를 일행들에게 설명했다.

"그럼 이 마법진은 누가 세웠다는 거지?"

"제 예상으로는 아마 선더버드를 믿고 따르는 선더버드의 대신관들이 세운 것이 아닌가 생각됩니다."

"그렇지만 네로브는 아레네스의 축복을 받고 태어난 이인데 어떻게……"

"아마도 데미안님의 안내자로 선택되었기 때문에 마법진을 통과할 수 있었던 것이 아닌가 추측이 됩니다."

헥터의 말에 이의를 제기하는 사람은 없었다. 다만 레오가 데미안이 들어간 곳을 자신이 들어갈 수 없는 것이 마음에 들지 않는지 끊임없이 팔과 다리를 마법진 안으로 집어넣으려 하고 있었다.

"햐~ 정말 대단한 마법진이야."

차이렌의 탄성에 주위에 있던 사람들은 그를 바라보았다.

"반경 500미터짜리 마법진도 대단하지만, 오로지 이스턴 대륙이 뮤란 대륙에 접근하는 것을 막기 위해 엄청난 힘을 발휘하도록 만들어졌다는 것이 더 대단해."

"정말 이 마법진 때문에 이스턴 대륙이 뮤란 대륙에 접근할 수 없는 거야?"

데보라의 질문에 차이렌은 얼굴도 돌리지 않은 채 고개를 끄덕였다.

"감히 측정할 수도 없을 만큼 엄청난 힘이기는 하지만 이것 때문에 이스턴 대륙이 다가오지 못한다? 그렇게만 말하긴 힘들어.

그렇지만 일전에 말한 대로 이러한 것이 다섯 개가 더 있다면 그 것이 무엇이든 뮤란 대륙에는 절대 접근할 수 없을 거야."

"차이렌님, 제가 보기에는 그저 평범한 마법진에 불과한 것 같은데, 이 마법진이 정말 그렇게 엄청난 힘을 발휘하고 있단 말인가요?"

"후후후, 꼬마야. 너도 신을 모시는 사제니까 신이라고 불리는 분들의 힘이 얼마나 엄청난 것인가를 잘 알 것 아니냐? 이 마법진은 중앙 석대에 있는 물건이 가진 힘을 증폭시켜 다시 그 힘을 받아들이고, 또 그 힘을 증폭시키고 받아들이고……. 이런 과정을 수십 번을 반복하도록 설치되어 있단다. 인간이라면 제아무리 뛰어난 마법사라고 할지라도 한 번, 아니면 두 번을 증폭하도록 만드는 것이 고작이겠지. 한데 이 마법진은 우리가 상상할 수도 없는 힘으로 그 엄청난 거리에 떨어져 있는 이스턴 대륙을 조절하도록 설치되어 있단 말이야. 게다가 다른 마법진들과 조화를 이루면서 말이지."

차이렌의 말에 다른 사람들이 고개를 끄덕인 반면 로빈의 표정이 조금 이상하게 변했다.

"차이렌님이 말씀하신 것 가운데 다른 마법진들과 조화를 이룬다고 말씀하셨는데, 만약 그 조화라는 것이 깨진다면 어떻게 되는 거죠?"

로빈의 말에 다른 사람의 표정도 일제히 변했다. 차이렌도 심각하게 고민을 하더니 고개를 흔들었다.

"그건 나도 뭐라고 말하기 힘들구나. 이렇게 거대한 마법진도 처음 보는 데다가 그저 다른 마법진들과 연결이 되어 있다는 정도밖에 밝히지 못한 나로서는 조화가 깨졌을 때의 문제 같은 것은……. 다만 이런 조화가 무너진다면 애초에 이 마법진을 설치한 목적을 이루기 힘들 거란 것은 자신있게 말할 수 있지."

"그러니까 결국 이스턴 대륙이 뮤란 대륙으로 접근을 한다는 말이군."

라일의 말에 일행들의 얼굴은 모두 심각하게 굳어졌다. 그러나 그들은 이스턴 대륙이 뮤란 대륙에 접근하면서 발생할 일들에 대해 그저 막연한 두려움을 가지고 있을 뿐이었다.

일행들이 그런 생각을 하고 있을 때 마법진 안으로 들어갔던 데미안과 네로브가 일행들에게 다가오고 있었다. 그런 데미안의 손에는 아무것도 들려 있지 않았다.

"데미안, 왜 빈손이야? 아무것도 없었어?"

"바스타드 소드 한 자루가 석대에 박혀 있기는 했는데 뭔가 생각나는 것이 있어서 그냥 왔어."

데미안의 말에 일행들은 자연스럽게 둥글게 서서 그의 말에 귀를 기울였다.

"내가 알기로 이 마법진은 틀림없이 이스턴 대륙의 접근을 막기 위해 설치한 마법진이 분명합니다. 만약 내가 석대에 있는 바스타드 소드를 뽑아버리게 되면 틀림없이 이 마법진은 힘을 잃고 말 겁니다."

"네가 걱정하는 것이 이 마법진이 본래 가지고 있던 힘을 잃었을 때 발생할 일 때문이냐?"

"그렇습니다, 스승님. 그리고……."

대답하는 데미안의 표정은 그리 밝지 않았다.

"전 네로브가 왜 절 이곳으로 데리고 왔는지도 이해할 수 없습니다. 이 마법진이 힘을 잃어버렸을 때 어떤 일이 발생한다는 것을 알고 있는 저로서는 도저히 그 바스타드 소드를 가져올 수 없었습니다."

"하지만 선더버드께서 네로브의 꿈에 나타나 너를 이 장소까지 데려다 주라고 했을 때는 무슨 이유가 있기 때문일 거다. 그것이 뭔지 현재로선 짐작하기 힘들지만 말이다."

라일의 말에 고개를 끄덕이기는 했지만 뭔가 석연치 않은 얼굴이었다.

"데미안님, 혹시 다른 마법진 가운데 파괴된 것이 데미안님이 발견하신 것 외에도 더 있을지 모르지 않습니까? 이스턴 대륙의 접근을 막기 위한 목적으로 설치한 마법진이 이미 그 힘을 잃어버렸다면 이곳의 마법진이 힘을 잃느냐 잃지 않느냐는 그리 중요한 문제가 아니라고 생각합니다. 선더버드께서 네로브의 꿈에 나타난 것은 그걸 알려주기 위함일지도 모릅니다. 그리고 앞으로 데미안님께 이곳에 있는 아티펙트가 꼭 필요하기 때문에 현몽(現夢)하셨는지도 모르는 일입니다."

헥터의 의견에 다른 사람도 신중하게 생각을 했지만 그보다 더 타당한 설명을 없을 듯싶었다. 물론 선더버드의 생각이 그러한 것인지는 알 수 없지만 말이다.

데미안은 헥터의 의견을 듣고는 나름대로 생각을 해보았지만 그 역시 선더버드의 정확한 의도를 알기 힘들었다. 다만 자신으로서는 이해하기 힘든 신의 계시라고만 생각했다.

"휴우, 알겠습니다. 일단 저 바스타드 소드를 취하겠습니다."

말을 마친 데미안은 다시 석대를 향해 걸어갔고, 그의 모습은 푸른색의 막에 가려 곧 보이지 않았다.

잠시의 시간이 지난 뒤 푸른색의 막이 점점 희미해지더니 곧 사라지고, 그와 동시에 검을 뽑아 든 데미안의 모습이 보였다.
"힘이 사라졌다!"
차이렌의 짤막한 말과 함께 일행들의 앞을 가로막던 정체불명의 힘이 사라졌다는 것을 모두들 느낄 수 있다. 일행들이 데미안이 들고 있는 바스타드 소드를 보았지만 일반적인 바스타드 소드와 별로 다를 바가 없어 보였다. 칼막이가 없는 대신에 손잡이에는 푸른색으로 새겨진 선더버드의 문양이 있었다.
칼끝에서 손잡이 끝까지의 길이가 1미터 40센티미터쯤 되어 보였고, 손가락 네 개 정도의 폭의 표면에는 한 번도 본 적이 없는 글자가 빼곡하게 적혀 있었다.
"공간의… 검? 미디아?"
"미디아가 그 검의 이름이라는 것은 알겠는데 공간의 검이라니, 그게 무슨 뜻이지?"
데보라의 반문에도 불구하고 차이렌은 데미안이 들고 있는 바스타드 소드의 표면을 살피기에 여념이 없었다.
로빈은 자신이 가지고 있던 치유의 구슬이 조금 전부터 은은하게 공명(共鳴)하는 것을 느끼고 있었다.
자신이 가지고 있는 치유의 구슬은 라페이시스가 지상에 남긴 그의 아티펙트였고, 그것과 공명을 일으킬 수 있는 물건은 다른 신의 물건밖에 없었다. 그렇게 생각해 보면 데미안이 들고 있는 저 바스타드 소드는 신이 남긴 것이 분명했다.
"신성력이 가득 깃든 물건이구나."
저주에 걸렸기 때문인지 라일이 가장 먼저 바스타드 소드에 신성력이 깃들어 있다는 것을 알아챘다. 옆에 서 있던 카프의 얼굴이 조금 이상하게 변했다.

"정말 멋진 검입니다만 저 표면에는 검이 가지고 있는 신성력을 이용한 두 가지의 공격 주문이 적혀 있습니다. 하지만 정말 끔찍하기 이를 데 없는 공격 주문이군요."

카프의 탄성에 사람들의 시선이 그에게 쏠렸다.

"하나는 헬 버스트Hell Burst, 또 하나는 블러드 라이트닝Blood Lightning이란 공격 주문입니다."

"헬? 블러드? 무슨 공격 주문의 이름이 그렇죠?"

"데보라 양, 인간의 몸으로 이 공격 주문을 발동시키는 것이 가능할지도 의문이지만, 만약, 만약에 가능하다면… 남은 것은 정말 파멸뿐일지도 모릅니다."

언제나 담담한 미소를 잃지 않던 카프의 얼굴에서 미소가 사라진 지도 꽤 되었다. 소드 마스터인 카프가 놀랄 정도의 공격 주문이라니 일행들은 이해가 잘 되지 않았다. 그런 일행들의 얼굴을 본 카프는 다시 바스타드 소드를 바라보며 입을 열었다.

"만약 데미안님이 이 공격 주문을 발동시킬 수 있다면 저와 같은 소드 마스터라 할지라도 감히 데미안님의 상대가 될 수 없을 겁니다. 헬 버스트는 인위적으로 한 공간의 압력을 급속하게 높이는 겁니다. 그와 동시에 그 공간에는 수천, 수만 줄기의 칼날 같은 검기가 몰아치게 되는 겁니다. 그렇게 되면 상대는 엄청난 압력 때문에 몸조차 제대로 가눌 수 없게 되고, 결국 검기에 난자(亂刺)되어 허무하게 목숨을 잃을 수밖에 없지요."

카프는 설명을 하면서도 그 모습이 연상이 되는지 몸서리를 쳤다. 그의 설명을 듣기는 했지만 일행들은 쉽게 이해할 수 없었다.

"헬 버스트에 비해 블러드 라이트닝은 소수의 적을 상대할 목적으로 만들어진 것 같습니다. 블러드 라이트닝의 공격 주문을 외치게 되면 시전자가 노리는 적까지 일직선으로 붉은 번개가 번쩍이게 되고 상대는 그 순간 새까맣게 탄 시체로 변하게 됩니다. 피하고 막고 할 시간적인 여유가 전혀 없습니다. 이건 저라고 해도 피하지 못할 것 같습니다."

카프의 말에 일행들은 너무도 놀라 벌린 입을 다물지 못했다. 소드 마스터에서도 중급의 실력을 가진 카프가 피하지도 못하고 당할 정도라면 대체 얼마나 빠르단 말인가?

"아까 차이렌님이 공간의 검이라고 말하셨는데 아마도 이런 뜻이 아닐까 생각이 드는군요. 적어도 적과 같은 공간에 있다면 반드시 적을 죽일 수 있다. 이런 뜻이 아닐까요?"

한참의 시간이 지나도록 아무도 입을 열지 않았다.

데미안은 자신이 가지고 있던 가죽 끈을 이용해 왼쪽 어깨에 비스듬히 바스타드 소드를 매고는 다시 망토를 둘러 바스타드 소드가 보이지 않도록 했다.

"이곳에서 시간이 너무 지체되었습니다. 이만 가시지요."

일행들은 조금 전 왔던 길을 되돌아 동굴의 입구를 향해 걸음을 옮겼다. 그런 일행들의 표정은 그리 밝지 않았다.

이제까지 막연하게만 여겨왔던 이스턴 대륙의 문제가 자신들의 눈앞으로 다가왔다는 것이 느껴졌기 때문이다. 그러나 그저 막연하게 걱정을 할 뿐 구체적인 대응 방법은 생각하지도 못했다.

동굴 밖에서 데미안 일행을 기다리던 기사들은 거의 두 시간이 지나서야 나온 데미안 일행에게 짜증이 났지만 워낙 심각한 그들의 모습에 아무런 말도 할 수 없었다.

산기슭을 향해 내려간 지 한 시간이 훨씬 지나도록 일행들은 무거운 침묵에 쌓여 있었다. 데미안 일행의 뒤를 따르던 기사들은 대체 데미안 일행에게 무슨 일이 생겼기에 저렇게 침묵을 지키고 있는 것인지 궁금했지만 너무 심각해 보이는 일행들의 모습에 제대로 말을 꺼내지 못했다.

거의 산기슭에 도착했을 때 산 아래에서 올라오는 사람이 있었다.

비록 가을이라고는 하지만 아직도 햇살은 따갑기 그지없었다. 그럼에도 불구하고 그 사람은 파티에서나 입을 법한 정장을 하고 있었다. 하얀색 셔츠에 조끼, 얇은 상의에 다시 검은색 비단으로 만든 겉옷을 또 걸치고 있었다.

보기만 해도 숨이 막혀오는 것 같은데 본인은 아무것도 느끼지 못하는 사람처럼 태연하게 걸음을 옮기고 있었다.

삼십대 초반으로 보이는 대단한 미남이었다. 그러나 헥터처럼 근육질의 몸매도, 데미안처럼 여성스러운 아름다움도 아니었다. 1미터 80센티미터는 넘을 것 같은 훌쩍 큰 키에 중성적인 아름다움을 가지고 있었다.

화려한 아름다움이 깃든 얼굴에는 한줄기 미소가 머금어져 있었다. 그러나 그 미소가 문제였다. 한쪽 입술이 조금 올라간 것이 약간은 상대를 비웃는 듯 보여 아쉽게 느껴졌다.

오솔길의 폭이 그리 넓지는 않았지만 그렇다고 좁지도 않았다. 데미안 일행과 그 사내는 서로를 스치듯 지나갔다.

그때였다. 데미안의 품에 안겨 있던 네로브가 고개를 갸웃거리며 데미안에게 말했다.

"아빠, 저 사람 이상해."

갑작스런 네로브의 말에 데미안은 힐끔 사내의 뒷모습을 보고는 네로브에게 물었다.

"뭐가 이상하다는 거지?"

"저 사람을 보니까 검은 도마뱀이 보였어."

"검은 도마뱀?"

데미안은 네로브의 뜻하지 않은 대답에 쓴웃음을 터뜨리려는 순간 뇌리를 스치는 생각이 있었다.

"전에 말했던 그 도마뱀이야? 날개가 달린?"

"응."

네로브의 대답을 듣는 순간 카프의 몸이 바람처럼 움직였다. 일행들 가운데 누구도 카프의 움직임을 느끼지 못했다.

"잠깐!"

카프의 말에 검은 옷의 사내는 걸음을 멈추었다. 그러나 여전히 등을 보인 채 단지 걸음만 멈춘 상태였다.

"그대의 이름이 뭔지 알고 싶소."

"내 이름? 난 밝히고 싶지 않은데……."

"미안하지만 꼭 알아야겠소."

평소의 카프답지 않게 표정이 싸늘했다. 그 모습을 지켜보던 기사들은 데미안의 수신호에 일제히 뒤로 물러섰다. 네로브를 데보라에게 건네준 데미안은 천천히 마나를 끌어올리며 두 사람을 심각한 표정으로 바라보았다.

카프의 강압적인 말에 뒤로 돌아선 사내는 자신을 노려보고 있는 카프의 모습을 발견하고는 이상하다는 표정을 지었다.

"난 당신을 모르는데… 날 알고 있나?"

주먹을 움켜쥔 채 부들부들 떨던 카프는 이를 부드득 갈았다. 그리고는 조금은 떨리는 음성으로 입을 열었다.

"블랙… 드래곤… 타이시아스."

"호오~ 날 아는 엘프가 있던가?"

"닥쳐라! 네놈이 저지른 죄악이 언제까지 감춰질 줄 알았단 말이냐! 160년 전 네놈이 몰살시킨 제플턴 마을의 유일한 생존자가 바로 나다. 오늘 이곳에서 네놈을 드디어 만나게 되다니… 네놈의 악행을 참지 못한 자연과 엘프의 신이신 페트리앙스께서 내 간절한 기도에 응답을 주신 것이다!"

"후후후."

카프의 피를 토하는 듯한 외침에도 사내, 타이시아스의 표정은 변함이 없었다. 오히려 희미하게 웃음까지 터뜨렸다. 그 모습을 발견한 데미안은 재빨리 이안에게 네로브를 데리고 페인야드로 갈 것을 명령했다.

데미안의 갑작스런 명령에 이안은 멍청한 표정을 지으면서도 나머지 기사들에게 이동을 명령했다. 그리고 자신이 궁금하게 생각한 것을 질문했다.

"싸일렉스 백작님, 저자가 정말 블랙 드래곤입니까?"

"나도 확신할 수는 없지만 아마 그럴 것으로 예상이 되네. 어서 이 자리를 떠나게."

"그렇다면 저희들도 돕겠습니다."

"아니야. 앞으로 자네들은 트렌실바니아 왕국을 위해 더 크고, 더 많은 임무를 수행할 사람들이네. 여기서 개죽음을 당할 이유가 없네. 만약 내가 오늘 여기서 살아남는다면 공작 각하를 직접 찾아뵐 테니 샤드 공작 각하께는 그렇게 전해주게. 어서 가게."

"조심하십시오, 데미안님."

한참 동안 입술을 자근자근 씹던 이안은 데미안에게 경례를 하고는 신속하게 그 자리를 벗어났다. 물론 네로브는 데미안과 헤어지기 싫어 울음을 터뜨렸지만 곧 데미안 일행들에게서 멀어져 갔다.

"160년 전에 엘프들이 살던 마을이라… 그리고 보니 생각이 나는 것 같기도 하군. 아마 누군가의 결혼식이었던 것으로 기억하는데… 설마, 나 때문에 결혼식을 망쳤다고 지금 그걸 따지겠다는 건가?"

챙!

카프의 클레이모어가 뽑히는 소리가 들리기 무섭게 이미 그의 검은 타이시아스의 목을 찌르고 있었다. 도저히 막고 피하고 할 사이도 없었다. 그러나 타이시아스 앞에는 이미 투명한 방어막이 있었고, 카프의 클레이모어는 날카로운 금속음을 울리며 가로막혔다.

재빨리 뒤로 물러선 카프는 흥분한 마음을 필사적으로 억눌렀다. 다른 일행들도 제각기 자신의 무기를 꺼내 들고는 타이시아스의 주위를 포위했다. 그러나 타이시아스는 꼼짝도 하지 않았다. 오히려 그런 데미안 일행을 가소롭다는 듯 바라볼 뿐이었다.

그 모습을 본 차이렌이 일행들에게 주의를 주었다.

"상대는 엄청난 마법사야. 섣불리 공격했다간 오히려 위험할 수도 있으니까 모두 조심해."

"후후후, 고작 6싸이클의 마법을 익힌 주제에 남한테 충고는 그만두고 자신의 몸부터 살피는 것이 어떤가?"

"호호호, 하지만 너 같은 도마뱀에게 충고를 들을 정도는 아니지. 잘하면 오늘 저녁에는 맛있는 드래곤 스테이크를 먹을 수 있겠는걸?"

차이렌의 말에 타이시아스의 얼굴에서 미소가 희미해졌다.

"너희 인간이란 종자들은 날 정말 짜증나게 만들어. 버러지만도 못한 것들이."

"그럼 오늘 버러지만도 못한 인간들에게 죽음을 당하는 멍청한 도마뱀이 한 마리 생기겠군."

끝까지 시비를 거는 차이렌을 향해 화가 난 타이시아스의 손이 번쩍 올라갔다. 그 순간 차이렌은 몸을 피했고, 그가 서 있던 자리에서는 폭음과 함께 흙먼지가 솟구쳤다.

"멍청하기만 한 것이 아니라 비열하기까지 한 도마뱀이군."

"죽어! 파이어 버스트!"

엄청난 화염이 사방으로 쏟아졌다. 데보라나 로빈, 그리고 레오가 뒤로 몸을 피한 반면 데미안과 헥터, 카프와 라일은 오히려 타이시아스를 향해 몸을 날렸다.

"프리징 애로우!"

방어막으로 불길을 막은 차이렌은 이를 악물고 10여 발의 프리징 애로우를 타이시아스에게 날렸다. 자신의 공격을 받고도 피하지 않는 데미안 일행의 행동에 타이시아스는 자신이 너무 상대를 경시했다는 것을 느꼈다. 자신의 예상보다 상대는 훨씬 강했던 것이다.

"피지컬 실드!"

챙! 챙! 챙!

타이시아스의 외침과 요란한 금속음, 모든 것은 순식간에 일어났다. 데미안과 헥터는 자신의 손목이 뻐근함을 느끼며 뒤로 물러섰고, 낮이어서 원래의 힘을 제대로 사용하지 못하는 라일은 아예 뒤로 튕겨 나갔다. 결국 타이시아스에게 타격을 준 이는 카프뿐이었다.

그의 클레이모어는 짙은 푸른색에 뒤덮여 있었고, 그가 휘두를 때마다 허공에 푸른색의 궤적이 생기는 것 같았다. 비록 타이시아스가 마법의 힘으로 그의 공격을 막아내고 있기는 하지만 그렇게 유리한 입장으로는 보이지 않았다.

원래 마법이라는 것이 일정한 거리를 격하고 공격을 해야 파괴력을 높일 수 있지 않겠는가? 타이시아스로서는 불행일지 모르지만 지금 그를 공격하는 검사들의 수준이 무시해도 좋을 만큼은 아니었다. 게다가 네 명 모두 바짝 접근해서 공격을 해 정신을 차리기 힘들었다. 또 외곽에서는 차이렌이 캐스팅을 한 채 호시탐탐 자신을 노리고 있었다.

타이시아스의 얼굴은 딱딱하게 굳어진 지 이미 오래였다.

"매직 미사일!"

순간 수십 개의 빛줄기가 데미안과 일행들을 덮쳤다. 데미안과 헥터는 자신들의 바스타드 소드에 마나를 집어넣어 타이시아스의 공격을 막아냈고, 카프는 몸을 피했지만, 힘이 약해진 라일은 그대로 얻어맞았다. 그의 복부와 가슴에 커다란 구멍이 뚫리는 모습을 본 데미안이 황급히 그의 곁으로 다가가려 했다.

"올 필요 없다. 내가 다른 사람과 몸 구조가 틀리다는 것을 잊었느냐?"

조금도 흔들림없는 라일의 대답에 데미안은 들고 있던 바스타드 소드와 레이피어의 손잡이를 움켜잡고 다시금 타이시아스를 향해 몸을 날렸다.

네 명의 검사와 한 명의 마법사, 그리고 사제와 수인족과 아마조네스의 공격이 쉴 새 없이 쏟아졌지만 타이시아스의 몸에 손톱만큼의 상처도 입히지 못했다. 그러나 시간이 지나면 지날수록 타이시아스는 조금씩 뒤로 물러서고 있었다.

타이시아스의 나이는 천육백 살. 이제 겨우 7싸이클의 마법을 마스터했을 뿐이었다. 그럼에도 불구하고 그가 이렇게 버틸 수 있었던 것은 그가 드래곤이기 때문이라는 말로밖에 표현할 수 없었다.

육안으로는 식별하기도 힘든 공격이었지만 공격과 공격 사이에서 발생하는 시간 차를 절묘하게 이용해 피하거나, 막거나, 흘려보내거나 하면서 방어를 하고 있었다. 그러나 이 상태도 조금 더 지나면 자신이 불리하다는 것을 깨달은 타이시아스는 마음이 조급해졌다.

자신을 향해 달려드는 레오를 향해 매직 미사일을 퍼붓고는 일행들이 잠시 멈칫하는 사이 시동어를 외쳤다.

"워프!"

순간 타이시아스의 모습이 일행들의 시야에서 완전히 사라져 버렸고, 일행들은 주위를 두리번거리지 않을 수 없었다. 그런 카프의 눈에 20미터쯤 전방에 모습을 드러내는 타이시아스의 모습이 보였다.

타이시아스의 모습을 발견함과 동시에 몸을 날리려던 카프는 라일의 제지로 멈춰야 했다.

"폴리모프 디솔루션(Polymorph Dissolution : 변신 해제)!"

타이시아스의 외침과 함께 그의 모습이 삽시간에 변했다. 그 모습에 일행들은 자신의 눈앞에 여태껏 없던 거대한 무엇인가가 땅에서 솟아나 주위의 공기를 온통 휘감아 숨쉬기조차 힘들 지경이었다.

머리에서 발끝, 아니, 꼬리 끝까지 검은색의 윤기있는 비늘이 덮여 있었고, 그 비늘에 부딪쳐 빛나는 햇살 탓인지 상대는 더욱 거대하게 느껴졌다.

　머리에서 발끝까지 높이가 약 10미터쯤으로 보였고, 꼬리까지 포함하면 15미터는 확실하게 넘어 보였다. 검은색 비늘 탓인지는 모르지만 너무도 단단해 벼락마저도 튕겨 버릴 것 같은 느낌을 주었다.

　블랙 드래곤의 마나는 검은색인지 전체 체격에 비교해 보면 앙증맞은 느낌마저 주는 양손에는 검은색의 구체가 떠올라 있었다.

　"체인 라이트닝!"

　"피해!"

　백열된 번개가 사정없이 데미안들이 서 있던 자리를 강타하며 요란한 소리와 함께 커다란 웅덩이를 만들었다. 물론 데미안도 체인 라이트닝의 주문을 알고 있기는 하지만 타이시아스가 방금 펼친 위력에는 비교할 수 없을 정도였다.

　단지 인간으로 폴리모프한 것을 풀었을 뿐인데 이렇게 위력의 차이가 나다니. 데미안은 마치 누군가 자신의 등에 찬물을 부은 듯 전신이 싸늘하게 식어가는 것을 느꼈다.

　그가 잠시 주춤하는 사이 카프는 맹렬한 속도로 달려들며 타이시아스의 다리를 공격했다. 그러나 타이시아스의 강력한 비늘에 가로막혀 별다른 실효를 거두지 못했다.

　데미안과 헥터도 양쪽으로 갈라져 타이시아스의 시야를 어지럽히며 사정없이 바스타드 소드를 휘둘렀다. 그러나 어느 누구의 검도 타이시아스의 비늘을 꿰뚫진 못했다.

　그런 데미안 일행의 공격을 타이시아스는 가소롭다는 듯 마법 공격을 퍼부었다. 데미안은 정신없이 피하다가 타이시아스가 휘두른 꼬리에 맞아 그만 날아가고 말았다. 아니, 좀 더 자세하게 표현하자면 타이시아스의 꼬리가 일으킨 바람에 휘말려 날아갔다는 것이 정확한 사실이었다.

데미안은 별문제 없이 자리에서 일어났고, 그 순간 자신의 오른손에 끼고 있던 반지가 눈에 들어왔다.

"선더볼트!"

데미안의 호출에 선더볼트가 나타났고, 그 순간 데미안은 선더볼트 속으로 사라졌다.

재빨리 전면의 창을 개방한 데미안은 플레임의 인사를 받으며 선더볼트의 검을 뽑아 들었다. 황금색으로 빛나는 마법진의 중앙에 서자 선더볼트로부터 어마어마한 마나가 자신에게 밀려드는 것이 느껴졌다.

"미티어 레인!"

허공을 향해 뻗은 선더볼트의 왼손에서 수십 줄기의 붉은색을 띤 빛줄기가 솟아올랐고, 그 빛줄기들은 매섭게 회전을 일으키며 타이시아스를 향해 날아들었다.

처음 선더볼트를 호출해서 올라타고 캐스팅을 한 다음 타이시아스를 공격하는 데까지 걸린 시간은 그야말로 눈 깜짝할 사이였다.

타이시아스는 세 가지 실수를 했다.

첫 번째는 레드 드래곤의 드라시안으로 잠작되는 데미안이 선더볼트를 호출해 탈 때부터 그를 예의 주시하고 있었지만 설마 그가 마법 공격을 할 줄은 미처 몰랐다는 것이고, 두 번째는 데미안의 마법 실력을 완전히 무시하고 있었기에 그가 받은 타격은 클 수밖에 없었다. 게다가 마지막으로 선더볼트가 가진 힘을 너무 얕봤다는 것이었다.

쾅쾅쾅―!

요란한 소음과 함께 타이시아스는 갑자기 전달된 충격을 견디지 못하고 뒤로 두어 걸음 정도 물러서지 않을 수 없었다. 물론 그러는 사이에도 다른 사람들의 공격은 끊이질 않았다.

타이시아스로는 자존심이 상하는 일이었다.

그가 막 자세를 잡으려는 순간 데미안을 태운 선더볼트가 무게나 덩치와는 전혀 어울리지 않게 공간을 도약해 수중의 검으로 공격을 시도했다. 타이시아스가 마법으로 선더볼트의 공격을 막는 사이 헥터와 라일은 황급히 자신들의 골리앗을 호출해 올라탔다. 그리고는 양 옆으로 흩어져 타이시아스를 공격했다.

자신의 절반밖에 안 되는 골리앗 세 대에 포위되었다는 것에 자존심이 상한 타이시아스는 치밀어 오르는 분노를 참지 못하고 맹렬하게 꼬리를 휘둘렀다.

쾅!

공격에 치중하느라고 미처 타이시아스의 꼬리를 발견하지 못한 데미안은 가슴 부분에 상당한 충격을 느끼면서 선더볼트와 함께 뒤로 날아갔다. 그러나 타이시아스도 기습 공격인 탓에 제대로 힘이 실리지 못했는지 정신을 잃을 정도의 충격은 아니었다.

날렵하게 자리에서 일어선 데미안은 튕겨 나갔을 때보다 더욱 빠른 속도로 타이시아스를 향해 달려들었다. 그런 선더볼트의 커다란 검은 푸른색으로 물들어 있었다.

세 대의 골리앗은 빠른 속도로 타이시아스의 주위를 맴돌며 틈이 있을 때마다 공격을 퍼부었고, 그때마다 타이시아스는 자신이 알고 있는 방어 주문을 사용해 자신의 몸을 보호해야만 했다. 도저히 공격 주문을 캐스팅할 만한 시간이 없었던 것이다.

잠깐 뒤로 물러선 카프는 황급히 자신의 짐에서 십여 자루의 스피어를 꺼내 들었다. 그리고는 그중 하나를 뽑아 들고는 타이시아스를 노려보았다.

세 대의 골리앗이 서로 교차해 타이시아스의 시야에서 자신의 몸이 가려지기를 기다리던 카프는 그 틈을 놓치지 않고 스피어를 던졌다. 스피어는 맹렬한 속도로 날아갔고, 어김없이 목표로 했던 타이시아스의 목에 적중을 했다.

골리앗의 공격에 정신을 빼앗기고 있던 타이시아스도 이때만큼은 깜짝 놀랐다. 하지만 단지 그것뿐이었다. 카프가 던진 스피어는 타이시아스의 비늘에 막혀 맥없이 튕겨 나와 버렸다. 그러나 카프는 실망하지 않고 다음 스피어를 준비했다.

그 후에도 카프의 공격은 몇 번이나 반복이 되었지만 그가 던진 스피어는 타이시아스에게 아무런 위협도 되지 못했다.

이제 남은 세 개의 스피어뿐이었다.

와이번의 이빨을 갈아서 만든 촉을 붙인 스피어였다. 드래곤과의 혈전을 벌리고 있는 와중이었기 때문일까? 맑은 우윳빛을 띠고 있던 창날이 오늘따라 누군가의 죽음을 바라듯 음산하게 느껴졌다.

심호흡을 한 카프는 오른손에 든 스피어에 마나를 잔뜩 집어넣고는 다시 한 번 찾아올 기회를 노렸다. 그리고…….

"죽어라! 타이시아스!"

카프의 손을 떠난 스피어가 무섭게 회전을 하며 타이시아스의 목과 가슴 사이를 향해 일직선으로 날아갔다. 이때는 타이시아스가 발견하기는 했지만 감히 자신의 비늘을 뚫을 수 있는 물건이 없다고 생각을 했는지 방어조차 하지 않았다.

퍽! 푸욱!

창이 밀려 들어가는 소리가 들리는 것 같았다.
"크아아와~ 앙~!"
그 틈을 놓치지 않고 라일이 탄 골리앗, 팬텀의 검이 타이시아스의 왼쪽 다리를 사정없이 강타했다. 비록 타이시아스의 다리가 비늘로 덮여 상처가 생기지는 않았다고는 하지만 충격까지 느끼지 못하는 것은 아니었다.

타이시아스는 엄청난 충격이 자신의 왼쪽 다리에서 전해지자 곧 뼈가 부러졌다는 것을 깨달을 수 있었다. 분노가 머리 끝까지 치민 타이시아스는 데미안 일행을 향해 엄청난 검은색 연기를 내뿜었다.

그것을 발견한 로빈은 자신도 모르게 일행들에게 외쳤다.
"블랙 드래곤의 에시드 브레스Acid Breath입니다. 숨을 멈추고 뒤로 물러나세요."

로빈은 일행들에게 말을 전하고는 들고 있는 치유의 구슬을 앞으로 내밀었다.
"퍼서벌 퍼게이션(Forcible Purgation : 강제 정화)!"

로빈의 외침과 함께 치유의 구슬에서는 푸른빛이 뿜어져 나와 타이시아스가 내뿜은 에시드 브레스에 대항하기 시작했다. 차이렌 역시 마법으로 방어막을 만들어 방어를 한 반면 레오나 데보라는 대응이 늦어 그만 에시드 브레스에 휘말리고 말았다.

타이시아스의 에시드 브레스는 검은 연기를 내뿜으며 두 사람의 피부를 태웠다. 물론 타이시아스가 아직 어린 드래곤이고 보면 그 브레스의 위력이 떨어지는 것은 사실이지만 그래도 인간으로서 대항할 수 있는 성질의 것은 아니었다.

에시드 브레스가 스친 곳은 그것이 나무든 돌이든, 아니면 골리앗이든 서서히 타면서 조금씩 녹아내리고 있었다.

데미안은 타이시아스의 행동이 이상하다는 것을 느꼈을 때 이미 선더볼트의 외부에 보호막을 펼쳤지만 타이시아스의 브레스는 그런 보호막을 우습게 뚫고 들어와 선더볼트의 외부 장갑을 녹여 버린 것이다.

"선더볼트의 피해는?"

"외부의 장갑이 조금 녹기는 했지만 기능적으로 이상은 없어요."

플레임의 말에 안도의 한숨을 내쉰 데미안은 그제야 자신들의 뒤에 나머지 일행들이 있었다는 사실을 기억했다. 황급히 뒤를 돌아보았을 때 그의 눈에 미친 듯이 치유 주문을 외는 로빈의 모습과 희미하지만 검은색 연기를 휘감긴 채 괴로워하는 데보라와 레오의 모습이 보였다.

멀리서 보기에도 레오보다는 데보라가 위험해 보였다. 그녀의 전신이 타면서 생긴 검은색 연기가 20여 미터나 떨어진 데미안에게도 보일 정도였다.

그 모습을 발견하는 순간 데미안의 마음 깊은 곳에서 왠지 이상한 느낌의 감정이 마구 자라나는 것을 느꼈다. 데보라에 대한 미안함과 죄책감, 동료로서의 걱정, 차라리 자신이 그녀 대신 다쳤으면 하는 마음과 그녀를 제대로 보호하지 못한 자신의 무능 등이 마구 섞여 머리가 어지러웠다.

1년에 가까운 시간을 그녀와 함께 보내면서 과연 자신이 그녀에게 해준 것이 무엇인가 하는 생각이 들었다. 말로는 모든 사람들과 친한, 그러한 기사가 되고 싶다고 해놓고 막상 어떤 일이 발생하면 주위 사람의 도움을 받지 못하면 아무것도 할 수 없는 자신을 도저히 참을 수 없었다.

천천히 선더볼트의 동체를 돌린 데미안의 눈에 재차 에시드 브레스를 내뿜으려는 타이시아스의 모습이 보였다.

카프의 말에 의하면 이제 겨우 천육백 살밖에 안 됐다고 하지만 타이시아스가 가진 힘은 정말 소름이 끼칠 정도였다. 그러나 데보라가 고통스러워하는 것을 발견한 순간, 그것은 아무런 문제도 되지 않았다. 몸에 있는 모든 마나를 선더볼트의 검에 집중시켰다.

"웅~"

짧은 시간 너무 급격하게 마나가 흘러 들어갔기 때문인지 검이 떨렸는데, 그 소리가 마치 검이 우는 것처럼 들렸다. 그러나 데미안은 개의치 않고 더욱 마나를 집어넣었다. 그리고는 타이시아스를 향해 돌진했다.

재차 브레스를 토해내려던 타이시아스는 청동색을 띤 골리앗 하나가 자신을 향해 무서운 속도로 돌진하는 것을 보고는 재빨리 방어막을 만들었다.

데미안은 타이시아스 앞에 펼쳐진 거무스름한 방어막을 발견하지 못한 듯 그 자리에서 점프를 했다. 그와 동시에 수중의 검을 사정없이 휘둘렀다.

"슈팅 스타!"

헥터와 라일은 자신들의 골리앗 안에 울려 퍼지는 데미안의 외침에 귀가 다 멍멍해질 지경이었다.

선더볼트가 검을 휘두르자 그 검의 궤적을 따라 붉은색의 마나가 반월형의 덩어리로 뭉쳐 타이시아스가 쳐놓은 보호막을 향해 날아갔다.

그 모습을 발견한 라일과 헥터는 자신의 눈을 믿을 수 없었다.

분명 그 모습은 화이트 드래곤 카이시아네스를 찾아갔을 때 라일이 일행들을 구하기 위해 스킬드를 제거할 때 썼던 검기와 거의 유사해 보였다. 게다가 그 붉은색 검기에는 선더볼트의 막강한 마나가 실려 있어 더욱 무시무시해 보였다.

쾅!

요란한 소음과 함께 주위에는 엄청난 흙먼지가 일었고, 골리앗을 타고 있던 라일과 헥터마저도 사방에서 몰아치는 돌풍 때문에 정신을 차릴 수 없었다.

로빈이 황급하게 자신과 레오, 그리고 데보라의 주위에 보호막을 쳤고, 방심하고 있던 차이렌은 몰아치는 돌풍에 휘말려 까마득한 하늘로 날아갔다.

기회를 엿보던 카프는 그 틈을 놓치지 않고 두 번째 스피어를 던졌다. 그렇지만 맞았는지 빗나갔는지 흙먼지 때문에 확인할 수 없었다. 이를 악문 카프는 마지막 스피어를 들고 타이시아스를 향해 달려갔다.

한 치 앞도 볼 수 없는 자욱한 흙먼지 속에서 카프는 타이시아스를 몰아치고 있는 선더볼트의 모습을 확인했다. 분명 타이시아스는 폭풍우처럼 몰아치는 선더볼트의 공격에 정신이 팔려 있었다.

이를 악문 카프는 선더볼트를 발판 삼아 그대로 뛰어올랐다. 사방이 흙먼지로 뒤덮여 있었지만 카프는 분명히 타이시아스를 확인할 수 있었다.

이를 악문 카프는 온몸의 마나를 오른손으로 보내고는 블랙 드래곤 타이시아스의 머리를 향해 스피어를 집어 던졌다.

핑!

날카로운 소리와 함께 스피어는 눈에 보이지 않을 정도로 회전을 하며 날아갔다.

뭔가가 자신의 머리를 향해 날아오는 것을 느낀 타이시아스는 재빨리 주위에 보호막을 쳤다. 그러나 날아오던 물체가 무엇인지 확인할 수는 없지만 타이시아스의 보호막을 간단히 뚫고 계속해 머리로 날아들었다.

놀란 타이시아스는 황급히 고개를 돌렸지만 그보다는 날아오는 물체의 속도가 훨씬 빨랐다. 고개가 반쯤 돌린 타이시아스는 자신의 눈에서 이는 타는 듯한 통증에 자신도 모르게 소리를 지르고 말았다.

"크아아와~ 앙!"

카프가 던진 창은 주위의 공기를 빨아들여 엄청난 속도로 회전을 하며 타이시아스의 눈을 스치고 지나갔다. 그렇지만 스피어에 실린 힘이 너무도 강한 나머지 타이시아스의 오른쪽 눈이 견디지 못하고 터져 버렸다.

한껏 비명을 지르던 타이시아스의 눈에 허공에서 떨어져 내리는 카프의 모습이 보였고, 그의 모습을 발견하는 즉시 지체없이 꼬리를 힘껏 휘둘렀다.

"퍽!"

"으악!"

타이시아스의 꼬리는 정확하게 카프의 몸을 가격했고, 카프는 마치 끈 떨어진 연처럼 사정없이 지면에 충돌하고 말았다.

"카프님!"

"카프님!"

제47장

블랙 드래곤
타이시아스 II

지면에 심하게 부딪친 카프는 의식을 잃었는지 쓰러진 자리에서 꼼짝도 하지 않았다. 그의 몸에서 흘러나온 선혈이 주위의 지면을 흥건하게 적시고 있었다.

일행들이 그 모습에 놀라 잠시 멈칫할 때 타이시아스의 울부짖는 듯한 음성이 들렸다.

"워프!"

타이시아스의 거대한 몸이 다시 보인 곳은 바로 로빈 곁이었다. 보호막 안에서 레오와 데보라의 치료에 열중하던 로빈은 타이시아스가 자신 곁에 나타난 것도 모른 채 모든 정신을 집중해 데보라의 화상(火傷)을 치료하고 있었다.

타이시아스의 무지막지한 발이 막 로빈에게 떨어지려는 순간, 차이렌의 외침이 들렸다.

"이 비열한 도마뱀 자식아! 이거나 먹어라! 체인 라이트닝!"

허공에서 갑자기 모습을 드러낸 차이렌의 손으로부터 뻗어 나온 십여 줄기의 번개가 타이시아스의 머리를 직격했다.
　로빈과 레오, 그리고 데보라를 짓이기려던 타이시아스는 당연히 무방비 상태였고, 그런 상태에서 받은 공격이기에 그 충격은 상당한 것이었다.
　타이시아스는 몇 걸음이나 뒤로 물러섰고, 쿵쿵거리며 물러서는 소리를 듣고야 로빈은 타이시아스가 자신의 곁에 있었다는 것을 알고는 새하얗게 질렸다. 재빨리 레오와 데보라의 손을 잡고는 그들과 20여 미터쯤 떨어진 곳으로 워프를 했다.
　타이시아스는 자신을 공격한 차이렌을 찾았지만 그 어디에도 차이렌의 모습은 보이지 않았다. 그러는 사이 정신을 차린 라일과 헥터, 그리고 데미안이 타이시아스를 향해 쏜살같이 달려왔다.
　다시금 그들 사이에는 치열한 격전이 벌어졌다. 그러나 양쪽이 가진 힘이 거의 비슷했기 때문인지 좀처럼 결정적인 상황은 오지 않았다.
　얼마나 그렇게 싸웠을까? 양쪽 모두 상당한 피로를 느껴 조금씩 움직임이 둔해질 때였다.
　"크아아악!"
　갑자기 타이시아스가 에시드 브레스를 뿜어냈다. 순식간에 주위는 거무스름한 연기로 가득 차 바로 앞도 확인하기 힘들게 되었고, 데미안은 재빨리 선더볼트 주위에 방어막을 치면서 타이시아스의 행방을 찾았다. 그러나 어느 곳에도 타이시아스의 존재는 찾을 수 없었다. 갑자기 불안함을 느낀 데미안은 재빨리 데보라 등이 쓰러져 있는 곳으로 향했다.
　역시 타이시아스는 그곳에 있었다.

타이시아스가 뿜어낸 에시드 브레스를 보호막으로 막기 급급한 로빈과 차이렌에게 거대한 돌기둥 같은 타이시아스의 꼬리가 덮쳐들었다.

차이렌과 로빈이 만들어낸 방어막은 흡사 종이가 찢어지듯 간단히 박살이 났고, 로빈과 차이렌은 마치 낙엽처럼 날아가 돌과 나무에 사정없이 부딪쳤다.

"크윽!"

"악!"

타이시아스는 자신의 꼬리에 맞아 날아간 로빈과 차이렌에게는 조금의 관심도 두지 않은 채 오로지 자신의 눈을 앗아간 카프만을 노렸다.

"죽어라! 픽싱 타킷(Fixing Target : 목표 고정) 매직 미사일!"

살기에 가득 찬 타이시아스의 외침 소리가 주위에 울려 퍼졌고, 그 소리에 겨우 정신을 차린 카프는 자신을 향해 쏟아지는 수백 발의 매직 미사일을 발견할 수 있었다.

급히 몸을 움직이려던 카프는 온몸이 부서지는 격렬한 통증을 느꼈고, 그런 그의 눈에 정신을 잃고 있는 데보라와 레오의 모습이 보였다. 물론 자신의 몸만 피하는 것이라면 아무리 심한 부상을 입었을지라도 문제가 될 것이 없지만, 자신을 도우려다가 심한 부상을 입은 두 사람을 버려두고 자신만 피할 수는 없는 일이었다. 그렇다고 두 사람을 동시에 움직일 만한 힘이 자신에게는 없었다.

본능처럼 마나를 끌어올린 채 두 여인의 몸 위에 엎드렸다. 그리고 수백 발의 매직 미사일이 카프를 향해 떨어져 내렸다.

퍼퍼퍼퍽!

지면에 어른의 주먹이 들어가고도 남을 정도의 구멍이 수도 없이 생겨나며 흙먼지가 피어올랐다. 달려오던 데미안은 그 모습을 발견하는 순간 도저히 참을 수 없는 지독한 살의(殺意)를 느꼈다. 자신도 의식하지 못한 채 마나를 끌어올리고는 재차 공격을 하려는 타이시아스를 향해 힘껏 휘둘렀다.

"슈팅 스타!"

선더볼트의 검 끝에서 뻗어 나온 붉은색 마나는 원형의 구체(球体)를 이루었고, 그 구체는 눈 깜빡할 사이에 타이시아스의 가슴에 작렬했다.

펑! 하는 소리와 함께 타이시아스는 거의 10미터 가까이 밀려났고, 그 모습에 라일과 헥터도 각자의 골리앗을 움직여 타이시아스의 좌우를 공격했다.

그 모습을 확인한 데미안은 선더볼트의 창을 열어 카프와 데보라 등의 모습을 찾으려 두리번거렸지만 자욱하게 일어난 흙먼지 때문에 도저히 그들의 모습을 찾을 수 없었다. 가슴속에서 피어나는 불안감을 애써 외면하면서 데미안은 황급히 선더볼트에서 내렸다. 그리고는 카프가 있던 곳을 향해 달려갔다.

"데, 데미안님… 위, 위험… 합니다……"

힘겹게 들리는 음성에 고개를 돌린 데미안의 눈에 보인 것은 온몸에 피를 뒤집어쓴 로빈의 모습이었다.

그에게 달려가서 상처를 확인하니 다른 곳의 상처는 없었지만 바위와 부딪쳤던 등이 완전히 피범벅이 된 것이 보였다. 바위의 날카로운 곳에 찢겼는지 로빈의 상처에서는 허연 뼈가 보이는 곳까지 있었다.

너무도 끔찍한 모습에 데미안은 할 말을 잃었다. 동시에 가슴

저 밑바닥에서부터 참을 수 없는 무엇인가가 치밀어 오르는 것을 느꼈다. 그와 동시에 머리가 깨지는 듯 아파 오기 시작했다.

갑자기 시작된 통증에 데미안이 머리에 손을 댈 때 그의 귓전에 희미한 신음 소리가 들렸다. 거의 무의식 중에 그 자리에서 일어선 데미안은 신음 소리가 들린 곳으로 향했다.

데미안이 도착한 곳에는 뮤렐이 쓰러져 있었다. 조금 전 타이시아스의 공격에 날아간 뮤렐은 나무와 심하게 부딪쳤고, 기이한 각도로 꺾여진 그의 신체를 보니 그의 한쪽 팔과 두 다리 모두가 부러졌다는 것을 쉽게 알 수 있었다.

뮤렐은 이미 기절해 있었지만 무의식 중에 고통을 호소하고 있었던 것이었다. 그 모습을 확인하는 순간 데미안의 두통은 더욱 심해져 이제는 정신을 차리기 힘들 정도였다.

데미안이 로빈과 뮤렐의 부상을 확인하는 동안 자욱하게 일어났던 흙먼지가 점차 가라앉았다. 완전히 가라앉은 것은 아니지만 카프 등의 모습을 확인하는 것에는 이상이 없었다.

카프의 몸은 잘 다져진 고기처럼 짓이겨져 있었고, 특히 하반신은 거의 절단이 될 지경이었다. 데보라나 레오의 경우에는 카프가 자신의 몸으로 덮어 보호를 해준 탓인지는 모르지만 상체에는 부상이 전혀 없었다. 그렇지만 타이시아스의 공격에 노출이 된 하체는 처참했다.

데보라보다 덩치가 작은 레오는 상대적으로 데보라보다 상처가 적었다. 물론 상처가 하나도 없다고는 할 수 없었지만 타이시아스가 공격한 매직 미사일에 직접적으로 맞은 것은 하나도 없었다.

데미안의 눈에 데보라의 모습이 보이는 순간 그의 머리 전체를 울리던 끔찍한 고통이 극에 달했다.

데보라의 왼쪽 다리는 무릎 아래에서, 오른쪽 다리는 허벅지 부분에서 완전히 절단이 되어 그녀의 주위에 널브러져 있었다. 잘려 나간 두 다리에서 흘러나온 피가 지면을 조금씩 물들여갈 때 데미안의 입에서는 피를 토하는 듯한 괴성이 터져 나왔고, 그 순간 데미안은 머리 속이 새하얗게 변하는 것을 느끼며 정신을 잃었다.
"으아아아아아―!!"
그 소리가 얼마나 처절하고 소름 끼치던지 사정없이 타이시아스를 공격하던 헥터와 라일의 손이 저절로 멈춰질 정도였다. 황급히 뒤로 물러선 두 사람은 데미안에게 무슨 일이 생겼는지를 확인하기 위해 뒤로 물러났다. 그런 그들의 눈에 이상한 모습이 보였다.

고개를 쳐들고 하늘을 향해 괴성을 질러대는 데미안의 모습에 믿기 힘든 변화가 생긴 것이다.

탐스럽던 그의 붉은 머리카락이 마치 살아 있는 뱀처럼 허공에서 꿈틀거렸고, 상처에서 피가 터져 나온 것이 아닐까 의심될 정도로 그의 몸에서 급격히 붉은색의 마나가 뿜어져 나온 것이다.

물론 그 순간 그가 걸친 의복은 산산조각이 나 사방으로 흩어져 탄탄한 근육으로 뒤덮인 그의 나신(裸身)이 저물어 가는 햇살 아래 드러났다. 변화는 그것이 끝이 아니었다.

데미안의 전신이 피처럼 붉어졌고, 순식간에 수도 없는 줄무늬가 생겨났다. 줄무늬에서 흘러내리기 시작한 피는 데미안을 순식간에 피투성이로 만들었다. 그러나 데미안의 비통하고 처절한 괴성은 그때까지 계속되고 있었다.

타이시아스는 갑자기 들리기 시작한 괴성과 함께 두 골리앗의 공격이 멈춰지자 겨우 한숨을 돌릴 수 있었다. 그리고 그제야 자신의 가슴에서 통증을 느낄 정도로 공격을 퍼붓던 선더볼트의 모습이 보이지 않는다는 것을 확인할 수 있었다.

그리 심각하지는 않지만 부러진 왼쪽 다리와 터져 버린 오른쪽 눈을 제외하곤 별다른 부상은 없었다. 다만 몇 시간 동안 계속된 격전으로 피로감을 느끼긴 했지만 그 역시 그리 큰 문제는 아니었다.

자신에게 대항하던 여덟 명 가운데 다섯은 재기 불능의 부상을 입었고, 남은 것은 셋인데 골리앗을 타고 있다는 것이 조금 문제가 되었다. 그렇지만 그들의 무기로도 자신의 비늘에 상처를 입히지 못하고 있는 것을 보면 걱정할 만한 상대는 아니었다.

그냥 이대로 이 자리를 떠날까 생각도 했지만, 자신이 한낱 인간들이 두려워 피한다는 것은 지상 최강의 생명체라는 드래곤으로서의 자존심이 상하는 일이었다.

그리고 한 가지 이해가 가지 않는 것은 레드 드래곤의 드라시안에 불과한 데미안의 믿을 수 없는 능력이었다. 아무리 데미안이 골리앗을 타고 있다고 하더라도 자신을 이렇게 궁지에 몰아넣을 수 있었다는 현실을 도저히 참을 수 없었다.

드래곤이 만들어낸 피조물에 불과한 드라시안에게 창조주에 버금가는 자신이 핍박받았다는 사실이 수치스럽기 그지없었다. 설사 다른 자들은 죽이지 못한다고 하더라도 데미안만은 무슨 수를 써서라도 죽여야겠다는 결심을 굳히면서 그의 모습을 찾았다.

그리고 눈에 들어온 피투성이가 된 데미안의 모습이 이해가 가지는 않았지만 멍청하게 서 있는 모습은 방심하고 있는 것이 분명해 보였다. 재빨리 자신이 알고 있는 마법 가운데 최강의 공격 마법을 캐스팅했다.

"플레어 익스플루젼(Flare Explosion : 화염 폭발)!"

순간 타이시아스의 덩치에 맞지 않는 작은 앞발에서 엄청난 불길이 데미안에게 쏟아졌다. 얼마나 강한 불길인지 통상적인 붉은 색의 불꽃이 아니라 새하얗게 백열된 불길이었다.

순식간에 데미안이 서 있던 지면은 녹아내렸고, 군데군데 부글거리며 끓고 있는 것이 마치 용암이 지면을 뚫고 흘러나온 듯 보였다.

멍하니 그 모습을 지켜보던 라일과 헥터는 깜짝 놀라며 데미안의 모습을 찾았다. 그러나 어디에도 데미안의 모습은 보이지 않았다. 보이는 것은 그저 용암처럼 끓어오르는 지면뿐이었다.

데미안이 그 자리에서 즉사했다고 생각한 라일과 헥터는 자신도 모르게 몸을 부르르 떨었다. 그러나 떨림은 순식간에 줄어들었고, 곧 온몸이 타버릴 것 같은 분노가 치밀어 올랐다. 막 몸을 돌려 타이시아스를 공격하려고 할 때 무엇인가가 끓어오르는 바다으로부터 일어서는 모습을 발견했다.

라일과 헥터의 눈이 휘둥그레질 때 그 물체는 완전히 몸을 일으켜 세웠다. 믿을 수 없을 만큼 멀쩡한 모습의 데미안이었다. 그저 옷을 입고 있지 않았을 뿐 머릿결 한 올조차 그슬리지 않은 모습이었다.

용암처럼 끓어오르는 지면을 태연하게 밟고 있던 데미안이 허공으로 손을 뻗었고, 그러자 조금 전 그의 옷과 함께 날아갔던 한 자루의 검이 그의 손으로 날아들었다. 네로브의 도움으로 찾은 공간의 검 미디아였다.

바스타드 소드를 잡자마자 그의 몸에서는 피처럼 붉은 마나가 다시 폭발적으로 뿜어져 나왔고, 데미안의 모습은 순식간에 붉은 마나에 가려져 버렸다. 그리고는 타이시아스를 향해 달려들었다.

엄청나게 빠른 속도였다. 날이 어두워지면서 조금씩 기운을 차리기 시작한 라일의 눈으로도 데미안의 모습을 제대로 식별하기 힘들 정도였다.

타이시아스와의 거리를 10미터쯤 남겨놓았을 때 데미안은 그대로 지면을 박차고 뛰어올랐다. 타이시아스는 너무도 빠른 데미안의 움직임이 순간적으로 당황하기는 했지만 그렇다고 긴장하지는 않았다. 자신의 든든하기 이를 데 없는 비늘을 믿었고, 또 자신의 마법 실력을 믿고 있기 때문이었다.

그러면서도 타이시아스는 방심하지 않고 자신의 몸 앞에 마법으로 보호막을 설치했다.

무서운 속도로 달려오던 데미안이 몸을 날리는 모습을 보았고, 또 자신을 향해 붉은 마나가 어린 바스타드 소드를 휘두르는 모습을 발견할 수 있었다. 그리고 그의 공격이 실패로 돌아갈 것을 믿어 의심치 않았다.

그가 골리앗을 타고 자신을 공격했을 때도 부상을 입지 않았는데 맨몸으로 공격하는 것임에야 두말할 필요도 없다고 판단한 것이다.

데미안이 몸을 날리는 모습을 발견한 라일과 헥터 역시 너무나도 무모한 데미안의 공격에 그를 보호하기 위해 황급히 타이시아스에게 달려갔다.

머리 위로 치켜들었던 바스타드 소드가 비스듬한 사선(斜線)으로 휘둘러졌다.

"크아아와~ 앙!"

도저히 믿을 수 없는 일이 발생했다.

세 대의 골리앗이 집중적인 공격을 퍼부었을 때도 뚫지 못했던 타이시아스의 보호막이 너무도 간단하게 잘려 나간 것이다. 그와 동시에 타이시아스의 몸을 뒤덮고 있던 비늘이 가을철 낙엽처럼 우수수 떨어져 나갔다.

비록 타이시아스의 몸에 상처를 남기는지는 못했지만 골리앗의 막강한 힘으로도 파괴하지 못했던 비늘이 너무도 쉽게 잘려 나간 것이다.

갑작스런 사태에 당황한 타이시아스는 데미안을 향해 본능적으로 두려움을 느끼고는 공격 마법인 체인 라이트닝을 펼쳤다. 순간 타이시아스의 손에서 눈부시게 밝은 빛이 번쩍이며 몇 줄기의 번개가 데미안을 향해 날아들었다. 그러나 데미안은 이미 뒤로 물러선 후였다.

재차 공격을 하려는 데미안의 귀에 희미한 음성이 들렸다.

"데… 미… 안… 님… 미디아의… 검신(檢身)에… 적혀… 있는 공격 주문을……."

이미 목숨을 잃은 줄로만 알았던 카프였다. 그러나 데미안은 그런 카프의 음성을 들었는지 그대로 타이시아스를 향해 몸을 날렸다.

지금 데미안의 뇌리를 지배하고 있는 것은 눈앞에 있는 드래곤을 죽이려는 일념뿐이었다. 자신의 동료들을 다치게 한 것에 대한 분노보다는 타이시아스라는 존재에 대한 적개심이 더 강했다. 그가 자신에게 어떤 피해를 입혔기 때문에 느끼는 감정이 아니라, 마치 그가 존재함으로 인해 자신의 생명에 위협을 느끼는 본능적인 면이 더 강했다.

데미안은 수십 번의 공격을 타이시아스에게 퍼부었다. 당황한 타이시아스는 방어 마법과 공격 마법을 번갈아 사용하며 데미안의 공격을 막으려고 했지만 속수무책이란 말이 더 정확한 표현이리라.

타이시아스가 공격을 할 때 데미안은 마치 한줄기 바람처럼 그의 공격을 피했고, 그가 공격을 할 때는 어떤 방어 마법도 소용이 없었다. 방어막은 허무하다고 할 정도로 쉽게 찢겨 나갔고, 그 때마다 타이시아스의 비늘은 우수수 잘려 나갔다.

데미안을 돕기 위해 달려들었던 라일과 헥터는 믿을 수 없는 광경에 그저 멍하니 구경만 할 뿐이었다. 그렇지만 데미안의 수십 번의 공격에도 타이시아스는 멀쩡했다. 비록 군데군데 비늘이 잘려 나가기는 했지만 그의 피부에 상처를 내지 못한 것이다.

데미안이 지친 듯 뒤로 물러서자 대기하고 있던 라일과 헥터가 다시 타이시아스에게 달려들었다. 타이시아스는 장거리 워프의 스펠을 캐스팅할 잠시의 시간이 필요했지만 라일과 헥터는 그야말로 숨쉴 시간도 주지 않고 공격을 퍼붓고 있었다.

데미안의 고함 소리가 들린 것은 그때였다.

"헬 버스터~!"

고함 소리가 들렸을 때 데미안의 몸은 이미 10미터쯤 허공에 떠 있었다. 그 순간 라일과 헥터는 골리앗의 움직임이 갑자기 멎어지는 듯한 느낌을 받았다. 온몸으로 느껴지는 엄청난 압력 때문에 골리앗의 움직임은 극도로 느려졌고, 제대로 검을 휘두를 수도 없을 지경이었다.

헥터가 전방을 확인해 보니 주위 20여 미터가 희미하지만 붉은색의 마나에 휩싸여 있었고, 당황해하는 타이시아스의 모습을 확인할 수 있었다.

챙챙챙— 따따따— 땅—!

헥터는 갑자기 뭔가가 자신이 골리앗, 엔시아의 동체를 마구 두들기는 소리와 함께 온몸에 엄청난 통증을 느꼈다. 전면에 개방된 창을 통해 사방을 둘러보았지만 어디에도 자신을 공격하는 존재는 보이지 않았다. 그러나 분명 뭔가가 자신을 공격하고 있었다.

당황한 헥터가 주위를 살피고 있을 때 그의 눈에 믿을 수 없는 모습이 보였다.

10여 미터쯤 떨어져 있던 타이시아스의 몸에서 깨어지고 잘려진 비늘이 우수수 지면에 떨어지고 있었다. 물론 타이시아스의 몸 주위에 거무스름해 보이는 보호막이 있었지만 그것도 그의 몸을 보호해 주지는 못했던 것 같았다.

타이시아스는 온몸에서 느껴지는 끔찍한 고통을 이기지 못하고 엄청난 포효를 터뜨렸지만 그를 공격하는 뭔가의 움직임이 끊이질 않았다. 마법으로 만든 보호막도, 그의 몸을 언제나 지켜주던 갑옷 같은 비늘도 아무런 소용이 없었다.

칼날 같은 바람이 스치고 지나갈 때마다 그의 몸을 덮고 있던 비늘이 우수수 떨어지며 새로운 상처가 생겨났다. 그런 상처에 다시금 바람이 스치고 지나가자 당장 깊이 10센티미터 이상 되는 긴 상처가 생겼다. 물론 그의 거대한 몸집에 생각해 보면 작은 생채기에 불과했지만 문제는 계속해서 그의 몸에 새로운 상처가 생겨나고 있다는 것이었다.

타이시아스는 지난 천육백 년 동안 단 한 번도 느껴보지 못했던 불길한 느낌을 받았다. 그러나 타이시아스는 그것이 인간들이 말하는 공포라는 것을 깨닫지 못하고 있었다.

자신의 몸을 짓누르는 괴상한 압력 때문에 움직이기도 힘든 상태에서 자신의 몸을 조금씩 대패로 깎아내는 듯한 상대의 공격에 대체 어떻게 방어를 해야 할지 머리가 어지러웠지만 뾰족한 방법이 없었다.

그때였다. 온몸을 짓누르던 압력이 갑자기 사라진 것을 느낀 타이시아스는 순간 휘청거렸지만 곧 중심을 잡았다. 그런 그의 눈에 10미터쯤 공중에 떠 있는 데미안의 모습이 보였다.

비행 마법을 사용했는지 공중에 떠 있던 데미안은 들고 있던 바스타드 소드를 쭉 뻗어 자신의 가슴을 겨누고 있었다. 그 모습에 타이시아스는 당장 공격 마법을 캐스팅해 데미안을 공격하려고 했다.

"블러드 라이트닝—!"

데미안의 고함 소리가 어두워지기 시작한 하늘에 울려 퍼질 때 타이시아스는 데미안이 들고 있던 바스타드 소드의 끝에서 붉은 광선 하나가 자신을 향해 날아오는 것을 발견했다. 타이시아스는 재빨리 보호막을 스펠을 캐스팅했다. 아니, 하려 했다.

"퍽—!"

뭔가가 가슴을 관통하며 내는 소리를 타이시아스는 들을 수 있었다. 그와 함께 자신의 가슴에서 느껴지는 통증에 타이시아스는 믿을 수 없다는 표정을 지으며 고개를 숙였다.

"블러드 라이트닝—!"

퍽!

이번에는 복부였다. 고개를 숙이고 있었기 때문일까? 붉은 광선이 자신이 복부를 우스울 정도로 간단하게 꿰뚫는 모습을 볼 수 있었다. 그는 지상 최강의 생명체라는 자신의 몸을 너무나 쉽게 꿰뚫어 버린 상대가 레드 드래곤의 드라시안인 것을 믿을 수가 없었다. 가슴과 복부에 난 상처에서 피가 뿜어져 나오며 타이시아스는 전신이 나른해지는 것을 느꼈다.
 갑자기 주위에 침묵이 찾아왔다.
 라일과 헥터는 가슴과 복부에 커다란 구멍이 뚫린 채 고목이 쓰러지듯 앞으로 넘어지는 타이시아스의 모습을 보고 아무 말도 할 수 없었다. 실제적으로는 숨 한번 쉴 시간에 불과했지만 두 사람의 눈에는 영원히라고 느껴질 만큼의 시간이 지났고, 타이시아스가 지면에 부딪치는 소리를 들으며 정신을 차릴 수 있었다.
 데미안은 천천히 지면에 쓰러진 채 마지막 숨을 몰아쉬고 있는 타이시아스를 향해 걸음을 옮겼다. 지면은 이미 그가 흘린 피로 뒤덮여 있었고, 죽음을 맞이하는 타이시아스의 몸은 본인의 의지와는 상관없이 꿈틀거리고 있었다.
 숨을 몰아쉬는 타이시아스 곁으로 다가간 데미안은 천천히 바스타드 소드의 끝이 지면을 향하도록 반대로 들었다. 그리고는 느릿한 속도로 치켜들었다. 그리고는 자신의 몸보다도 더 큰 타이시아스의 머리를 향해 힘껏 내리찍었다.
 퍽—!
 둔탁한 소리와 함께 바스타드 소드는 타이시아스의 머리에 손잡이까지 파고들었다. 순간 타이시아스의 몸은 무서울 정도로 한번 꿈틀거리더니 곧 잠잠해졌다. 그러나 데미안의 행동은 끝난 것이 아니었다.
 이미 죽어 있는 타이시아스의 몸을 난자하기 시작했다. 그렇지 않아도 상처투성이였던 타이시아스의 몸은 곧 엉망으로 짓이겨졌다. 그럼에도 불구하고 데미안은 멈출 줄 몰랐다.
 재빨리 자신들의 골리앗에서 내린 라일과 헥터는 데미안에게

다가갔다. 그러나 데미안은 두 사람이 자신에게 다가오는 것에는 아랑곳하지 않고 계속해서 블랙 드래곤 타이시아스의 몸을 짓이기는 것에만 몰두하고 있었다.

헥터가 한 발 앞으로 다가서자 데미안의 움직임이 갑자기 멈춰지더니 고개를 휙 돌렸다. 데미안의 눈을 발견한 헥터는 자신도 모르게 헛바람을 들이켰다.

데미안의 눈이 이상하게 변해 있었던 것이다. 마치 붉은 수정을 갈아 만든 둥근 구슬처럼 시뻘겋게 변한 데미안의 두 눈에는 눈동자가 없었다. 요요한 광채로 뒤덮인 데미안의 눈에서는 이전에 그에게서는 볼 수 없었던 살기와 광기(狂氣)가 흘러나오고 있었다. 게다가 그의 붉은 머리는 여전히 허공으로 뻗친 채 꿈틀거리고 있어 보기에도 섬뜩해 보였다.

어디로 봐도 지금 데미안의 모습은 정상이 아니었다. 무엇 때문인지는 모르지만 지금 이대로 데미안을 두는 것은 그에게 이롭지 않다고 생각한 헥터는 데미안에게 입을 열었다.

"데미안님, 정신이 드십니까?"

그러는 사이 라일은 데미안의 뒤편으로 돌아가서 그의 뒷덜미를 힘껏 내려쳤다.

탕—!

데미안을 기절시키려고 한 행동이었지만 믿을 수 없게도 데미안의 몸에서 괴상한 소리가 들린 것이다. 천천히 돌아서는 데미안의 모습에서 라일은 자신도 모르게 한 발짝 뒤로 물러섰다. 동시에 데미안의 눈에서 흘러나오는 살기와 광기가 더욱 짙어졌다.

라일을 향해 한 발자국 다가서자 라일과 헥터는 다시 자신도 모르게 뒤로 물러섰다. 그 모습에 데미안은 더욱 괴상한 미소를 짓고는 다시 한 걸음 앞으로 나섰다.
 데미안이 앞으로 나서면 라일과 헥터는 뒤로 물러서는 괴상한 상황이 몇 번이나 반복되었다. 천천히 바스타드 소드를 쳐들던 데미안이 갑자기 미디아를 집어 던지고는 자신의 머리를 움켜잡으며 괴성을 질렀다.
 "크아아아—!"
 밤하늘에 울려 퍼지던 그의 괴성이 희미해져 갈 때쯤 머리를 움켜잡고 있던 데미안이 천천히 앞으로 쓰러졌다. 재빨리 쓰러지는 데미안의 몸을 헥터가 받쳐 들었지만 그때까지도 그의 얼굴은 얼이 빠져 있었다.
 그런 그의 눈에 난자가 된 거대한 드래곤의 시체가 보였다.

 *   *   *

 책상 위에 가득 책을 쌓아놓고 그 내용을 살피던 마브렌시아는 갑자기 자신의 심령상으로 전해지는 어떤 감정을 느껴야만 했다.
 그 감정이 무엇 때문에 느껴지는 것인지 곰곰이 생각을 한 마브렌시아는 곧 그 이유를 알 수 있었다. 이십여 년 전, 자신이 어떤 목적을 위해 만들었던 드라시안이 무슨 일 때문인지는 모르겠지만 격렬하게 감정을 폭발시킨 것이다.
 그 감정이라는 것은 극도의 분노와 적개심, 회의, 살기, 광기, 후회 등등이 복잡하게 혼합이 된 것이었다. 그런 감정이 하나로 섞이는 듯했지만 결국 격렬한 폭발을 일으켰고, 곧 새하얗게 변해버린 것이다.
 마브렌시아는 몇 년 전 자신이 기억을 봉인한 채 놓아준 드라시안이 아직까지 죽지 않고 살아남았다는 것이 약간 의외이기는 했지만 그렇다고 지금에 와서 그를 찾을 생각은 들지 않았다.

원래대로라면 자신의 목적이 충족이 되는 시점에서 그 드라시안을 폐기 처분해야 하는 것이 드라시안을 만든 드래곤으로서 당연히 해야 할 일이었지만 왠지 그를 죽이고 싶지 않았다. 그렇다고 그 드라시안에게 애정이 있기 때문은 아니었다.

에인션트 드래곤인 카르메이안과의 내기에 이길 수 있도록 해주었기 때문에 선심을 쓰듯 살려주었을 뿐이었다. 물론 당시 자신들이 살던 집 주위에는 보통 드래곤의 레어가 그렇 듯 많은 몬스터들이 살고 있었기에 굳이 자신이 드라시안을 없애지 않아도 되리라 생각을 했기 때문이었다.

대략 방향을 보니 갈리온 산맥 쪽이었다.

다시 감응이 끊긴 것을 보니 아마도 기절을 한 모양이다. 마브렌시아는 자신이 느꼈던 감정 가운데 후회나 회한 등의 감정이 섞여 있었던 것을 기억하고는 싸늘한 미소를 지었다.

인간들을 모델로 해서 만들었기 때문인지 드라시안들은 드래곤들이 평생을 가도 느낄 수 없는 기묘한 감정들을 잘 느꼈다.

드래곤은 자존심이 강한 존재이다. 그러므로 후회나 죄책감 같은 감정을 느낄 이유가 없었다. 욕심이 나면 빼앗으면 되고, 화가 나면 적을 죽이고 파괴를 행하면 그만이었다.

그러니 조금 전 드라시안이 그런 감정을 느낄 때 전해지는 정신적 감응을 통해서가 아니라면 평생 동안 단 한 번도 느끼지 못할 수도 있었다. 그러나 마브렌시아는 곧 그런 생각을 머리 속에서 지워 버렸다.

지금 이 왕립 도서실에서 보관하고 있는 모든 서적을 뒤져 보았지만 신의 무기에 대한 어떠한 단서도 찾을 수 없어 무척이나 짜증이 나 있던 중이었다. 십수만 권에 이르는 책을 뒤진다는 것이 얼마나 많은 인내심을 요구하고, 짜증나는 일인지 이번 기회를 통해 똑똑히 깨달을 수 있었다. 그렇지만 포기할 수 없는 일이었다.

아주 우연한 기회에 얻게 된 신기루의 반지. 그 반지가 가지고 있는 엄청난 힘을 알게 된 마브렌시아는 신의 무기라는 것에 그만 흠뻑 빠지고 말았다. 어떻게든 나머지를 찾아 그 모든 것을 자신의 것으로 만들고 싶다는 생각을 한시도 버릴 수 없었다.

그러면서도 이상하게 생각되는 것은 왜 카르메이안은 이런 엄청난 힘을 가지고 있는 신의 무기를 찾지 않았느냐는 것이다. 하나 거의 신에 필적한 힘을 가진 존재가 카르메이안이고 보면 신의 무기 같은 것이 별로 필요 없을지도 모른다는 생각도 들었다.

마브렌시아는 보고 있던 책의 마지막 장에 눈길을 주었다. 역시 신의 무기에 대한 단서 같은 것은 어디에서도 찾을 수 없었다.

지금 보고 있는 책이 마지막이었다. 책장을 덮은 마브렌시아는 인간들이 말한 허탈감이라는 감정이 어떤 것인지 이해할 수 있을 것 같았다. 그때 천천히 자리에서 일어서는 마브렌시아에게 다가오는 사람이 있었다.

"마브렌시아 양, 그래, 신의 무기에 대한 단서는 찾았소?"

고개를 흔드는 마브렌시아의 모습에 앤드류는 안됐다는 표정을 지었다.

"이렇게 고생을 했는데 아무런 단서도 찾지 못했다니… 그러나 걱정하지 마시오. 아직 마브렌시아 양이 가보지 못한 도서관이 많이 있으니까 말이오."

자신을 위로하는 듯한 앤드류의 모습에 마브렌시아는 그의 호의를 거절할까 하다가 곧 받아들였다.
"앤드류 전하의 호의를 기쁘게 받아들이겠어요."
 마브렌시아가 앤드류의 제의를 받아들인 것은 그가 자신의 곁에 있으므로 해서 자신이 하는 일에 도움을 받을 수 있다는 사실 때문이었다. 만약 그의 도움을 받아 신의 무기를 찾는다면 그가 원하는 대로 결혼까지 할 생각을 가지고 있었다.
 자신의 길고 긴 삶이라는 시간 중에 그가 원하는 결혼이란 것은 한순간에 불과한 이유도 있었지만, 과거 카르메이안과의 생활을 통해서 인간들의 결혼이라는 것에 어느 정도 호기심을 느꼈기 때문이라고 보는 것이 더욱 정확할 것이다.
 지상에 존재하는 모든 드래곤 가운데 최고령인 카르메이안과 산 15년. 재미있다면 재미있었던 기간이었다.
 카르메이안이 워낙 고령이었기 때문인지는 모르지만 까탈스러운 자신의 성격을 잘 다독여주었고, 자신의 부탁은 거의 거절하지 않았기에 그녀로서는 카르메이안과의 생활이 상당히 즐거운 것이었다.
 드래곤으로서는 특이하게 검술까지 익히기는 했지만 인간들이 말하는 소드 익스퍼트 중에서 최상급의 실력일 뿐 그녀가 원했던 소드 마스터는 결코 될 수 없었다.
 오백 년 만에 소드 익스퍼트가 될 수 있었고, 그 후 천 년 동안이나 노력을 했지만 조금의 발전도 없었다. 물론 마법은 이미 오백 년 전에 9클래스의 마법을 마스터한 후였지만 그녀는 그것을 대단하게 여기지 않았다.
 드래곤으로서 시간만 지나면 자연스럽게 익힐 수 있는 마법보다는 자신의 노력으로 도달할 수 있는 소드 마스터가 훨씬 매력

적이었다.

이렇게 신의 무기에 대해 집착을 하는 것도 강함을 좋아하는 드래곤으로서의 천성과 더욱 강해지고 싶다는 자신의 의지가 하나로 합쳐진 결과였다. 만약 자신이 여섯 개라고 알려진 신의 무기를 모두 찾아 골드 드래곤 카르메이안과 결투를 한다면 어떻게 될까 무척이나 궁금한 일이었다.

그러기 위해서는 지금 자신의 눈앞에서 게슴츠레한 눈으로 자신을 훑어보고 있는 앤드류의 도움이 꼭 필요했다.

"전하, 오늘은 날씨도 따스한 것 같으니 바람이라도 쏘이러 가시지 않으시겠습니까?"

"지금 피크닉을 가자는 것이오?"

"싫으신가요?"

"아, 아니오. 내가 싫을 리가 있겠소."

손사래를 치던 앤드류는 황급히 시종을 불러 피크닉 준비를 시켰다. 그리고는 마브렌시아에게 손을 내밀었다.

"그럼 가실까요?"

앤드류의 손을 잡은 마브렌시아는 남은 손으로 드레스를 잡고는 우아한 걸음으로 도서관을 빠져나갔다.

    *   *   *

"국왕을 대신해 왔다고 했는데, 당신이 말한 국왕이 혹시 알렉스 국왕을 말하는 것이오?"

"그렇습니다, 폐하."

"동생에게 왕위를 빼앗긴 멍청한 형이 누군가 했더니 바로 당신이었군, 제로미스 경."

경멸하는 듯한 음성에도 제로미스는 꼼짝도 하지 않았다. 오히려 엷은 미소를 지으며 곧 대답했다.

"어리석은 형이 현명한 동생에게 왕위를 빼앗긴 것은 그리 큰 흠이 될 수 없는 일이지요. 하지만 그보다는 루벤트 제국에게 국토의 반 이상을 빼앗기고도 즐거운 듯 하루하루를 보내시는 폐하께서……"

제로미스의 말에 상대의 얼굴이 무섭게 굳어졌다. 비록 상대의 말이 이어지지는 않았지만 그렇다고 그 말속에 숨어 있는 뜻마저 짐작하지 못할 정도로 어리석지는 않았다.

화려하게 꾸며진 방이었다. 천장에서는 세 개의 샹들리에가 매달려 은은한 빛을 뿌리고 있었고, 바닥에는 발목까지 빠지는 양탄자가 깔려 있었다.

중앙에 놓인 긴 대리석 테이블에는 십여 가지의 음식과 술병이 보였고, 두 사람이 서로 마주 보고 있는 모습을 확인할 수 있었다.

오른쪽에 앉아 있는 금발 머리의 사내는 얼마 전 대공으로 추대된 제로미스였다. 아직 완전하게 건강을 회복하지는 못했는지 안색이 약간 창백해 보이기는 했지만 그 점을 제외하면 예전의 모습과 달라진 점을 찾아볼 수 없었다.

엷은 미소를 지은 채 상대를 바라보는 제로미스의 모습과는 달리 맞은편의 사내는 불편한 심기를 감추지 못하고 있었다.

화려하게 장식된 왕관에 눈이 어지러울 정도의 자수가 수놓인 겉옷 속에는 검은색 공단으로 지어진 옷을 걸치고 있었다. 그러나 제로미스는 왠지 옷이 아깝다는 생각을 지울 수 없었다.

모든 의복이 찢어질 듯이 팽팽하게 당겨져 있는 것이 풍만함을 벗어나 비대하다고밖에 표현할 수 없는 상대의 신체적인 결함 때문이라고 해도 왕관 밑과 의복 위에 위치한 그 물건은 도저히 의복이나 왕관과는 어울리지 않는 것이었다.

너무나 비대해서 파묻혀 버린 쥐새끼처럼 작은 눈이나 어린아이처럼 작은 코와 입. 그런 반면 당나귀를 연상케 하는 그의 귀는 그가 인상을 쓸 때마다 팔랑거려 상대로 하여금 웃음을 참지 못하게 하는 것이었다.

제로미스가 비록 오크라는 몬스터를 직접 보지는 못했지만, 아마 오크도 이 작자와 비교되는 것을 사양할 것이라는 생각이 들었다. 하지만 지금 자신이 이 작자를 찾아온 것은 루벤트 제국이라는 공동의 적에 대항하자는 협조를 얻기 위해서였기 때문에 도저히 웃음을 터뜨릴 수 없었다.

제로미스가 속으로 터져 나오려는 웃음과 악전고투를 하고 있을 때, 상대는 제로미스를 향해 노골적으로 불만스럽다는 표정을 짓고 있었다.

"지금 그대는 날 희롱하기 위해서 온 것인가?"

"그럴 리가 있겠습니까? 다만……"

"다만 무엇인가?"

그의 부모가 필립이라는 이름을 지었고, 또 그 부모가 크로네티아란 왕국의 국왕과 왕비였기에 그에게는 자연스럽게 크로네티아란 성이 주어졌다.

"일국의 사신 자격으로 온 저에게 모욕스런 언사는 피해주셨으면 합니다. 평소 같으면 저 한 사람의 모욕으로 끝날 것이고 또 참을 수밖에 없겠지만, 지금은 사신의 신분. 절 모욕한다는 것은 저의 조국인 트렌실바니아 왕국과 왕실을 모욕하는 것이니, 알렉스 국왕 폐하께 충성을 맹세한 기사의 한 사람으로서 참을 수 없는 일입니다."

담담한 미소를 지으면서 입을 여는 제로미스였지만 그의 모습 어디에도 불안한 모습은 보이지 않았다. 한동안 제로미스의 모습을 노려보듯 바라보던 필립이 입을 열었다.

"내 무례한 언사를 사과하겠소이다, 제로미스 경."

"저 역시 폐하께 용서를 구하겠습니다. 제 무례를 용서해 주십시오."

비록 두 사람이 서로에게 사과를 했다고는 하지만 어색함만은 금세 사라지지 않았다. 화가 풀리지 않은 듯 굳게 입을 다물고 있는 필립의 모습을 본 제로미스가 말을 꺼냈다.

"제가 오늘 폐하를 찾아온 이유는 다름이 아니라……"

말을 하면서도 다시 한 번 주위를 살폈다. 지금부터 하는 이야기는 누구도 들어서는 안 되는 이야기였기에 신중에 신중을 기할 필요가 있었다. 천천히 품에서 한 통의 편지를 꺼낸 제로미스는 조용히 입 앞에 손가락 하나를 세우고는 필립에게 건네주었다.

"크로네티아 왕국과 저희 트렌실바니아 왕국은 인접해 있는 이웃 국가이면서도 그동안 왕래가 별로 없었습니다. 해서 새로 등극하신 알렉스 폐하께서는 이번 기회에 양국에 국교를 맺고 친목을 도모할 수 있도록……"

필립은 제로미스의 행동을 이해할 수는 없었지만 그가 건네준 편지를 읽어 내려갔다.

필립 폐하, 무례하게 편지로 알렉스 폐하의 뜻을 전하게 되어 죄송스러운 일입니다. 하나 이 일은 기밀을 요하는 일이니 무례를 양해해 주시기 바랍니다.

필립이 편지의 내용을 확인하고 제로미스를 쳐다보자 제로미스는 다시 품에서 편지를 꺼내 필립에게 건네주었다.

그동안 저희 두 왕국은 힘이 없었기에 루벤트 제국에게 억압과 박해를 당해야만 했습니다. 그러나 언제까지 루벤트 제국의 횡포를 그냥 두고 볼 수만은 없는 일. 이번 기회에 서로 힘을 합쳐 루벤트 제국을 상대하는 것이 어떻겠습니까? 참고적으로 말씀을 드리자면 이미 레토리아 왕국도 저희와 손을 잡았고, 오르고니아 왕국도 저희와 뜻을 같이 하기로 맹약을 맺었습니다. 또…….

이미 멸망해 버린 레토리아 왕국을 거론하는 것이 이해가지 않았는지 필립이 손으로 그 대목을 가리켰고, 그것을 발견한 제로미스가 곧 대답을 했다.

"물론 국왕 폐하께서도 잘 알고 계시겠지만, 원래 물건에는 반드시 주인이 정해져 있고, 설사 주인이 그 물건을 잃어버리더라도 계속해서 찾다 보면 누군가가 그 물건을 찾아주지 않겠습니까? 이와 같이 두 왕국이 무역과 상업에 좀 더 투자를 한다면……."

필립은 이미 트렌실바니아 왕국이 레토리아 왕국에게 힘을 빌려주었고, 그 덕에 레토리아 왕국이 수복되었다는 것을 확인할 수 있었다. 필립은 조금은 놀라는 심정으로 편지에 눈길을 주었다.

…바이샤르 제국에게도 이미 사신을 보내 협상을 하고 있습니다. 아무리 사나운 맹수도 재미로 사냥을 하지는 않습니다. 그동안 루벤트 제

국에게 우리가 당했던 치욕과 모멸, 억울하게 당해야만 했던 그 모든 것을 이젠 루벤트 제국에게 돌려줄 때입니다. 저의 형님이신 제로미스 대공(大公)에게 폐하의 의지를 전해주시기 바랍니다.

트레디날 제국 황제 알렉스 폰 트레디날.

 묵묵히 편지를 읽어 내려가던 필립의 눈길이 편지의 마지막에 이르러서는 사정없이 흔들렸다. 편지를 잡은 그의 손 역시 치미는 격정을 이기지 못하고 떨리고 있었다.
 트렌실바니아 왕국, 아니, 트레디날 제국이나 지금은 왕국으로 격하된 크로아 제국도 과거 루벤트 제국이 부흥하기 전에는 모두 제국(帝國)으로 불렸던 나라들이었다. 그러나 신생국에 불과한 루벤트와의 전쟁에서 패하면서 제국에서 왕국으로 스스로 이름을 낮추어야 하는 치욕을 감내해야만 했다.
 그런데 지금 생각지도 않았던 제의가 들어온 것이다. 그것도 크로네티아 왕국과 비슷한 처지에 있는 트렌실바니아 왕국에서 말이다.
 과연 이것이 크로아 제국으로의 영광을 되찾을 수 있는 기회인가? 아니면 오히려 전보다 더욱 치욕스럽고 절망적인 삶을 강요당할지도 모르는 함정인가?
 필립은 고심하지 않을 수 없었다.
 제로미스는 통통한 얼굴을 잔뜩 찌푸린 채 고심하고 있는 필립의 살찐 얼굴을 묵묵히 바라보고 있었다. 한 나라의 장래가 걸린 결정이었다. 그의 심정을 이해하면서도 크로네티아 왕국의 협조를 반드시 구해야 하는 자신의 입장을 다시 한 번 되살렸다.
 필립의 입이 열린 것은 상당한 시간이 지난 후였다.

"제로미스 경, 경은 이 협약이 서로에게 이득이 있을 거라고 자신할 수 있소?"

"물론입니다, 폐하. 이미 저희는 만반의 준비를 마쳤습니다. 만약 폐하께서 이 협약에 찬성만 해주신다면 반드시 크로네티아 왕국에게 이익이 돌아갈 수 있도록 하겠습니다."

"하지만 조금이라도 잘못된다면 크로네티아 왕국의 국민들은 그날부터 지옥 같은 생활을 해야 한단 말이오."

그 말을 하는 필립의 얼굴은 애처로울 지경이었다. 제로미스는 조금은 굳은 얼굴이지만 곧 미소를 지은 채 고개를 끄덕였다. 그리고는 분명한 어조로 대답했다.

"그 점은 저희 역시 마찬가집니다. 이 협약은 잘못될 수도 없고, 또 잘못되어서도 안 됩니다. 반드시 두 나라의 힘이 하나로 합쳐져야만 합니다. 그렇게 된다면 반드시 좋은 결과가 있을 거라고 저는 확신합니다."

제로미스의 확신에 찬 음성에 필립은 상대가 이미 자신의 생명까지 바칠 결심을 했다는 것을 느낄 수 있었다. 동시에 너무도 소심한 자신이 부끄럽다는 생각이 들었다.

"좋소, 귀국의 제안을 받아들이겠소. 오늘 당장 담당자를 불러 세부적인 계획을 세워보겠소."

"감사합니다, 폐하. 트렌실바니아는 폐하의 은혜를 잊지 않을 겁니다."

"아니오. 짐 또한 이 왕국의 국민들을 위해 내린 결정이오. 이번 결정이 양국에게 많은 이익을 가져다 주었으면 좋겠소."

"그렇게 될 것이옵니다. 반드시!"

제48장
프로포즈

　넓은 들판을 가득 메운 병사들의 모습을 보는 스캇의 심정은 복잡 미묘했다.
　이제 잠시 후면 자신은 이들을 이끌고 수도 윌라인으로 진격을 할 것이고, 빈센트와 힘을 합쳐 앤드류 황태자 주위의 수족들을 제거하고 황궁을 장악할 것이다.
　루벤트 제국의 수도인 윌라인이 루벤트 제국의 왕자인 자신의 손에 함락된다는 것은 우습지도 않은 일이었지만, 자신은 분명 윌라인을 함락시킬 자신이 있었다.
　황제와 황태자에게 빌붙어 자신의 잇속만 챙기는 쓰레기 같은 귀족들을 쓸어버리고, 황제와 황태자를 폐위시킬 것이다. 그리고 빈센트를 황제로 추대하면 자신이 할 일이 모두 끝난다. 지금 그에게 중요한 것은 결과가 아니고, 그 일이 진행되는 과정에서 느낄 수 있는 긴장감이었다.

모든 신경이 올올이 곤두서는 것 같은 팽팽한 긴장감과 스릴을 느끼는 것만이 요즘 모든 일에 무료해진 스캇이 원하는 것이었다.
 1차로 뽑힌 병사들을 집결시켜 놓고 보니 혈관 속의 피가 빠르게 돌며, 잠들어 있던 모든 감각들이 하나둘씩 깨어나는 것 같았다. 몇 번인가 주먹을 쥐었다 풀었다를 반복하던 스캇은 병사 앞에 서 있는 기사들을 바라보았다.
 평소 훈련을 게을리 하지 않아서인지 창을 잡고 있는 팔에 잘 발달된 근육이 자리 잡고 있었다. 자신을 바라보는 충성스런 부하들의 모습을 본 스캇은 아무런 말도 없이 오른손을 한번 들었다가 내려놓았다.
 그러자 집결해 있던 병사들이 대열 가운데 가장 오른쪽에 서 있던 병사들부터 천천히 이동하기 시작했다. 이동은 침묵 속에서 계속해서 이루어졌고, 그 모습을 지켜보던 스캇이 자신에게 다가온 사내를 향해 입을 열었다.
 "콘소베르트 후작, 내가 다시 언급하지 않아도 이번 작전이 얼마나 중요한 것인지 잘 알 것이다."
 "잘 알고 있습니다, 스캇 전하."
 보통의 키에 약간은 말라 보이는 체격을 가진 사내는 루벤트 제국의 40여 명의 후작 가운데 한 명이었고, 이번 1차 선발 인원들을 윌라인까지 인솔할 책임을 진 사내였다.
 "그대를 믿는다. 수고하도록."
 "그럼, 며칠 후에 뵙겠습니다. 그때까지 옥체 보중하십시오."
 고개를 숙여 목례를 한 콘소베르트 후작은 곧 이동하는 병사들과 함께 그리 빠르지 않은 속도로 병영을 이탈했다.
 잠시 후 그들이 모두 빠져나간 병영은 텅 비었다. 아무 말도 없이 그 모습을 잠시 지켜보던 스캇이 자신 곁에 서 있는 아이작에게 물어보았다.
"2차 병력 이동이 10일 후라고 했나?"
"그렇습니다, 전하."
"명령을 변경한다. 2차 병력 이동은 앞으로 5일 후로 앞당긴다. 차질없도록 준비하라."
갑자기 자신의 명령을 변경한 스캇의 태도가 조금 이상하기는 했지만 그것에 의문을 나타낼 아이작은 아니었다. 평소처럼 무표정한 얼굴로 곧 대답을 했다.
"명령대로 처리하겠습니다."
아이작이 대답을 했을 때 스캇은 이미 자신의 막사로 돌아간 후였다.

* * *

"여기가 어디지?"
데미안은 난생처음 보는 주위의 모습에 어리둥절한 모습을 보였다. 그도 그럴 것이 사방은 온통 붉은색이었다. 게다가 하늘도 없었고, 땅도 없었고, 눈에 보이는 것은 아무것도 없었다.
보이는 것은 아릴 정도로 붉게 빛나는 공간뿐이었다. 마치 붉은 물속에 둥둥 떠 있듯 데미안은 그렇게 붉은 공간 속에 떠 있을 뿐이었다.
숨을 쉴 때마다 붉은 공간의 일부가 자신의 몸속으로 들어와 자신의 몸이 조금씩 붉은 공간의 일부로 변하는 듯한 느낌이 들었다. 데미안이 조금은 불안한 눈초리로 사방을 훑어보는 것이 바로 그 이유였다.
　붉은 공기를 마시고 내뱉을 때마다 자신이 자기가 아닌 다른 존재로 변하는 듯한 느낌이 들었기 때문이다. 자신이 왜 이런 공간에 있는 것인지를 곰곰이 생각을 해보았지만 어찌 된 연유인지 알 수 없었다.
　그저 자신이 기억하는 가장 마지막 장면은 레오와 데보라가 타이시아스의 공격을 받아 데보라의 다리가 잘려 나간 모습이었다. 그 순간 자신은 머리가 깨질 것 같은 통증을 느끼며 머리 속에서 폭발이 일어나는 느낌과 함께 모든 감각과 생각이 하얗게 표백이 되는 것을 느낀 것이다. 그리고 깨어보니 이곳이었다.
　자신의 일행들이 무사히 타이시아스의 손아귀에서 빠져나왔는지, 아니면 데보라의 모습처럼 무참하게 살해를 당했는지 궁금해서 미칠 지경이었다. 그러나 보이는 것은 오직 붉은 공간뿐이었다.
　그 순간 데미안의 가슴속에는 보이는 모든 것을 파괴하고 싶은 마음뿐이었다. 그 생각은 시간이 지날수록 점점 더 커졌고, 마침내는 더 이상 참을 수 없었다.
　"크아아악—!"
　데미안은 비명 같은 괴성을 질렀고, 어느 틈엔가 그의 손에는 한 자루의 바스타드 소드가 들려 있었다. 그 순간 데미안의 머리 속에 떠오르는 공격 주문이 있었다. 데미안은 무의식 중에 그 주문을 중얼거렸다.
　"내 앞을 가로막는 모든 불경한 것들의 심장에 분노한 신의 저주가 내리기를…… 블러드 라이트닝!"
　순간 바스타드 소드의 끝에서는 주위의 공간보다 더욱 붉은 광선이 뻗어 나와 끝도 보이지 않는 공간을 향해 날아갔다. 그리고

퍽! 하는 소리와 함께 공간의 일부가 왜곡이 되면서 작지 않은 구멍이 뚫리는 것을 분명히 깨달을 수 있었다.

그 모습을 발견한 데미안은 만족스런 웃음을 터뜨리며 계속해서 블러드 라이트닝을 날렸다. 데미안의 몸속에서는 엄청난 힘이 계속해서 생겨났고, 그때마다 주위의 공간이 조금씩 계속 줄어든다는 느낌을 받았다. 그러나 데미안은 그런 변화에는 아랑곳하지 않지 않고 계속해서 블러드 라이트닝을 날렸다.

잠시 후 붉은 공간은 데미안의 몸속으로 완전하게 빨려들었다. 주위가 짙은 어둠 속에 파묻혔을 때, 누군가 자신을 부르는 소리가 들렸다.

"아빠!"

고개를 돌리고 보니 그곳에는 작은 소녀 하나가 서 있었다. 나이는 겨우 네다섯 살 정도로 보였고, 실오라기 하나 걸치지 않은 소녀의 등에는 그녀의 키에 절반쯤으로 보이는 크기를 가진 하얀 날개가 돋아 있었다.

그 소녀를 발견하는 순간 끓는 물처럼 격렬한 변화를 보이던 데미안의 가슴이 차분해졌다. 그리고 소녀를 불렀다.

"네로브니?"

"응, 아빠. 엄마가 기다리거든. 나랑 가."

"엄마? 엄마가 어디 있는지 네가 알아?"

"그럼. 이리 와."

작은 날개를 파닥이며 다가온 네로브는 데미안의 손을 잡고는 어디론가로 이끌기 시작했다.

"벌써 5일이 지났건만 데미안은 깨어날 줄 모르니…… 어찌 된 일인지. 휴우~"

"어머니, 걱정하지 마세요. 의사도 데미안의 몸에는 별 이상이 없다고 했잖아요. 피곤이 쌓여서 그렇다니까 조금만 더 쉬고 나면 언제나처럼 활짝 웃는 얼굴로 일어날 거예요."

귓가에 두 여인의 음성이 들렸다. 데미안이란 작자에 대한 이야기를 나누는 듯했는데 그자가 누군지 몰라도 꽤나 행복한 사람이라는 생각이 들었다. 그와 동시에 그가 부럽다는 생각도 들었다.

그러다 보니 어디선가 그 이름을 자주 들어보았다는 생각이 들었다. 그리고 그것이 자신의 이름이라는 것을 안 것은 다시 조금의 시간이 지난 후였다.

억지로 눈을 떴지만 모든 사물이 흐릿하게 보여 몇 번이나 눈을 깜빡였지만 좀처럼 초점이 잡히지 않았다.

옆에 있던 두 여인은 자신이 눈을 떴다는 사실을 아직 눈치 채지 못했는지 자신들끼리의 대화에만 신경을 쓰고 있었다. 역시 두 사람은 마리안느와 제레니였다.

"아빠, 얼른 일어나. 엄마가 아빨 보고 싶대."

갑자기 옆에서 네로브의 음성이 들렸다. 천천히 고개를 돌리고 보니 네로브가 자신의 옆자리에 엎드린 채 두 팔로 턱을 고이고는 생글거리고 있었다.

뭐라고 대답을 하고 싶었지만 입이 떨어지지 않았다.

"네로브야, 아빤 지금 아프거든. 그러니까……."

네로브를 달래던 마리안느는 그제야 데미안이 눈을 뜨고 있다는 것을 발견할 수 있었다. 황급히 침대로 다가온 마리안느는 금방이라도 눈물을 쏟을 듯한 얼굴을 하고 있었다.

"데미안, 몸은 괜찮니? 어디 아픈 곳은 없어? 필요한 것이 있으면 말을 하렴. 물이라도 좀 줄까?"

 마리안느의 입에서는 걱정하는 그녀의 마음이 와르르 쏟아져 나왔다. 자신을 걱정하는 그녀에게 자신은 괜찮다는 말을 해주려고 했지만 역시 입이 열리지 않았다.

 그 모습을 본 마리안느는 수건에 물을 묻혀 데미안의 입술에 대어주었다. 조금씩 입 안으로 흘러 들어오는 차가운 물의 감촉을 느끼며 데미안은 정신이 드는 것을 느꼈다. 그리고 걱정스런 눈길로 자신을 바라보는 마리안느와 제레니의 모습을 발견할 수 있었다.

 "…여기는……?"
 "집이란다. 헥터 군이 널 데리고 왔단다."
 "그럼……?"
 "다른 사람들도 지금은 쉬고 있단다."
 마리안느의 말에 데미안은 자신의 곁에 엎드려 있는 네로브를 돌아보았다. 네로브의 얼굴을 보자마자 데보라가 생각났다.
 "데보라는?"
 데미안의 물음에 마리안느의 얼굴이 어두워졌다. 그녀의 그런 모습에 데미안은 가슴이 덜컥 내려앉는 것을 느꼈다.
 "설마……?"
 "아니, 괜찮단다. 하지만 너무 심한 부상을 입었어. 어제까지 정신을 차리지 못했다가 오늘 아침이 되어서야 깨어났단다. 정말 놀랄 정도로 의지가 강한 아가씨더구나."
 그 말을 듣자 데미안은 도저히 자리에 누워 있을 수가 없었다. 억지로 침대에서 일어나려는 데미안을 보고 제레니가 재빨리 부축을 했다.

자리에서 일어나는 것만 해도 엄청난 통증을 느껴야 했다. 천천히 호흡을 가다듬으며 마나를 움직여 치료를 하려고 했지만 단 한 점의 마나도 느낄 수 없었다. 마치 자신이 地獄二刀流를 처음 배울 당시와 마찬가지였다.

데미안은 간단한 치료 마법의 스펠을 캐스팅했다. 주위의 마나가 그의 손을 통해 그의 몸으로 스며들면서 조금씩 기운을 차릴 수 있었다. 한동안 쉬며 몇 번의 치료를 더 받아야 했지만 그때까지 기다릴 수 없었다.

침대에서 일어난 데미안은 온몸에서 느껴지는 근육과 뼈의 통증에 기절이라도 하고 싶었다. 이를 악문 데미안의 얼굴은 순식간에 붉어졌다.

"네로브, 지금… 엄마가 어디 있지?"

"응, 정원에."

"같이 갈래?"

"응, 아빠."

네로브가 생글거리며 앞장섰고, 그 뒤를 데미안이 조금은 비틀거리는 걸음으로 뒤따랐다. 데미안의 모습을 발견한 시종이나 하녀들은 그가 무사함에 축하의 인사를 했지만 데미안은 듣지 못했는지 그저 걸음만 옮길 뿐이었다.

현관 문을 열고 밖으로 나오자 따사로운 햇살이 비추고 있어 데미안은 익숙하지 않은 햇살에 자신도 모르게 눈을 감아버리고 말았다. 겨우 눈을 뜨고 보니 네로브가 어딘가를 향해 달려가고 있는 것을 발견할 수 있었다. 네로브가 달려간 화단의 중앙 부분에는 엷은 분홍색의 드레스를 입은 어떤 여자가 휠체어에 탄 채 앉아 있었다.

붉거나 흰, 또는 보랏빛의 코스모스 사이에 앉아 있는 그녀의 모습은 주위의 분위기와 너무나도 잘 어울려 한 폭의 그림 같았다. 자신도 모르게 그녀의 곁으로 다가간 데미안은 금방이라도 울음을 터뜨릴 것 같이 슬픈 눈빛을 하고 있었다.

"데미안, 왔어?"

낮았지만 푸근하게 들리는 음성이었다. 어디 다치지 않았느냐고, 혹은 몸은 괜찮으냐고 묻고 싶었지만 목이 매어 말이 나오지 않았다. 데미안의 얼굴은 붉어졌고, 그의 주먹은 그의 심정을 대변이라도 하듯 부들부들 떨리고 있었다.

한참의 시간이 지나서야 겨우 말을 할 수 있었다.

"미안해."

"미안하다니, 뭐가 미안하다는 거지?"

"모든 것이…… 너에게 한 모든 행동과 말, 그 모든 것이 다 미안해."

데미안은 그 말과 함께 데보라 앞에 무너지듯 무릎을 꿇었고, 그녀의 무릎에 자신의 얼굴을 묻었다. 데미안의 갑작스런 행동에도 데보라는 그저 데미안의 붉은 머릿결을 매만져 줄 뿐이었다.

"괜찮아. 내가 좋아서 한 일인데 네가 미안해할 필요는 없잖아? 그때, 타이시아스의 공격을 받고 정말 내가 죽을지도 모른다는 생각이 들었을 때 내가 무슨 생각을 했는지 데미안은 아마 모를 거야."

"……"

"그저 말뿐이 아니라 진심으로 널 사랑한다는 걸 느꼈어."

데보라의 그 말에 데미안의 어깨가 조금씩 떨렸다. 그러나 데보라는 여전히 부드러운 손길로 그의 머리를 어루만지고 있었다.

"그리고 너에게 큰 도움이 되지 못했지만 너와 함께했던 시간들이 정말 행복했고, 네 곁에서 죽을 수 있다는 것이 정말 다행이라고 생각했어. 그러니까 나에게 미안해하지 마."

"그, 그렇지만 다리가……."

"참, 데미안은 모르고 있겠구나. 내 다리는 로빈이 치료를 해주었어. 아직 완전히 낫지는 않았지만……."

데보라의 대답에 데미안은 자신도 모르게 데보라가 입고 있던 드레스의 아랫부분을 잡고는 치켜들었다. 그곳에는 분명 타이시아스의 공격에 의해 잘려 나갔던 두 다리가 가지런하게 자리하고 있었다.

데보라의 다리가 다 있다는 사실에 데미안은 자신이 데보라에게 얼마나 무례한 행동을 했는지조차 깨닫지 못하고 있었다. 하지만 정작 이상한 것은 데보라였다. 데미안의 행동을 제지하려고 했으면 충분히 제지할 수 있었건만 그냥 두고 보기만 한 것이다.

비록 붕대가 감겨 있기는 했지만 그녀의 다리가 무사하다는 것을 안 데미안은 로빈이 너무나도 고마웠다. 벌떡 일어선 데미안은 데보라의 곁으로 다가가 그녀의 얼굴을 잡고는 그대로 키스를 했다.

갑작스런 데미안의 행동에 데보라는 깜짝 놀랐다. 그러나 잠시 후 데보라는 눈을 감고 조금은 어설프게 데미안의 목에 팔을 둘렀다.

그들과 조금 떨어진 화단에서 놀던 네로브는 그 모습을 발견하고는 혼자 입을 가리고 웃음을 터뜨렸다. 그리고는 고양이처럼 발뒤꿈치를 들고 살금살금 걸음을 옮겨 집 안으로 들어갔다.

잠시 시간이 지나고 얼굴을 뗀 데미안은 은은하게 얼굴이 붉어진 데보라를 바라보았다.

"데보라, 할 말이 있는데……."

"말해 봐, 뭐든지."

"만약에, 만약에 말이야. 내가 하려고 하는 일이 끝나고 만약… 그때도 내가 살아 있다면 데보라와 함께 살고 싶은데 허락해 주겠어?"

"…지금 나한테 프로포즈하는 거야?"

데보라의 말에 이번에는 데미안의 얼굴이 붉어졌다. 그러나 표정과는 달리 힘차게 고개를 끄덕였다. 그 모습에 데보라는 순간적으로 아무런 생각도 나지 않았.

자신이 자랑스러운 아마조네스의 칸으로서 살아왔던 생활이나 한 사람의 검사로서 더 높은 검술을 익히기 위해 고달프게 살아 왔던 것들이 하나도 생각나지 않았다. 아니, 지금 이 순간을 위해 세상의 모든 것이 존재하는 것이 아닐까 하는 생각마저 들었다.

데미안은 데보라가 아무 말도 하지 않은 채 멍하니 그저 자신만 쳐다보자 순간적으로 불안한 생각이 들었다. 블랙 드래곤 타이시아스나 화이트 드래곤 카이시아네스를 만났을 때도 이렇게 불안하지는 않았다.

잠시의 시간이 지나고 데보라가 입을 열었다.

"행복해. 그리고 고마워. 데미안의 프로포즈… 기쁜 마음으로 받아들일게."

"고마워, 데보라."

데미안은 천천히 데보라 앞에 한쪽 무릎을 꿇고 데보라의 오른손에 천천히 키스를 했다.

짝짝짝—!

갑자기 들린 박수 소리에 두 사람이 깜짝 놀라 옆을 돌아보니 싸일렉스 가문의 모든 사람들과 헥터, 라일 등 데미안의 일행들이 모두 서서 박수를 치고 있었다. 삽시간에 얼굴이 붉어진 두 사람에게 다가온 자렌토가 데미안의 어깨를 가볍게 두드리며 환한 웃음을 지었다.

"너의 용기있는 프로포즈 잘 봤다. 그리고 데보라 양을 우리 가문의 일원으로 받아들이게 되어 정말 기쁘게 생각하오."

데보라의 곁으로 다가온 마리안느는 데미안을 슬쩍 흘겨보고는 자신이 끼고 있던 반지를 뺐다.

"정신을 차리고 제일 먼저 한 일이 그래, 프로포즈니, 이 녀석아. 아무리 그래도 그렇지, 반지라도 준비를 한 후에 프로포즈를 해야 할 것 아니니?"

빼낸 반지를 데미안에게 건네주며 이번에는 데보라를 향해 따사로운 미소를 지었다.

"데보라 양, 이 반지는 싸일렉스 가문의 안주인들에게 전해지는 반지예요. 데보라 양에게 이 반지를 전하게 돼 정말 기쁘게 생각해요."

"축하해요, 데보라 양. 앞으로는 자주 보겠군요."

제레니마저 환한 웃음을 보이면서 자신을 반겨주자 데보라는 왠지 눈시울이 뜨거워지는 것을 느꼈다. 적어도 자신이 사물을 판단할 만한 나이가 된 후로부터 단 한 번도 눈물을 흘려본 적이 없었는데, 겨우 몇 사람으로부터의 축하 인사에 눈물을 흘리게 되다니…….

"고맙습니다, 여러분. 정말 고맙습니다."

"자, 자, 우리는 어서 들어가서 파티 준비를 합시다."

자렌토의 말에 사람들이 물러가고 라일과 헥터, 로빈과 레오, 그리고 뮤렐만이 남았다. 다시 한차례 일행들에게 축하를 받은 데미안은 먼저 로빈에게 인사를 했다.

"로빈, 정말 고맙다."

"아닙니다. 제가 가진 힘이 너무 미미해 카프님을 살리지 못했습니다. 이번 일을 통해 제가 얼마나 무능한 녀석인지 알았습니다. 제가 조금만 더 힘이 있었다면 카프님도 살려낼 수 있었을 텐데 그러지 못한 것이 너무나 가슴 아픕니다."

"아니다, 로빈. 넌 네가 할 수 있는 모든 노력을 다했다. 만약 네가 아니었다면 여기 있는 데보라나 레오의 목숨은 구할 수 없었을 거다."

"그래, 로빈. 스승님의 말씀대로 다른 사람도 아닌 바로 너니까 두 사람의 목숨을 구할 수 있었던 거야. 난 너에게 정말 고마움을 느껴. 그리고 카프님의 목숨을 구하지 못한 것은 정말 안타깝지만 그것 때문에 네가 죄책감을 느낄 필요는 없어."

데미안의 말에 주위에 있던 사람들은 모두 고개를 끄덕였다. 데미안은 로빈이 수긍하는 빛을 보이자 자신이 정말 궁금하게 생각했던 것을 물었다.

"헥터, 그런데 타이시아스의 손아귀에서 어떻게 탈출한 거야? 타이시아스가 그냥 곱게 보내주었을 리 없었을 텐데 말이야."

데미안의 그 말에 주위에 있던 사람들은 너무도 황당한 나머지 아무런 말도 할 수 없었다. 특히 당시에 정신을 차리고 있었던 라일이나 헥터, 그리고 로빈은 너무도 어이가 없어 그저 입만 벌리고 있었다.

그런 사람들의 반응에 오히려 데미안이 정신을 차릴 수 없었다.

"저어… 데미안님, 정말 아무런 기억도 나지 않으십니까?"

"기억이라니… 무슨 기억을 말하는 거야?"

"타이시아스의 공격에 저희들이 공격당한 후 데미안님께서는 골리앗에서 내리셨습니다. 그것은 기억나십니까?"

곰곰이 생각을 하던 데미안은 곧 고개를 끄덕였다.

"물론이지. 그때 너와 뮤렐이 다치고 카프님을 향해 타이시아스가 공격을 하고 난 후에 너무나 걱정이 돼서 선더볼트에서 내려 달려갔지."

"그럼, 그 후의 일은 기억나는 것이 없습니까?"

"심하게 다친 널 본 후에 지독한 두통이 시작돼서 마지막에 데보라를 보는 순간 정신을 잃었던 것 같아. 난생처음으로 경험해 보는 지독한 두통이었어."

데미안의 대답에 로빈 등은 서로의 얼굴을 보며 멍한 표정을 지었다. 어느새 깨어났는지 차이렌의 음성이 뮤렐의 입을 통해 흘러나왔다.

"당시에는 나도 기절을 해 있어서 아무것도 보지 못했는데, 대체 무슨 일이 있었던 거야?"

"그래, 로빈. 나도 궁금하거든? 타이시아스가 내뿜은 에시드 브레스에 정신을 잃고 있어서 나도 어떻게 된 일인지 궁금해. 어서 말을 해봐."

데보라의 재촉에 입을 연 사람은 헥터였다. 그는 당시의 상황을 최대한 자세하게 설명을 했다.

데미안이 나머지 일행들을 향해 달려간 후 얼마 되지 않아 비명 같은 괴성이 들려온 것과 그 후 괴상한 모습으로 변한 데미안이 무참하게 타이시아스를 공격해 그를 죽인 것까지 자세하게 설명했다.

"내, 내가 타이시아스를 죽였다고? 블랙 드래곤인 타이시아스를……?"

데미안은 믿어지지 않는다는 표정을 지었다. 고개를 숙인 데미안은 무의식 중에 자신의 손을 바라보았다. 손바닥에 조금 굳은살이 있기는 했지만 이렇게 연약한 손으로 지상 최강의 생명체인 드래곤을 죽였다니… 스스로도 믿을 수 없었다.

"내가 보기에 너의 몸속에 미처 깨어나지 않았던 어떤 힘이 이번 기회를 통해 깨어난 듯싶구나."

"예? 힘이 깨어나다니… 무슨 말씀이십니까?"

잠시 망설이던 라일은 자신이 카이시아네스에게 들었던 말을 그에게 들려주었다. 한참 동안 라일에게 이야기를 듣던 데미안은 다시 한 번 자신의 손을 바라보며 중얼거렸다.

"그러니까 제 몸에 레드 드래곤의 깨어나지 않았던 힘이 있었단 말이십니까?"

"나로서는 그렇게밖에 생각할 수 없었다. 네가 보통 사람의 몇 배에 달하는 속도로 검술을 익힌 것이나 동시에 마법을 익힐 수 있는 능력들은 아무리 네가 천재라고 해도 불가능한 일이라는 것을 모르겠느냐? 이미 넌 소드 마스터의 경지에 도달했다."

"호호호, 뿐만 아니라 6싸이클의 마법까지 사용할 수 있는 능력까지 가졌지."

라일의 말에 맞장구라도 치듯 차이렌이 입을 열었다. 그러나 지금 데미안의 머리 속을 차지하고 있는 생각은 자신이 소드 마스터가 되었다는 사실이나 6싸이클의 마법을 사용할 수 있다는 것들이 아니었다.

방법이야 어떻게 되었든 자신이 드래곤을 죽일 수 있는 힘을 가졌다는 것이 중요한 것이었다. 막연하게 마브렌시아나 카르메이안에 대해 가지고 있던 복수심이 이제는 어느 정도 현실적으로 가능한 일이 된 것이다.

물론 레드 드래곤인 마브렌시아에 비하면 블랙 드래곤 타이시아스가 가지고 있는 힘은 몇 분의 일에 불과한 것이었고, 골드 드래곤인 카르메이안이 가지고 있는 능력에는 비교도 할 수도 없지만 자신에게 드래곤을 살해할 수 있는 능력이 생겼다는 것에 데미안은 아무런 말도 할 수 없었다. 이 일이 자신에게 좋은 일인지 아닌지는 모르지만 두 드래곤에게 복수할 수 있는 길에 한 발자국 더 다가선 것만은 사실이었다.

주먹을 불끈 쥔 데미안의 모습을 보는 주위 사람들의 표정은 왠지 착잡하게만 보였다. 드래곤에게 복수할 능력이나 힘이 없다면 데미안도 어느 시점에서는 포기를 하련만, 이제 그 힘까지 가지게 되었으니 설사 목숨을 잃는 한이 있어도 데미안이 포기하지 않을 것은 뻔한 일이었다.

담담한 미소를 지은 데보라가 데미안의 손을 잡았다.

"데미안, 후작님과 다른 분들이 우릴 기다리고 계실 거야. 뒤를 좀 밀어주겠어?"

정신을 차린 데미안은 자신을 향해 부드러운 미소를 짓고 있는 데보라의 모습을 보고 조금은 어색한 미소를 지었다. 그리고는 그녀의 뒤에서 휠체어를 밀어 집으로 향했다.

"이번 일이 잘된 것일까요? 전 잘 모르겠습니다."

"글쎄, 아레네스의 축복을 받고 태어난 네로브의 꿈에 선더버드가 나타났다면 신들께서 데미안의 앞길을 지켜보고 있다는 것인데… 신들의 오묘한 섭리를 한낱 인간이 어찌 짐작할 수 있겠는가?"

"하지만 라일님, 데미안님이 블랙 드래곤을 죽일 수 있었다고는 하지만 그것이 레드 드래곤이나 골드 드래곤에게도 통용되는 것은 아니지 않습니까?"

로빈의 질문에 멀어져 가는 데미안의 뒷모습을 바라보던 차이렌이 입을 열었다.

"모르는 일이지. 불과 몇 년 만에 소드 마스터가 된 데미안이 소드 그렌저가 되지 말라는 법도 없잖아? 마법 역시 9싸이클까지 익힐지도 모르고 말이야. 뭐니 뭐니 해도 그는 신들의 주목을 받고 있는 전사(戰士)니까."

차이렌의 나직한 대답에 로빈은 자신도 모르게 고개를 돌려 그의 얼굴을 바라보다가 어쩌면 그런 일이 가능할지도 모른다는 생각이 뇌리를 스쳤다.

뮤란 대륙에 수많은 검사들과 마법사들이 있었지만 어느 누구도 소드 마스터 중급 이상, 7싸이클의 마법 이상을 익힌 사람이 없었다. 그러니 그 위의 경지인 소드 마스터 상급이나 소드 그렌저의 경지가 어떤 것인지 아는 사람이 아무도 없는 셈이었다.

그저 소드 그렌저가 된다면 신에게 필적하는 힘을 가질 수 있을 거라는 막연한 환상을 가지고 있을 뿐이었다. 마법 역시 9싸이클의 마법을 익힌다면 드래곤을 능히 상대할 수 있지 않을까 하는 막연한 생각을 할 뿐 어느 것도 확신을 할 만한 증거는 없었다.

만약 드래곤에게 9싸이클에 해당되는 마법의 힘을 제외한다면 브레스를 뿜을 줄 아는 튼튼한 몸을 가진 도마뱀 형의 몬스터에 불과할 뿐이다. 그렇게 따지고 보면 드래곤마저 베어버린 공간의 검 미디아를 가진 데미안이 유리할지도 모르는 일이었다.
차이렌의 말을 듣는 순간, 주위에 있는 사람들은 거의 동시에 비슷한 생각을 했다.

*　　　*　　　*

그리 넓지 않은 회의실.
둥근 탁자를 사이에 두고 지금 여섯 명의 사내들이 조금은 심각한 얼굴로 회의를 하고 있었다.
가장 상석에는 얼마 전 국왕으로 등극한 알렉스가 자리하고 있었고, 그 좌우에는 샤드와 단테스가 자리하고 있었다. 그리고 다시 그 옆으로 넬슨과 안토니오, 피지엔이 앉아 있었다.
"그럼 지금부터 최종 점검에 들어가겠습니다. 먼저 니컬슨 후작."
"말씀하십시오, 샤드 공작 각하."
"그대가 맡은 일에 대해 보고하시오."
"먼저 식량 준비 상황부터 말씀을 드리겠습니다. 군량으로 비축해 둔 양은 밀과 보리 등 곡식이 4만 톤, 그러니까 병사의 수를 100만 명으로 계산해 2개월 분량입니다. 그 외에도 소와 돼지, 닭 등이 240만 마리가 있습니다."
"그렇다면 국민들이 먹을 식량은 어떻게 할 생각이오."
"우선 일가족이 3개월 동안 먹을 것을 제외하고는 모두 공출을 할 생각입니다. 물론 공출된 양을 기록해 후일 그들에게 되돌려 줄 것입니다. 그리고 기본적으로 필요한 가재 도구와 생활용품을 제외한 모든 철로 만든 물건을 모아 군에서 필요로 하는 검이나 창, 화살 등을 만들 것입니다."

"니컬슨 후작, 그렇게 되면 국민들의 피해가 너무 크지 않겠소?"

"폐하, 전쟁은 어느 한 사람만의 일이 아닙니다. 온 국민이 합심하지 못한다면 그 전쟁은 하나마나 입니다. 게다가 상대는 우리보다 강한 전력을 가지고 있는 루벤트 제국이라는 것을 감안한다면 어느 정도의 피해는 당연히 감수해야만 합니다."

알렉스의 근심스런 말에 니컬슨은 단호한 음성으로 대답했다. 70이 훨씬 넘은 니컬슨의 단호한 말에 알렉스는 순간적으로 무안함을 느꼈지만 그렇다고 하고 싶은 말을 참지는 않았다.

"후작의 뜻은 잘 알고 있소. 후작의 말대로 전쟁이 어느 한 사람만의 일이 아니라는 것쯤은 나도 잘 알고 있소. 그렇다고 해서 국민들에게만 희생을 요구할 수는 없소. 회의가 끝나는 대로 궁안의 물건 가운데 처분할 만한 것이 있다면 왕관까지 처분해도 상관하지 않겠소. 절대 국민들에게만 희생을 강요하지는 마시오."

"명심하겠사옵니다, 국왕 폐하."

처음 알렉스가 반대를 했을 때는 저절로 눈살이 찌푸려졌지만, 왕관까지 처분해도 좋다고 했을 땐 자신도 모르게 알렉스의 얼굴을 바라보고 말았다.

황급히 니컬슨이 대답을 하자 샤드가 다시 물었다.

"후작이 생각할 때 전쟁이 계속된다면 우리가 얼마나 버틸 수 있을 것 같소?"

"이제 곧 겨울이 다가올 겁니다. 신관들이나 궁정 마법사인 유로안에게 확인을 해본 결과 올해에는 눈이 별로 오지는 않을 거라는 보고를 받았습니다. 그렇다면 역시 문제가 되는 것은 식량입니다."

"최대한 식량을 아낀다면……."

"병사들은 8개월, 국민들은 9개월을 견딜 수 있을 겁니다. 그러나 그 정도가 되면 민심은 극도로 안 좋아질 것이고, 더욱 문제가 되는 것은 전쟁으로 인해 파종 시기를 놓치게 된다면 식량 사정은 극도로 나빠진다는 것입니다."

"8개월이라……. 그 외에 문제가 되는 것은 없소?"

"아직까지는 걱정할 만한 일은 없습니다, 공작 각하."

"잘 알았소. 그라시아스 후작."

"하명하십시오, 공작 각하."

"병사를 징집을 하는 문제는 어떻게 되었소?"

"일단 루벤트 제국의 눈을 속이기 위해 귀족들에게 보유할 수 있는 사병의 수를 대폭 늘렸습니다. 아직 군대의 경험이 없는 자들은 따로 추려 훈련을 받도록 하였고, 경험이 있는 자들은 비밀리에 이미 편제를 끝냈습니다."

"그대가 보기에 훈련 성과는?"

"경험이 있는 자들은 그들이 병사로 근무했을 때의 8할 정도의 실력을 가지고 있었고, 경험이 없는 자들은 일단 후방에서 병참을 담당하도록 배치를 했습니다."

"다른 문제는 없는가?"

"오히려 서로 군대에 지원하겠다고 해서 그들에게 왕궁에서 보유할 수 있는 병사의 수가 정해져 있다고 설득해 돌려보내는 데 진땀을 흘리고 있습니다."

"잘했네."

"다음은 화렌시아 후작."

"예, 제가 맡고 있는 국경선에서는 아직까지 별문제가 보고된 것은 없습니다. 국경선을 통과할지도 모르는 루벤트 제국의 첩자들을 색출하기 위해 철통같이 경계에 임하고 있습니다. 다만……."

"다만 무엇인가?"

"토바실에서 활동하고 있는 저희 편 정보원의 보고에 따르면 토바실에 주둔하고 있는 7, 8, 9군단에 미묘한 움직임이 포착되었답니다."

"미묘한 움직임이라니?"

"7, 8, 9군단의 병력 가운데 일부가 사라졌다는 보고가 들어왔습니다. 그와 함께 후방에 주둔하고 있던 22, 23군단에서 일부의 병력이 전방으로 이동하는 것을 포착했습니다. 나름대로 조사는 하고 있지만 그들이 어디로 사라졌는지는 알 수가 없습니다."

피지엔의 대답에 샤드의 안색이 굳어졌다. 그뿐만이 아니라 나머지 사람들의 안색도 심각하게 굳어 있었다.

전방에 주둔하고 있던 7, 8, 9군단의 병력 가운데 일부가 소리도 없이 사라졌다. 만약 그것이 통상적인 군사 훈련이었다면 자신들이 밀파한 정탐조의 눈을 벗어날 수 없었을 것이다. 그러나 정탐조는 사라진 것만을 확인했을 뿐 그들이 어디로 간 것인지는 확인하지 못했다.

트렌실바니아 왕국에서 일어난 일련의 사태에 대한 정보를 입수한 루벤트 제국이 앞으로 일어날지도 모르는 전쟁에 대비해 취한 행동이라면…….

생각이 거기에 미친 샤드는 입 안이 갑자기 마르는 것을 느꼈다. 전력상으로도 열세인 트렌실바니아 왕국이 유일하게 유리하다고 말할 수 있는 것은 기습 공격을 할 수 있다는 것뿐이다. 그러나 만약 상대가 그것을 알고 오히려 역으로 이용을 한다면 트렌실바니아 왕국이 그날로 망해버릴 것은 누가 생각해도 뻔한 일이었다.

"그렇다면 후로츄에 주둔하고 있는 15, 16, 17군단의 움직임은 어떤가?"

"그들 세 개 군단은 통상적으로 훈련하는 동계 훈련을 한차례 실시했을 뿐 별다른 움직임은 보이지 않았습니다. 참고적으로 몬테아에 주둔하고 있는 71, 72, 73군단 역시 동계 훈련을 한 번 실시했을 뿐 다른 움직임은 보이지 않았습니다."

"오직 토바실에 있는 주둔군에게만 이상한 움직임이 있었단 말인가?"

혼잣말로 뭔가를 중얼거린 샤드는 갑자기 고개를 돌려 피지엔에게 질문을 했다.

"토바실에 주둔하고 있는 주둔군의 사령관이 누구인가?"

"예? 7군단의 군단장은……."

"군단장이 아니라 총사령관 말일세."

샤드는 재차 질문했고, 대답한 사람은 넬슨이었다.

"혹시 스캇이란 인물을 말씀하시는 겁니까?"

"맞아! 스캇 폰 루벤트 5세."

샤드의 맞장구에 참석하고 있던 다른 사람들은 어리둥절한 표정을 지었다. 루벤트 5세라면 현 루벤트 제국의 황제가 루벤트 4세이니 그의 자식이란 것을 쉽게 짐작할 수 있었지만 그의 이름은 난생처음 들어보는 것이었다. 게다가 스캇이란 인물이 토바실에 주둔해 있는 주둔군의 총사령관이라니…….

참석한 사람들이 어리둥절한 표정을 짓고 있는 것을 본 샤드가 슬며시 미소를 짓고는 자신의 생각을 이야기했다.

"조금 전 화렌시아 후작의 말에 의하면 토바실에 주둔하고 있는 주둔군의 병력 가운데 일부가 사라졌다는 말을 모두 들었을 거요. 그 이야기를 듣는 순간, 난 혹시 우리가 기습을 하려 한다는 것을 루벤트 제국이 알고 역으로 우리를 공격하려는 것이 아닌가 의심을 했소. 그러나 총사령관이 스캇이란 자라는 것을 알고 안심할 수 있었소."

샤드의 말은 궁금증을 더 가중시킬 뿐 조금도 호기심을 충족시켜 주지 못했다. 해서 더욱 그의 말에 귀를 기울일 수밖에 없었다.

"그의 정확한 이름은 스캇 폰 루벤트 5세요. 다시 말하자면 그 역시 루벤트 제국의 왕자란 말이오."

그러나 사람들의 표정은 그에게 더 많은 설명을 요구하고 있었다. 샤드는 자신의 생각이 너무 앞질러 갔음을 깨닫고 하나하나 설명했다.

"쉽게 이야기하자면 이렇소. 루벤트 제국의 황태자는 무슨 이유에서인지 자신의 동생들을 무참하게 살해하고 있소. 그 소식은 모두 들어서 알고 있을 거요. 이런 상황에서 전방의 주둔군을 맡고 있던 스캇의 예하 병력이 묘한 움직임을 보인 것이오. 이런 상황에서 생각해 볼 수 있는 것이 뭐겠소?"

"서, 설마… 쿠데타?"

자신도 모르게 큰 소리로 외친 넬슨은 얼굴이 붉어지기는 했지만 아랑곳하지 않고 샤드를 바라보았다.

"샤드 공작 각하, 제 말이 맞는 겁니까?"

"후작이 생각할 때 그것이 가장 논리적인 설명이라 생각하지 않소?"

"그렇지만……"

"스캇이란 자에 대한 자료가 적어 그가 어떤 인물인지 확실하게 알 수는 없지만 어린 나이에, 그것도 전방에 배치된 세 개 군단을 별 잡음 없이 통솔한다는 것은 그의 능력이 비상하다는 것을 증명하는 것일 거요. 그런 자가 자신의 목숨을 노리고 있는 황태자를 그냥 두고 본다는 것은 이해가 되지 않는 일이오. 일단은 쿠데타라고 생각하는 것이 가장 합당할 것 같소."

샤드의 말에 나름대로 생각을 해보았지만 다른 말로는 설명이 되지 않았다.

"좋소. 일단 그 문제는 좀 더 정보를 입수하도록 하고. 체로크 공작, 공작이 맡은 일은 어떻게 되었소?"

"먼저 세 개 기사단의 배치부터 말씀을 드리겠습니다. 선더 기사단의 인원은 전부 전방으로 배속시켰습니다. 물론 본인들이 원하기도 했지만 빼앗긴 국토를 되찾는 일에 귀족들이 뒷전에 물러나 있을 수는 없기 때문입니다. 그리고 알렌 기사단은 모두 여덟 개 부대로 다시 편성했습니다. 그리고 그들은 가장 치열한 전투가 예상되는 지역에 배치를 했습니다."

단테스의 말에 사람들의 얼굴이 조금 어두워졌다. 그의 말대로라면 알렌 기사단의 인원 중 살아남는 사람은 거의 없을 것이 뻔했다. 아무리 언제 죽을지 모르는 것이 검사고 기사들이라고는 하지만, 일부러 그들을 죽음으로 몰아넣었다는 생각을 지울 수 없었다.

"그리고 쉐도우 기사단은 전쟁 발발 즉시 루벤트 제국으로 잠입해 요인 암살, 납치 등의 임무를 수행하게 됩니다. 그들 역시 안전을 보장할 수 없습니다. 마지막으로 유니콘 기사단이 있습니다. 현재 저희가 보유하고 있는 골리앗 중 무려 180대를 유니콘 기사단에 지급했습니다. 철저하게 실력 위주로 골리앗을 지급받은 그들의 주된 임무는 아군의 측면 지원입니다. 이전 제로미스 대공께서 보유하고 계시던 80대의 골리앗에 대한 정보는 이미 루벤트 제국에게 알려졌을 것으로 판단이 됩니다. 그렇게 생각해 보면 루벤트 제국은 저희가 보유하고 있는 골리앗이 100대 정도일 거라고 판단을 할 것이고, 그것을 저희가 잘만 이용한다면 전세에 상당히 유리할 것으로 판단이 됩니다."

"좋소. 그리고 용병들을 모집하는 일은 어떻게 되었소?"

"외견상 저희가 운용하는 용병단은 모두 네 개. 그러나 실제로는 모두 열아홉 개의 용병단을 운용하고 있습니다. 전쟁이 발발하게 되면 그들은 일시에 전방에 배치가 될 것이고, 초반의 기세를 잡는 데 상당한 도움이 될 것입니다."

단테스가 말을 마치자 회의실은 잠시 침묵에 쌓였다.

"우리의 준비와 모든 상황을 볼 때 전쟁을 길게 끌어갈 상황이 못 된다는 것을 잘 알고 있을 거요. 폐하, 이제 결정을 내려주십시오."

갑작스런 샤드의 질문에 알렉스는 무엇을 자신에게 결정을 내리라는 것인지 알 수 없었다.

"무엇을 결정하란 말이오?"

"이 전쟁을 어디까지 끌고 갈 것인지 말입니다. 단지 빼앗긴 국토를 되찾는 것에 만족하고 전쟁을 종결시킬지, 아니면 루벤트 제국을 철저하게 응징할지 말입니다. 루벤트 제국에게 원한을 가지고 있는 나라들의 협조를 얻을 수만 있다면 일전에 데미안 싸일렉스 백작이 말했던 것처럼 루벤트 제국을 멸망시키는 것도 전혀 불가능한 것만은 아닙니다."

샤드의 말에 다른 사람의 얼굴도 조금씩 굳어졌다.

루벤트 제국의 멸망. 그 꿈같은 일이 이제 현실의 문제로 다가온 것이다. 알렉스도 샤드의 말을 듣고는 심각하게 고민했다.
　생각 같아선 루벤트 제국을 처참하게 멸망시키고 싶었다. 그러나 기분만 가지고 전쟁을 할 수는 없는 일. 철없는 생각일지는 모르지만 국민들을 희생시키면서까지 루벤트 제국을 멸망시키고 싶지는 않았다.
　한동안 고심하던 알렉스가 조금은 무거운 음성으로 말했다.
　"공작의 말대로 전쟁을 장기화시킬 능력도 없지만, 설사 그럴 만한 능력이 된다고 하더라도 전쟁을 오래 끌고 싶은 생각은 조금도 없소. 3개월이오. 그 3개월 안에 우리가 루벤트 제국에 빼앗겼던 국토를 찾든, 찾지 못하든 전쟁을 종결시킬 것이오. 내 말을 알겠소?"
　"알겠습니다, 국왕 폐하. 그럼 전쟁 개시일은 언제로 하는 것이 좋겠습니까?"
　"각국에 사신으로 간 사람들과 루벤트 제국에 대한 정보가 입수되는 데 시간이 얼마나 걸리겠소?"
　"앞으로 열흘 정도면 충분합니다."
　"좋소. 그렇다면 앞으로 열흘 후 루벤트 제국에게 선전 포고를 하시오, 제국 트레디날의 이름으로."
　알렉스의 말에 회의실에 있던 다섯 사람은 온몸이 떨리는 것을 느꼈다. 그것은 감동 때문이었고, 또한 가슴 저 밑바닥에서 용솟음치는 환희 때문이었다.
　"명심하겠습니다, 국왕 폐하."
　"선더버드의 정의와 영광이 함께하실 겁니다."

제49장
진격

"아이작, 윌라인까지 얼마나 남았지?"

"지금 같은 행군 속도를 유지한다면 3일 후면 윌라인 외곽에 있는 예비군단인 66군단에 3일 후면 도착할 수 있습니다."

"3일이라…… 후후후, 이렇게 멀고 먼 길을, 죽을 고생을 하며 걸어왔단 말이지. 그랬단 말이지. 후후후."

스캇의 입에서는 메마른 웃음이 계속 흘러나왔다.

언제나 자신에 차 있던 스캇의 모습과는 확연하게 다른 모습이었다. 그의 눈은 까마득한 과거를 회상하듯 먼 하늘에 못 박혀 있었다.

"무슨 생각을 그렇게 하십니까?"

"자네, 혹시 5살 때의 일을 기억하는가?"

"5살 때의 일 말입니까?"

"그렇네. 아무거나 생각나는 것이 있으면 말해 보게."

스캇의 말에 아이작은 5살 때의 일을 기억하려고 해보았지만 생각나는 것이 별로 없었다. 게다가 한두 가지가 생각이 나도 그것이 5살 때의 일인지, 아니면 그 이후의 일인지 전혀 기억을 할 수 없었다.

"별로 기억나는 것이 없습니다."

"후후후, 그런가? 난 말일세, 당시의 일을 분명하게 기억하고 있다네. 내 어머니는 황후의 뒤치다꺼리를 하던 궁녀였다네. 첫 번째 문제는 어머니가 너무 아름다우셨다는 것이고, 두 번째 문제는 다른 사람도 아닌, 여자 밝히기로 유명한 황제의 눈에 어머니가 발견되셨다는 거지."

다른 사람도 아닌 자신의 아버지를 전혀 모르는 사람처럼 말하는 스캇은 책을 읽듯 건조한 음성으로 말을 이었다.

"다음 이야기는 뻔한 스토리야. 재미를 본 황제는 어머니를 본체만체하고는 또 딴 여자에게 눈을 돌렸다. 정작 문제가 된 것은 그 다음부터야. 어머니가 날 임신하셨거든. 황제의 피를 이어받은 아이, 즉 왕자를 임신함으로 인해 어머니는 영원히 황실을 떠날 수 없는 신세가 되셨다네."

며칠 동안의 행군으로 조금 피곤하기는 했지만 아이작은 스캇의 말에 귀를 기울이지 않을 수 없었다. 처음으로 자신의 과거를 타인에게 얘기하는 스캇의 말이기에 더욱 신경이 쓰였다. 황제에게 대항한다는 것은 아무리 좋게 말해도 반역죄를 범하는 것이었다. 설사 그 사람이 왕자라고 하더라도 말이다. 어쩌면 지금부터 스캇이 하려는 이야기에 그 이유가 있을지도 모르기에 아이작은 더욱 귀를 기울였다.

"황실에서의 생활이 시작된 어머니는 얼마 되지 않아 나를 낳으셨지. 그리고 네포리아의 시기가 시작된 것도 그때부터라네. 어머니는 일찍 부모님이 돌아가시고 황실로 들어오신 것이기에 그분을 보호해 줄 사람이 아무도 없었지. 그런 반면 빌어먹을 네포리아는 루벤트 제국 제2공작이라고 할 수 있는 카메이슨 가문의 영애였거든. 게다가 네포리아는 자신의 시녀에 불과했던 어머니가 왕비가 되는 것을 인정할 정도로 착한 년은 아니지 않는가?"

아이작의 무표정한 얼굴이 스캇의 마지막 말을 듣는 순간 하얗게 질리고 말았다. 황급히 주위를 둘러보니 다행히도 스캇의 말에 귀를 기울이는 사람은 자신밖에 없는 것 같았다.

스캇에게 주의를 주려던 아이작은 그의 얼굴이 어느새 굳어 있는 것을 발견하고는 입을 다물었다.

"결국 어머니는 그 죽일 년의 손에 목숨을 잃으셨고, 난 5살 때 유일하게 어머니와 가까웠던 어느 백작의 손에 이끌려 윌라인을 탈출해 토바실까지 오게 되었네. 물론 그 망할 년은 계속해서 암살자를 보냈고, 난 몇 번이나 암살당할 위기를 맞이했었지. 그리고는 병영에서 어린 시절을 보내게 된 것이라네. 그때, 추위와 배고픔과 극도의 피로함을 느끼며 걸었던 길이 바로 이 길이네."

지금 자신들이 행군을 하는 이 길은 일반적인 도로가 아닌 군 사용으로 개발된 산길로, 무엇보다 은밀하게 이동할 수 있다는 장점이 있었다.

물론 지금은 사전에 각 도로를 지키는 부대의 협조를 얻어 이동을 하는 것이기에 별다른 문제가 될 것은 없었다. 하지만 건장한 체격을 가진 병사들도 두세 시간만 걸으면 피곤을 느낄 이런 험한 산길을 5살짜리 꼬마가 걸어야 했던, 그것도 생명의 위협을 느끼며 도망 다녀야만 했던 당시의 상황을 떠올리자 스캇은 저도 모르게 이를 악물었다.

"오랜 시간을 참아왔으니 이제는 돌려줄 때도 되었지. 자네는 그렇게 생각하지 않나?"

아이작은 금세 대답을 할 수 없었다.

물론 가슴으로는 스캇이 겪은 불행했던 어린 시절에 대해 측은한 마음이 드는 것은 사실이었다. 그렇지만 황제에게 충성을 맹세하기로 기사서언(騎士誓言)을 한 자신이 황제에게 반역의 검을 드는 것에는 왠지 꺼림칙한 마음이 드는 것을 감출 수 없었다.

아이작이 금세 대답을 하지 못했지만 스캇은 대답을 강요하지 않았다. 그저 자신이 알고 있던 타인의 이야기를 다시 타인에게 전해주듯 들려줄 뿐이었다.

대답을 강요하지 않은 채, 또 대답을 하지 못한 채 그렇게 두 사람은 자신들이 탄 말에 몸을 맡기고 있었다.

* * *

"전하, 스캇 전하께서 윌라인을 향해 순조로이 진격하고 계시다고 하옵니다."

"그래? 스캇 형님께서 직접 병력을 인솔하고 오신다면 안심할 수 있겠군. 그보다 우리들의 준비 상황은 어떤가?"

"윌라인과 윌라인 외곽 50킬로미터 안에 있는 귀족 620명 가운데 370여 명이 저희들의 뜻에 동조하기로 약속을 했습니다."

"그럼 6할 정도인가?"

"예, 대략 그 정도입니다. 그렇지만 중립을 지키겠다고 의사를 밝힌 자들의 수가 150명을 넘고 있으니 실질적으로 황태자 전하를 지지하는 사람들의 숫자는 얼마 되지 않습니다. 게다가 윌라인 외곽을 방비하는 수도 경비 사단 가운데 1개 군단과 수도 외곽 경비 군단 가운데 3개 군단이 저희들에게 협조를 하기로 이미 이야기가 끝난 상태입니다."

에이텍의 공손한 대답에도 빈센트의 얼굴은 그리 밝지 않다. 의심스럽게 생각한 것이 가시지 않은 얼굴이었다.

"우리가 은밀하게 활동을 했다고는 하지만 황태자 쪽이 눈치를 채지 못했을 리 없을 텐데 어째서 이렇게 조용한 거지? 요즘 황태자는 뭘 하고 있는가?"

"얼마 전 보고된 내용과 달라진 점은 없습니다. 여전히 마브렌시아란 아가씨와 윌라인에 있는 도서관을 찾아다니고 있답니다."

"왜 도서관을 찾아다니는지 그 이유를 알아내지는 못했는가?"

"죄송합니다, 빈센트 전하."

에이텍의 사과에 빈센트는 괜찮다는 듯 손을 흔들었다. 그렇지만 앤드류가 무슨 이유로 도서관을 찾는지 궁금한 것만은 사실이었다.

"형님의 도착 예정 시각은?"

"내일 오후쯤으로 예상이 됩니다. 자이릉에 주둔하고 있는 66예비군단에 이미 선발대로 도착한 병력들과 함께 합류할 것이옵니다."

"그렇다면…… 브렌시넌 자작, 마지막 명령을 내리겠다."

"명령만 내리십시오, 빈센트 전하."

에이텍은 재빨리 한쪽 무릎을 꿇고는 빈센트를 향해 고개를 숙였다. 자리에서 일어선 빈센트는 주먹을 움켜쥐며 굳은 의지가 담긴 음성으로 명령을 내렸다.

"거사는 모레 새벽 5시다. 모레 새벽, 우리는 루벤트 제국의 역사를 새롭게 쓴다. 모두에게 알려라."

"명령에 따르겠습니다."

"그전에 문제를 일으키는 자는 지위 고하를 막론하고 용서하지 않겠다는 것도 분명히 밝히도록 하라. 알겠는가?"

"명심하겠습니다, 빈센트 전하."

에이텍의 대답을 들은 빈센트는 몸을 돌려 창가에 서서 푸른 가을 하늘을 바라보았다. 에이텍은 그런 빈센트를 보며 그의 나이가 이제 겨우 열여섯이라는 것을 믿을 수 없었다.

그는 이미 당당한 한 사람의 사내였다.

매일 같던 하루가 또 지나갔다.

확실히 여름보단 낮의 길이가 짧아졌다. 창가에 선 빈센트는 땅거미가 지는 거리를 내려다보고 있었다.

무슨 생각을 하고 있는지 그의 눈빛이 조금은 멍해 보였다. 그때 조용히 문을 열고 에이텍이 내실로 들어왔다.

"빈센트 전하, 이제 자이룽으로 가실 시간입니다."

"그런가?"

빈센트가 천천히 몸을 돌렸을 때 에이텍 뒤로 누군가 그를 따라 안으로 들어섰다. 빈센트의 모습과 완벽하게 닮은 모습이었다. 그 모습을 본 순간 빈센트의 얼굴이 굳어졌다.

"저자는 누군가?"

"죄송합니다, 빈센트 전하."

"자네의 사과가 아니라 저자가 누구냐고 물었네."

에이텍의 얼굴에는 복잡한 감정이 스치고 지나갔다. 그러나 애써 그런 마음을 추스르고는 다시 사과를 했다.

"저희 가족의 목숨이 네포리아 황후 마마의 손에 달렸습니다. 전하의 은총을 배신으로 갚게 되어 정말 죄송합니다."

"날 배신하려고 했다면 거사에 대한 정보도 그들에게 팔았겠군. 그렇지 않은가, 브렌시넌 자작?"

"그렇지는 않습니다, 전하. 비록 제가 전하를 배신하기는 했지만 그렇다고 모든 것을 황후께 알릴 정도로 타락하지는 않았습니다."

"배신? 후후후, 배신은 타락이 아니고, 고자질은 타락이란 말인가? 재미있는 말이군."

에이텍의 말에 빈센트는 내심 안도의 한숨을 쉬면서도 겉으로는 여전히 비웃는 듯한 웃음을 터뜨렸다.

빈센트의 말에 에이텍은 가슴속에서 치미는 수치심을 견디기 힘들었지만 이를 악물고 참을 수밖에 없었다. 누가 뭐래도 자신이 빈센트를 배신한 것만은 어쩔 수 없는 사실이기 때문이었다. 한동안의 침묵이 지나고 에이텍이 허리에 차고 있던 롱 소드를 뽑아 들었다.

"빈센트 전하, 저의 불충을 용서해 주십시오."

"후후후, 나를 생포하지 말고 죽이라고 하던가? 네포리아 황후가?"

"그렇습니다."

"어쩌면 좋지? 난 별로 죽고 싶지 않거든."

"예?"

빈센트의 말에 에이텍은 자신도 모르게 고개를 들어 그의 얼굴을 바라보았고, 그의 입가에 매달려 있는 기묘한 미소를 발견하는 순간 무엇인가가 자신의 척추를 꿰뚫고 심장에 파고드는 것을 느껴야 했다.
 푸욱—
 갑자기 심장이 뛰는 속도가 빨라졌음을 느꼈고, 그와 동시에 피가 몸 밖으로 세차게 뿜어져 나가는 것을 깨달았다. 그리고 그 피와 함께 자신의 생명력도 빠져나가고 있었다. 고개를 돌리고 보니 빈센트로 변장했던 청년이 자신을 향해 경멸하는 듯한 미소를 짓는 것을 발견할 수 있었다.
 "너, 너……"
 "자작님께는 죄송하지만, 전 이미 오래 전에 빈센트 전하께 충성을 맹세한 몸입니다. 빈센트 전하께서는 이런 일이 있을 것으로 예상하시고 미리 대비하고 계셨습니다. 그러니 당신의 암살 기도가 미수에 그치고 말았다는 것을 알았으면 이제 그만 죽어주십시오."
 음성마저도 빈센트와 똑같았다.
 몇 번인가 허공을 움켜쥐던 에이텍의 손이 멈추어지자 그대로 앞으로 쓰러졌다.
 "전하, 시체의 처리와 명령은 제가 전달을 할 것이오니 걱정 말고 다녀오십시오."
 "알았네, 그럼 수고해 주게."
 말을 마친 빈센트는 바닥에 쓰러져 있는 에이텍의 시신을 한 번 흘깃 쳐다보고는 그대로 방을 빠져나갔다. 빈센트로 변장했던 청년은 싸늘하게 식어가는 에이텍의 시신을 치우며 중얼거렸다.
 "브렌시넌 자작, 당신의 가장 커다란 실수는 빈센트 전하가 어떤 분이라는 것을 바로 곁에 있으면서도 전혀 깨닫지 못했다는

것이오. 비록 그분의 나이가 열여섯에 불과하지만 생각하는 것만
은 이미 현자의 수준을 넘어섰다는 것을 아셨어야지. 그분의 거사
는 결국 완벽하게 성공할 것이고, 루벤트 제국은 제2의 전성기를
누리게 될 것이오."

*　　　*　　　*

"저기 오십니다."
　며칠간의 행군으로 스캇의 외투는 뿌연 흙먼지가 잔뜩 앉아 있
었다. 의자에 앉아 잠시 휴식을 취하던 스캇은 아이작의 말에 고
개를 돌려 자신에게 다가오는 사람을 바라보았다.
"형님, 수고 많으셨습니다."
"수고는 뭘. 그동안 잘 있었니?"
　아이작으로서는 처음 들어보는 다정한 음성이었다.
　스캇의 말에 씨익 웃음을 짓던 빈센트는 스캇 옆에 서 있던 아
이작을 쳐다보고는 말을 건넸다.
"저 아저씨는 여전히 재미없는 표정이군요."
"표정? 네가 나보다 확실히 눈이 좋은 모양이구나. 난 지난 4년
동안 저 사람의 얼굴에서 표정이라는 것을 보지 못했거든."
"하하하, 일단 안으로 들어가서 말씀을 나누시지요."
　막사 안으로 들어온 빈센트는 아무런 장식도 없는 군용 막사를
둘러보았다.
"형님은 이런 곳에서 사셨군요."
"왜? 너무 초라하다고 생각하나?"
"아닙니다. 오히려 형님께서 이런 곳에 계셨다니 저도 얼마간은

살아보고 싶은데요?"

"뭐? 얼마 후면 루벤트 제국의 황제가 될 사람이 그래, 살아보고 싶은 곳이 없어 겨우 군용 막사에 살고 싶다는 거냐?"

"아무렴 어떻습니까? 후후후, 아예 황실을 밀어버리고 그 자리에 커다란 군용 막사를 세울까요, 형님?"

"후후후, 역대 선조들이 알면 너무도 기가 막혀 다시 무덤 속으로 들어가고 싶겠군."

스캇이 어이가 없다는 듯 웃음을 터뜨릴 때 아이작이 술 한 병과 잔 두 개를 들고 들어와 탁자에 내려놓고는 다시 밖으로 나갔다.

"재미없게 생긴 아저씨가 눈치는 상당히 빠르군요."

"남자로선 재미가 별로지만 부관으로서는 아주 괜찮은 사람이야. 말을 하지 않아도 곧잘 챙겨주거든."

"혹시 형님, 그래서 아직까지 결혼을 하지 않으신 겁니까?"

"글쎄? 그보다는 그 아버지에 그 아들이란 말을 듣고 싶지 않기 때문이라는 것이 더 정확한 말이겠지."

쓴웃음을 지으며 대답하는 스캇의 말에 빈센트의 얼굴에 어렸던 웃음기가 조금은 사라졌다. 빈센트는 천천히 스캇의 잔과 자신의 잔에 술을 따르고는 스캇에게 술을 권했다.

"형님, 내일 새벽 5십니다."

"5시? 호호호, 월라인에서 잠을 설치는 사람들이 꽤 되겠군. 내일로 거사 일을 정한 이유라도 있나?"

"형님은 모르시는 모양이군요. 내일이 바로 황후 네포리아의 생일 아닙니까? 저희들도 황후의 생일을 축하해 주어야 할 것 같아서 내일로 잡았습니다."

"내일이 황후의 생일이라고? 후후후, 그렇다면 생일날이 곧 제

삿날이 되겠군. 빈센트, 우리가 먼저 그년의 생일을 축하해 줄까?"

"그것도 좋지요. 황후의 생일과 명복을 위하여."

"지옥에 가서도 부디 버림받기를……."

두 형제는 단숨에 잔을 비웠다.

빈센트가 다시 술잔에 술을 따르는 것을 보면서 스캇이 입을 열었다.

"준비는 이상 없는 거냐?"

"예, 하지만 수도 외곽 경비 군단 일곱 개 가운데 우리에게 협조를 하겠다는 곳이 세 개 군단밖에 되지 않습니다. 상당한 혈전을 벌여야 될지도 모르는 상황입니다."

"상당한 혈전? 후후후. 빈센트, 루벤트 제국이 마지막으로 전쟁을 벌인 것이 언제인 줄 아는가? 가장 최근이라고 해봐야 15년 전 트렌실바니아 왕국과의 국지전이 전부야. 아무리 훈련이 잘된 부대라고 하더라도 전쟁을 직접 경험해 본 병사가 거의 드물 정도야. 하물며 수도 외곽을 지키고 있는 부대들이야 더 말할 필요도 없지."

"그렇지만 형님께서 인솔하고 오신 병력들도 마찬가지 않습니까?"

"후후후, 내가 이번에 데리고 온 병력들은 대부분 과거에 전쟁을 치렀던 경험이 있는 병사들이야. 수도 외곽에서 편안하게 뱃살만 찌운 놈들과는 비교도 할 수 없지."

자신에 찬 스캇의 모습에 빈센트는 고개를 끄덕여 수긍의 뜻을 나타냈다. 거사를 일으킨다고는 하지만 병사들이 가진 힘이 절대적인 이 상황에서 전투 경험이 있는 병사들이 아군이라면 그보다 더 반가운 일은 없었다.

"참, 골리앗에 대한 대비는?"

"이번에 내가 이끌고 온 이글 기사단의 기사들은 대부분 골리앗을 가지고 있는 골리앗 라이더들이네. 게다가 수도 외곽에 주둔하고 있는 군단들이라면 어느 정도의 골리앗은 보유하고 있겠지."

"하지만 숫자로 따지면 저희가 조금 불리할지도 모릅니다."

"후후후, 만약 골리앗의 숫자로 전쟁의 승패가 갈렸다면 우리는 이미 예전에 바이샤르 제국의 제물이 되었을 거야. 빈센트, 넌 내일 이글 기사단과 함께 황실을 점령해라."

"그럼 형님께서는?"

"병사들 가운데 일부를 이끌고 별궁을 공격할 것이다."

스캇의 단호한 대답에 빈센트의 얼굴도 굳어졌다.

"양동 작전이군요."

"내가 조사한 바에 의하면 지금 별궁을 지키는 병력이 얼마 되지 않는다고 하더군. 아마도 황제의 즐거운 잠자리를 위한 작은 배려일 테지만 말이야. 황제의 신병(身柄)을 인수하는 대로 황궁으로 향할 거야. 그렇게 되면 큰 혈전을 치르지 않아도 될지도 몰라."

"알겠습니다. 열여섯 명의 소드 마스터 중 일곱 명이 저희를 지지하고 있으니 최대한 전격적으로 진격을 해야겠군요."

"그래, 일단 작전 계획을 다시 살펴보도록 하지."

두 사람은 곧 지도를 펼치고는 심각한 논의를 주고받기 시작했다.

* * *

같은 시각 트렌실바니아 왕국의 왕궁 회의실.

"형님, 정말 수고 많으셨습니다."
"별말씀을. 그보다 폐하, 다른 사신들은 어떻게 되었습니까?"
제로미스의 반문에 알렉스는 빙그레 미소를 지었다.
자신의 예상과 다름없는 모습을 제로미스가 보였기 때문이다. 알렉스가 미소를 짓자 회의실에 모였던 수뇌부 모두 미소를 지었다.
"형님께서 걱정해 주신 덕분에 좋은 결과를 얻은 것 같습니다. 형님도 아시다시피 오르고니아 왕국의 저항군과 맹약을 맺었고, 바이샤르 제국에서도 개전 즉시 골리앗 라이더들로 구성이 된 타야린 기사단과 35개 군단을 참전시키겠다고 연락을 보내왔습니다. 또 레토리아 왕국에서도 제롬 후작과 1만 명의 병사를 보내기로 약속을 했고, 지금 페인야드 외곽에서 숙영(宿營)을 하고 있습니다."
"그럼 이제 남은 것은……."
"그렇습니다. 제국 트레디날의 이름으로 루벤트 제국에게 선전포고를 하는 일만 남았습니다."
알렉스의 말에 제로미스는 가슴속에서 뜨거운 것이 치밀어 오르는 것을 느끼지 않을 수 없었다.
한 가족의 가장으로서는 다정했지만 국왕으로서는 무능했던 자신의 아버지 슈트라일이 평생을 두고 노력해 왔던 일이 이제야 결실을 맺게 되는 것이었다. 비록 자신의 손으로 이룬 결실은 아니지만 모두의 힘이 하나로 뭉쳐 드디어 루벤트 제국에게 설욕할 기회를 잡은 것이다.

무슨 일이 있어도 자신이 이 일을 해야 된다는 생각을 했던 처음과는 달리 지금은 누가 그 일을 주도하든 상관이 없다는 생각이 들었다. 그저 자신이 할 수 있는 일을 찾아 할 수 있는 만큼만 하면 되는 것이었다.

"그럼 지금부터 저희의 보유 전력에 대해 다시 한 번 말씀드리겠습니다. 새롭게 자원 입대한 사람들까지 포함해 총 27개 군단에 162만 명의 병사와 292대의 골리앗, 그리고 추가로 모집한 22개의 용병단이 있습니다. 그리고 마법사로 구성이 된 3개의 마법 병단이 있고, 다친 병사들의 치료를 위해 왕국 내에 모든 신전에 협조 공문을 보냈습니다. 마지막으로 이번 전쟁에서 가장 중요한 임무를 수행할 4개 기사단이 있습니다."

넬슨 드 그라시아스 후작의 보고에 회의실에 모였던 사람들의 얼굴에 조금은 의외라는 빛이 역력했다.

얼마 전까지만 하더라도 트렌실바니아 왕국의 병력은 80만 명에 불과했다. 비록 자원 입대라고 해도 그 수가 얼마 되지 않으리라 생각을 했는데 80만 명의 배가 넘는 숫자가 모이다니, 믿을 수 없는 일이었다. 게다가 마법 병단이라니…….

적지 않은 전투를 경험한 자렌토 싸일렉스로서도 처음 듣는 이야기였다. 전쟁터에서 마법사의 임무란 겨우 군대간의 연락을 담당하는 수준이었다. 중장갑을 한 채 싸우는 기사들에게 마법이 별 쓸모가 없기도 했지만, 병사들만큼 체력이 없기에 별다른 대항도 못 해보고 목숨을 잃기 십상이기 때문이었다.

자렌토가 그런 생각을 하고 있을 때 넬슨의 말은 이어지고 있었다.

"전선(戰線)은 크게 두 부분으로 나눠집니다. 먼저 샤드 공작 각하께서 후로츄와 토바실의 절반을 담당하시고, 체로크 공작 각하께선 토바실의 나머지 절반과 몬테야 지방을 담당하실 겁니다. 특히 체로크 공작 각하께서는 속히 진격을 해 크로네티아 왕국의 군대와 합류를 해 루벤트 제국을 공격, 그들이 루벤트 제국에게 빼앗긴 국토를 찾는 데 도움을 주셔야 합니다."

넬슨의 말에 체로크는 그저 담담한 표정으로 고개를 끄덕였지만, 네오시안 드 보르도 후작은 걱정 어린 표정을 감추지 못했다.

"우리의 전력도 남는 것이 아닌데 크로네티아 왕국까지 돕는 것은 무리가 아니겠습니까?"

"보르도 후작의 말도 틀린 것은 아니오. 그렇지만 크로네티아 왕국이 참전함으로 인해 우리가 상대할 루벤트 제국의 병사들이 적어지지 않았소? 결국 따지고 보면 크로네티아 왕국을 돕는 것이 아니라 아군의 피해를 줄이는 길이오."

"알겠습니다."

"화렌시아 후작, 미놀테 후작, 맥시밀리언 후작은 샤드 공작 각하를 따르고, 본인과 싸일렉스 후작, 보르도 후작은 단테스 공작 각하를 따르게 됩니다. 개전 즉시 우리는 적에게 막대한 타격을 입히고 최대한 진격을 해야 한다는 것을 잊지 말아주십시오. 국왕 폐하께서 말씀하신 3개월 안에 빼앗긴 국토를 되찾으려면 잠시도 방심할 수 없습니다."

말을 마친 넬슨이 자리에 앉자 샤드는 자신 앞에 있던 봉투를 각자에게 전해주었다.

"그 봉투에는 제군들이 반드시 해주어야 할 임무가 있다. 만약 그 임무를 완수한다면 이번 전쟁에서 우리는 빼앗긴 우리의 영토를 되찾을 수 있을 것이다."

각자 자신 앞에 놓인 봉투 속의 내용물을 확인하기 시작하자, 자렌토 역시 봉투 안에 들어 있던 몇 장의 서류를 꺼내 조용히 읽어 내려갔다.

…루벤트 제국에 선전 포고를 하는 즉시 싸일렉스 후작은 몬테야 지방의 바쓰나에 주둔하고 있는 적 73군단을 최단시간 안에 격파하라. 그 후 크로네티아 왕국의 군대와 합류, 몬테야 후방에 주둔하고 있는 43군단을 상대하라. 그대에게 골리앗 라이더 30명과 후임 기사 40명을 지원해 주겠다. 몬테야 지역 대부분이 평야 지대라는 것을 잘 활용하면 좋은 결과가 있을 것이다. 비록 전쟁 중이라고는 하지만 영토보다 몬테아 지역에 사는 동포들을 안전을 충분히 고려하기 바란다. 73군단과 43군단의 자세한 위치는 동봉한 지도에 표시가 되어 있고, 동포들이 많이 사는 것으로 알려진 도시에 대한 위치 역시 동봉한 지도에 표시되어 있다. 싸일렉스 후작이 얼마만큼 빠르게 크로네티아 왕국의 군대와 합류하느냐에 따라 아군의 피해가 상당히 줄어들 것이다. 세부적인 작전은…….

서류의 내용을 확인한 자렌토는 손에 마나를 끌어올렸다. 마나가 주입된 종이를 그 힘을 견디지 못하고 바스러지고 말았다. 그리고는 지도를 품에 집어넣었다.

"다시 한 번 말하지만 이번 전쟁에서 가장 유념해야 될 문제는 단시간 내에 최대한 적에게 타격을 입히는 것이다. 루벤트 제국은 거의 동시에 사방에서 공격을 받게 되어 아마도 정신을 차리기 힘들 것이다. 그 상황을 놓치지 않는다면 우리는 큰 피해 없이 영토를 수복할 수 있을 것이다."

"명심하겠습니다, 공작 각하."
"알겠사옵니다."
천천히 자리에서 일어난 알렉스는 샤드에게 다가가 그의 손을 잡았다.
"샤드 공작, 공작만 믿겠소."
"폐하, 이 샤드는 폐하의 종입니다. 목숨을 바쳐서라도 반드시 빼앗긴 영토를 되찾겠습니다."
"아니오, 내겐 빼앗긴 영토보다는 살아 있는 공작이 더욱 소중하오. 그리고 경들도 마찬가지요. 빼앗긴 영토를 되찾고 고통에 신음하는 동포들을 구하는 것도 중요한 일이지만, 그렇다고 경들의 목숨보다 소중하지는 않소. 내 말을 잊지 말도록 하시오."
알렉스의 말에 회의실에 모여 있던 사람들은 감격스러움을 느끼지 않을 수 없었다. 누가 먼저라고 할 것도 없이 한쪽 무릎을 꿇고는 고개를 숙였다.
"명심하겠사옵니다, 폐하."
"선더버드께서 트렌실바니아, 아니, 트레디날 제국을 돌보실 것이옵니다."
"선더버드의 정의와 영광이 영원히 함께하시길……."

*   *   *

아직 어슴푸레한 어둠이 깔려 있는 새벽.
스캇은 조금은 차갑게 느껴지는 새벽 공기를 느끼며 자리에서 일어났다. 가볍게 목을 움직여 목의 근육을 푼 스캇은 자신의 옆자리를 보았다. 늦은 시각까지 작전 회의를 한 빈센트가 조금은 피곤한 표정으로 잠들어 있었다.

조심스럽게 자리에서 일어난 스캇은 빈센트에게 담요를 덮어주고는 막사를 빠져나왔다. 스캇이 인솔해 온 병사들은 이미 아침 식사를 하던 중이었다.

스캇이 잠시 그런 광경을 보고 있을 때 아이작이 다가왔다.

"식사 준비가 되었습니다."

"그래, 가지."

아이작의 안내를 받아 간 곳에는 각급 부대장들이 모여 스캇이 오기만을 기다리고 있었다. 그들의 표정을 보니 약간 긴장을 했는지 잠을 푹 잔 얼굴은 아니었다.

"식사를 시작하게."

준비된 음식은 간단한 수프와 빵, 고기와 몇 가지의 야채뿐이었다. 곧 식사를 마친 스캇은 각급 부대장들에게 마지막 명령을 하달했다.

"이번 전투는 루벤트 제국이 다시 태어나기 위해 누군가가 반드시 해야만 할 일이다. 황궁을 장악하는 것도 중요하지만 빈센트의 안전을 지키는 것도 그에 못지 않게 중요하다."

스캇은 잠시 말을 멈추고는 조금 떨어진 곳에 서 있는 일곱 명의 사내들을 바라보았다.

"황궁을 장악하는 일은 내 부하들이 알아서 처리할 것이다. 그대들은 빈센트의 안전을 책임져라."

"맡겨주십시오, 스캇 전하."

가장 앞에 서 있던 콘소베르트 후작이 고개를 숙이며 대답했다.

"믿겠다, 그대들을. 그리고 그대들 가운데 두 사람만 날 따라오도록. 준비가 된 부대부터 신속하게 이동을 하도록."

스캇의 명령에 그 자리에 모였던 각급 부대장들은 그에게 고개를 숙여 목례를 취하고는 그 자리를 떠났다. 병사들이 이동할 준비를 시작하면서 주위는 조금 시끄러워졌다.

잠시 그 모습을 바라보던 스캇은 아이작에게 지시를 내렸다.

"잠시 후에 빈센트를 깨우도록 하고, 그의 안전에 목숨을 걸어라."

"명심하겠습니다."

아이작의 대답을 들은 스캇은 두 명의 소드 마스터와 함께 병영을 떠났다.

스캇은 윌라인을 크게 우회해 별궁으로 향했다.

'장미의 성'이란 애칭을 가진 별궁은 그 이름답게 늦은 가을까지 장미가 피는 성이었다. 특히 5월 중순이 되면 별궁 전체에 장미가 만발하게 되고, 매일 밤마다 파티가 열려 젊은 귀족들과 영애들이 모여드는 사교장의 구실을 톡톡히 하고 있었다.

특히 황제가 밀회 장소로 애용한 탓에 장미의 성은 언제나 깨끗하게 단장되어 있었다. 그 모습을 한동안 바라보던 스캇은 별궁을 향해 천천히 말을 몰았다. 그리고 그의 좌우에 있던 두 사람 역시 스캇과 보조를 맞춰 장미의 성으로 향했다.

거대한 성문 앞에는 빛나는 플레이트 메일을 걸친 병사들이 서있었다. 손에 든 헬버드나 험악스럽게 생긴 얼굴은, 보는 사람으로 하여금 기가 질리게 만들기에 충분했다.

스캇이 다가서자 장미의 성을 지키는 경비대의 대장이 한껏 거드름을 피며 거만한 음성으로 질문을 했다.

"그대들은 무슨 일로 이곳에 온 것인가?"

스캇은 대답할 생각은 하지 않은 채 무심한 눈길로 상대를 바라보았다. 밤송이처럼 뻣뻣하게 자란 수염과 험상궂은 얼굴을 한 경비대 대장 린네 드 시어스 백작은 상대가 자신의 질문에 대답할 생각은 하지 않고 자신의 얼굴만 바라보자 어이가 없었다.
"내 말을 못 들었는가? 그대들의 정체를 밝혀라."
로브에 달린 후드로 얼굴을 가리고 있던 두 후작은 상대의 무례함에 당장이라도 후드를 벗고 자신의 얼굴을 밝히고 싶었지만 스캇의 제지로 참아야만 했다.
"그대가 장미의 성을 지키는 경비대의 대장인 린네 드 시어스 백작인가?"
오히려 상대는 자신에게 반문을 했다. 자신의 정체를 알면서도 반말을 한다는 것은 상대의 계급이 자신보다 높다는 말이었다. 황급히 자세를 고친 린네는 다시 한 번 상대를 확인했지만 아무리 봐도 아는 얼굴이 아니었다.
"실례지만 누구신지……?"
"시어스 백작이냐고 물었네."
무심한 눈길이었지만 도저히 견디기 힘든 힘이 실린 눈빛이었다. 린네는 자신도 모르게 고개를 숙이고는 황급히 대답했다.
"그렇습니다."
"난 스캇 폰 루벤트다."
"폰이라면? 그, 그렇다면 스캇 전하이십니까?"
린네가 당황하며 반문을 하자 스캇은 천천히 고개를 돌려 성문을 보며 대답했다.
"그렇다."
"시어스 가문의 린네가 전하께 인사드립니다."

린네가 스캇에게 무릎을 꿇자 뒤에 서 있던 병사들도 황급히 그 자리에서 머리를 숙였다.

"황제 폐하를 만나뵈러 왔다."

"하지만 황제 폐하께서는……"

"내가 황제 폐하를 알현하려 하는데 자네의 허락이 있어야 하는가?"

"아, 아닙니다."

당황하던 린네는 성문 위에 있던 자신의 부하에게 고함을 질렀다.

"어서 성문을 열어라."

기기기— 깅—!

작지 않은 소리가 나며 성문이 천천히 내려왔다. 성문이 완전히 내려오자 스캇이 입을 열었다.

"시어스 백작, 안내를 부탁해도 되겠는가? 장미의 성은 초행이라서 그러네."

"영광입니다. 제 뒤를 따라오시지요."

린네가 한발 앞서 스캇 일행을 안내했고, 스캇 등은 그 뒤를 따라 말을 몰았다. 그들이 사라지고 잠시 후 자리에서 일어선 병사들은 이미 사라지고 없는 스캇에 대해 열띤 토론을 벌였다.

"스캇 전하라면 혹시 전방에 계시다는 그 전하를 말하는 것이 아닐까?"

"황후 마마가 눈엣가시처럼 생각한다는 그 전하 말이군. 그런데 갑자기 윌라인에는 무슨 일이시지?"

"무슨 일이 있으면 어떻고, 없으면 어때? 우리와는 전혀 상관이 없는 일이잖아. 괜히 엉뚱한 생각 말고 근무나……"

갑자기 말하던 병사의 목에 붉은 선이 생기더니 그의 목이 지면으로 굴러 떨어졌다. 대꾸를 하려던 병사의 눈이 휘둥그레지는 순간 그의 목에도 붉은 선이 생겼고, 마찬가지 신세가 되었다.

쿵— 쿵—!

망루에 있던 두 병사 또한 크로스 보에서 발사된 쿼럴에 목과 가슴이 관통당해 비명도 지르지 못하고 지면으로 떨어져 내리자 검은색에 금빛 독수리가 새겨진 라이트 레더를 걸친 사람들이 소리도 없이 통과했다. 마치 검은 유령이 움직이는 듯했다.

"최대한 은밀하게 움직여 목표 지점을 점거해라. 방해되는 자가 있으면 기절시키는 것을 원칙으로 하되 불가능하다고 판단되면 죽여라."

검은 그림자들은 소리도 없이 장미의 성으로 잠입했다.

성안으로 들어선 스캇은 린네의 안내를 받아 몇 군데의 초소를 거쳐 루벤트 제국의 황제인 나인그라드 폰 루벤트 4세가 거처하는 방에 도착할 수 있었다.

스캇은 이상할 정도로 차분해지는 자신의 마음을 이해할 수 없었다. 어린 시절 네포리아에게 몇 번이나 죽임을 당할 뻔했던 자신을 돌보지 않은 나인그라드에게 엄청난 저주를 퍼부으면서, 자신이 크면 그에게 꼭 복수를 할 것이란 생각을 한시도 잊은 적이 없었다.

이제 그 순간이 왔건만 어째서 이렇듯 차분해질 수 있는 것인지 이상한 생각마저 들었다. 복수의 순간이 찾아와 기쁘다거나, 아니면 자신을 돌보지 않은 아버지가 원망스럽다거나, 그도 아니면 아버지의 사랑이 그리웠다거나 하는 감정이 들 만도 하건만 아무런 생각도, 감정도 느낄 수 없었다.
 똑똑똑—
 "누군가?"
 낮지만 부드러운 음성이었다. 그리고 그 음성에는 오랫동안 남을 다스리면서 생긴 보이지 않는 힘이 배어 있었다.
 "경비대장인 린네입니다."
 "무슨 일인가?"
 "스캇 전하께서 폐하를 알현하고자 찾아오셨습니다."
 "뭐? 스캇이?"
 그 말이 끝이었다. 한동안 아무런 말이 없자 오히려 린네가 더 초조한 빛을 보였다. 그러나 스캇의 얼굴에는 아무런 변화도 없었다. 거의 5분 이상이 지나서야 다시 음성이 들려왔다.
 "들여보내게."
 그 음성에 린네는 안도의 한숨을 쉬고는 조심스럽게 문을 열었다. 그리고 스캇이 안으로 들어갔다. 조심스럽게 린네가 문을 닫자 그때까지 후드를 쓰고 있던 두 사람은 거의 동시에 후드를 벗었다.
 길게 숨을 내쉰 린네가 몸을 돌려 스캇과 함께 온 일행의 얼굴을 발견했을 때 그의 안색은 하얗게 질려 버리고 말았다.
 "브래커 드 레이젤 후작 각하, 조르쥬 드 작센 후작 각하. 두 분께서 왜 여기에……?"
 그러나 린네의 말은 끝까지 이어질 수 없었다. 어느 틈엔가 린네의 등 뒤로 돌아간 브래커가 그의 입을 막은 채 목덜미를 내려쳤고, 그 틈에 조르쥬는 주위에 다른 사람이 있는가를 확인했다.
 주위에 아무도 없는 것을 확인한 두 사람은 방으로 들어간 스캇의 신호를 기다렸다.

 방으로 들어간 스캇은 응접실의 의자에 앉은 사십대 중반의 사내를 발견할 수 있었다. 단정한 머리에 부드러운 미소가 일품인 중년의 남자. 그가 바로 대제국 루벤트를 다스리는 나인그라드 폰 루벤트 4세였다.
 나이트 가운을 걸친 사내의 모습을 발견하는 순간 스캇은 무섭게 그를 노려보았다. 그러나 나인그라드는 그런 스캇의 행동을 미소를 지은 채 바라보고 있었다.
 "네가 스캇이냐?"
 "그렇사옵니다, 황제 폐하."
 "후후후, 녀석. 섭섭한 것이 많았던 모양이구나."
 나인그라드의 부드러운 미소에 스캇의 얼굴은 더욱 딱딱해졌다. 스캇은 자신이 생각했던 황제의 모습과는 너무도 다른 상대의 모습에 조금은 당황했다.
 방탕하고 문란한 생활 때문에 조금은 비대해진 몸매에, 항상 여자만을 찾아다녀 충혈된 눈, 그리고 자신의 갑작스런 방문에 비굴한 모습을 하고 있을 것이라고 예상을 했었다. 그러나 자신의 눈으로 직접 확인한 황제의 모습은 남자인 자신이 보기에도 멋진 사내라고 느낄 정도로 낭만적이었다.
 "제가 황제 폐하를 알현을 청한 것에는 이유가 있습니다."
 "이유라……. 그 이유가 무엇인지 내가 알아도 되겠느냐?"
 "가르쳐 드리지 못할 이유도 없습니다. 지금부터 황제 폐하께서는 저의 포로가 되셔야겠습니다."
 "포로? 내가 말이냐?"

"그렇습니다."

스캇은 자신의 말에 틀림없이 상대가 당황하고 놀라리라 예상을 했다. 그러나 이번에도 상대는 자신의 예상과는 전혀 다른 행동을 했다.

우아한 동작으로 술잔을 집어 든 나인그라드는 술을 조금 마신 뒤 그 맛을 음미하고는 술잔을 내려놓았다.

"네가 황제라도 되겠다는 것이냐?"

"아닙니다. 그러나 곧 새로운 황제가 추대될 겁니다."

"후후후, 그렇다면 넌 빈센트가 황제가 되는 것에 아무런 불만도 없다는 말이냐?"

여전히 부드러운 미소를 띤 나인그라드의 말에 스캇은 적지 않게 놀랐다. 그저 매일 새로운 여자를 찾는 것에 골몰해 있다는 황제가 어떻게 자신에 대해 이렇게 속속들이 알고 있는 것인지 놀라지 않을 수 없었다.

스캇이 놀란 표정을 짓자 나인그라드는 재미있는 듯 그의 얼굴을 바라보았다.

"너는 내가 그저 방탕한 황제라고만 알고 있겠지만, 남의 말만 믿고 상대를 판단해서는 곤란하지. 넌 이글 기사단과 3만 5천 명의 병사를 이끌고 자이룽에 있다가 오늘 새벽 진격을 시작했다. 맞느냐?"

"맞습니다."

스캇은 자신도 모르게 대답했다.

"물론 그 정도 병력이라면 윌라인을 장악할 수도 있을 것이다. 게다가 윌라인 외곽 경비 군단 가운데 절반 정도가 너희들을 도울 것이고, 거기에 나까지 너희들의 포로가 된다면 나머지 일은 그야말로 간단한 일이지."

스캇은 갑자기 황제가 두렵다는 생각이 들었다.

이번 일은 자신과 빈센트, 그리고 작전에 참가한 사람들을 제외한 다른 사람들은 전혀 자신들의 행동을 모를 것이라고 생각했었다. 그런데 생각지도 않았던 황제가 모든 것을 알고 있다니……. 과연 그가 어디까지 알고 있는 것인지 갑자기 소름이 오싹 돋았다.

여태껏 자신의 의지로 행했다고 생각한 모든 일이 황제의 보이지 않는 실에 묶여 그의 의도대로 움직였다는 생각을 버릴 수 없었다. 스캇의 변한 얼굴을 본 나인그라드는 여전히 부드러운 미소를 띤 채 말을 이었다.

"그렇다고 네 부하 가운데 널 배신한 사람은 없으니까 그런 표정 지을 필요는 없다. 뭐라고 할까? 그래, 그저 관심이 있어서 유심히 살펴보았기 때문에 알게 되었다는 말이 맞겠군."

스캇은 주먹을 불끈 쥐고는 뭔가 말을 하려고 했지만 말은 쉽게 나오지 않았다.

"아참, 이제부터 내가 너의 포로라고 했지? 이제 날 어떻게 할 셈이냐?"

"……."

"날 포로로 잡은 목적이 있을 것 아니냐? 나의 생명을 협박해 윌라인에 있는 귀족들을 위협한다든지, 아니면 강제로 황후와 황태자를 폐위시키든지 말이다."

그래도 스캇이 아무런 말을 하지 않자 나인그라드는 천천히 자리에서 일어나 자신의 침실로 걸음을 옮겼다. 그 모습을 보고도 스캇은 아무런 말도 하지 못했다.

"이대로 갈 수는 없으니 잠시만 기다리도록 해라. 그리고 이 말은 너만 알고 있도록 해라. 나는 이미 오래 전부터 이 순간을 기다려왔다는 것을 말이다. 네가 강해질 수 있도록 일부러 널 방치했다는 말은 하지 않겠다. 너는 앞으로 더욱 강해질 여지가 충분하니까."

그 말에도 스캇은 아무 말도 할 수 없었다.

제50장
월라인의 함락과 개전

　이글 기사단의 호위를 받으며 윌라인으로 접근하던 빈센트는 윌라인 외곽 10킬로미터 지점에서 윌라인 경비 군단인 53군단이 주둔하고 있는 지역에 도착했다.
　53군단은 넓은 지역에 흩어져 있었다.
　"지금 우리가 보유하고 있는 골리앗의 수는 얼마나 되오?"
　"이글 기사단에서 보유하고 있는 예순일곱 대가 있습니다."
　"그렇다면 일단 궁수들을 저쪽에 배치하고 열다섯 대의 골리앗을 배치하시오. 저쪽은 일반 보병 부대가 주둔하고 있으니 골리앗 열다섯 대라면 충분히 그들을 처리할 수 있을 것이오. 53군단의 군단장이 있는 곳은 모르지만, 이쪽에서 골리앗을 보낸다면 저쪽에서도 골리앗을 보내지 않을 수 없을 것이오. 골리앗이 나타난 위치를 보면 아마도 53군단장을 쉽게 찾을 수 있을 것이오. 군단장의 신병만 확보된다면 무의미한 전투는 하지 않아도 되오."

빈센트의 냉정한 말에 아이작은 그의 나이가 정말 열여섯밖에 되지 않았는지 의심이 갔다. 그러나 명령은 명령. 곧 부대장들에게 명령을 내렸고, 명령을 받은 부대장들은 곧 이동을 시작했다. 그리고 이글 기사단의 골리앗 라이더들은 언제든지 골리앗을 호출할 수 있도록 만반의 준비를 했다.

잠시 후 아이작의 공격 신호에 아침 식사를 준비 중이던 53군단의 보병 대대의 머리 위로 헤아릴 수 없이 많은 화살들이 소나기처럼 쏟아졌다. 갑작스런 공격에 53군단의 병사들은 우왕좌왕하다 무수히 쓰러져 갔다. 미처 대항할 생각도 하지 못한 듯 사방으로 도망치려다 넘어지는 병사들이 부지기수였다.

그 모습을 지켜보던 아이작은 재차 공격 신호를 내렸고, 육중한 무게를 지닌 열다섯 대의 골리앗이 53군단을 향해 지축을 울리며 달려갔다. 자신들을 향해 달려오는 골리앗의 모습을 발견한 53군단의 병사들은 하얗게 질린 채 사방으로 도주하기 바빴고, 그런 병사들을 이글 기사단의 기사들과 스캇이 인솔해 온 병사들은 너무도 간단하게 목숨을 빼앗고 있었다.

얼마간의 시간이 지났을까? 당황하던 53군단의 병사들은 막대한 피해를 입으면서도 후퇴해 전열을 정비할 수 있었고, 그 순간 악에 바친 병사들이 물밀듯 쏟아져 나왔다. 그런 병사들의 뒤에는 풀 플레이트 메일로 전신을 보호한 중장갑병들이 이 열(二列)로 늘어선 채 달려오고 있었다. 그리고 그 뒤로 이십 대 정도의 골리앗이 달려오는 모습이 보였다.

그 모습을 발견한 이글 기사단의 골리앗과 스캇의 병사들은 신속하게 후퇴를 했고, 그 모습에 용기를 얻은 53군단의 병사들은 함성을 지르며 달려들었다.

그들의 전투 장면을 지켜보던 빈센트가 다시 명령을 내렸다.

"서른 대의 골리앗을 나누어 이곳과 저곳에 매복을 하도록 하시오. 그런 연후 53군단의 추격대가 도착을 하면 일제히 협공(挾攻)을 하도록 하시오. 그리고 골리앗 라이더를 53군단의 저곳으로 보내어 53군단장을 생포하도록 하시오."

빈센트의 명령을 아이작은 재빨리 이글 기사단에게 전달했고, 그런 연후 빈센트를 보호한 채 53군단을 향해 말을 몰아갔다.

53군단에서 기세등등하게 추적을 시작하던 추적대는 얼마 가지 않아 매복해 있던 골리앗의 공격을 받아 허무하게 목숨을 잃었다. 제아무리 잘 훈련된 병사라 하더라도 골리앗을 상대로 목숨을 부지하기란 하늘에서 별따기만큼이나 불가능한 일이었다.

등 뒤에서 들리는 비명 소리는 군에서 오랫동안 생활한 아이작이 듣기에도 섬뜩한 소리였건만 빈센트는 아예 아무것도 듣지 못하는 사람처럼 태연하게 말을 몰아갔다.

빈센트의 얼굴을 흘낏 살펴본 아이작은 스캇이나 빈센트 같은 사람을 자신 같은 사람이 이해한다는 것이 얼마나 어려운 일인가 하는 것을 다시 한 번 느껴야 했다.

그들이 도착했을 때 53군단의 골리앗 열 대와 이글 기사단의 골리앗 스무 대가 격전을 벌이고 있었다. 육중한 무게를 가지고 있는 골리앗끼리의 격전인지라 지축이 울리는 것을 말 위에서도 느낄 수 있을 정도였다. 순식간에 주위는 난장판이 되어버렸다.

위험하다고 느낀 아이작이 빈센트에게 뒤로 물러설 것을 제의했지만 빈센트는 일언지하에 거절했다. 무감정한 눈으로 골리앗끼리의 격전을 바라보던 빈센트는 전세가 이글 기사단에게 유리하기는 하지만 좀 더 시간을 필요로 할 것 같자, 자신을 보호하고 있던 다섯 명의 소드 마스터 가운데 한 명에게 뭔가를 지시했다.
 지시를 받은 소드 마스터는 곧 자신의 골리앗을 호출했고, 골리앗이 모습을 드러내자마자 골리앗에 탑승해서는 한창 격전이 벌어지고 있는 곳으로 뛰어들었다.
 소드 마스터는 익숙하고 재빠른 솜씨로 53군단에 소속된 골리앗을 차례로 파괴하고는 이글 기사단의 도움을 받아 53군단의 군단장을 생포하는 데 성공했다.
 마나를 억제하는 수갑을 찬 채 강제로 골리앗에서 끌려나온 53군단 군단장은 자신을 공격한 이들이 다름 아닌 이글 기사단의 기사들이라는 것을 알고는 이를 갈았다.
 "이게 무슨 짓인가?! 감히 그대들이 황제 폐하를 배신하다니, 후환이 두렵지도 않단 말이냐?!"
 "레퍼넌 드 슈레더 후작, 그들은 단지 명령에 따랐을 뿐이네. 그러니 그들을 욕하지 말게."
 "아니, 당신은 크리스 드 세미어 후작?! 당신이 어떻게 이들과 함께 있는 것이오? 설마 당신도 이 반역자들과 한패란 말이오?"
 레퍼넌의 말에 크리스의 얼굴에 엷은 고통의 빛이 흘렀다가는 곧 사라졌다.
 "자네를 기다리는 분이 계시네."
 크리스의 손에 이끌려 간 곳에는 무표정한 얼굴을 한 채 말을 타고 있는 소년 앞이었다. 그리고 그를 보호하듯 그의 주위에 있는 사람들의 모습을 확인하고 보니 그들 전원은 루벤트 제국이 자랑하는 소드 마스터들이었다.
 "어떻게… 어떻게 이런 일이……?"
 "슈레더 후작, 부하들에게 명령을 해 무의미한 저항을 그만두고 항복을 하도록 하시오."

"빈센트 전하!"

레퍼넌은 피를 토하는 심정으로 그를 불렀다. 그러나 빈센트의 얼굴에는 조금의 변화도 없었다.

"어째서 반역자의 대열이 서신 겁니까?"

"반역자? 호호호, 슈레더 후작, 이런 말을 아시오? 성공한 쿠데타는 죄가 아니라는 말."

"아무리 그래도 지금 빈센트 전하께서 하시는 일은 결코 용서받을 수 없는 일이라는 것을 모르십니까?"

"용서? 누구에 대한 용서를 말하는 것이오? 그리고 난 누구에게도 내가 지금 하는 행동을 용서받고 싶은 생각이 없는 사람이오."

싸늘한 미소를 지은 채 대답하는 빈센트의 모습에 레퍼넌은 그동안 자신이 보아왔던 그의 모습이 모두 허상이라는 것을 깨달았다. 심약하고, 사람과 잘 어울리지도 못하고, 항상 남의 눈에 띄지 않는 곳에 서 있던 소년의 모습과 지금의 빈센트의 모습은 마치 다른 사람을 보는 듯한 착각마저 들게 했다.

"다시 한 번 말하겠소. 이미 53군단의 병력 가운데 1만 이상이 죽거나 다쳤소. 지금이라도 명령을 내려 무의미한 저항을 그만둔다면 나머지 5만 명은 살아남을 수 있소. 어떻게 하겠소?"

"만약 제가 명령을 내리지 않는다면 어떻게 하시겠습니까?"

"호호호, 슈레더 후작. 지금까지의 난 언제, 어느 순간에도 참고만 지냈소. 그러나 지금부터는 어떠한 일이 있더라도, 단 한 순간도 참지 않을 것이오. 만약 후작이 항복 명령을 내리지 않는다면 본인은 53군단의 병력들이 흘린 피를 밟으며 윌라인으로 진격할 거요. 날 우습게 보지 마시오."
 빈센트의 입에서 흘러나오는 스산한 웃음을 듣는 순간, 주위에서 그의 말을 듣던 사람들은 거의 동시에 오싹하는 한기를 느껴야 했다. 지금 빈센트에게는 5만이라는 숫자가 아무런 의미도 줄 수 없다는 것을 충분히 느낄 수 있었다.
 무릎을 꿇은 채 빈센트의 말을 듣던 레퍼넌은 그만 고개를 떨구었다.
 "53군단 군단장 레퍼넌 드 슈레더는 빈센트 전하께 항복합니다. 부하들의 선처를 바랍니다."
 그 모습을 지켜보던 이글 기사단의 기사들은 한창 격전이 벌어지고 있는 곳을 향해 뛰어갔다.
 "53군단 군단장이 항복했다! 즉시 전투를 멈춰라!"
 "전투를 끝이 났다. 53군단 병사들은 지금 즉시 무기를 버리고 투항하라!"
 기사들의 고함 소리에 들려오던 소리가 줄어들더니 얼마 되지 않아 곧 들리지 않게 되었다. 고개를 돌린 레퍼넌의 눈에는 스캇의 병사들에게 기습을 받아 목숨을 잃은 병사들의 시체가 널려 있는 모습이 보였다.
 실로 짧은 시간에, 기습 공격을 받았다고는 하지만 그 피해는 엄청났다. 그렇지만 정당한 대결이 아닌 기습이기에 억울한 생각이 드는 것도 사실이었다.
 잠시 후 5만 명이 3만 5천 명에게 포위를 당한 채 이동하는 기이한 광경이 연출되었다. 각급 부대장들도 모두 마나를 제압하는 수갑을 찬 채 빈센트 앞으로 끌려왔다. 그들은 상대의 기습과 매복이라는 아주 간단한 계획에 넘어가 엄청난 피해를 입은 것에 수치를 느끼고 있었다.

"지금부터 그대들은 내가 제시하는 두 가지 중 하나를 선택해야 한다. 첫째는 나를 도와 수도 윌라인을 점령하는 것이고, 또 하나는 이 자리에서 죽는 것이다. 어느 것을 선택해도 무방하다. 선택하라."

빈센트의 말에 백여 명에 달하는 각급 부대장들은 서로의 얼굴만을 바라볼 뿐 선뜻 나서지 못했다. 그 모습을 본 빈센트는 싸늘한 미소를 짓고는 아이작에게 신호를 보냈다.

빈센트의 신호에 아이작의 무표정한 얼굴에도 표정이라는 것이 생겼다. 자신의 성격상 이런 것은 내키지 않았지만 명령이었다. 자신의 롱 소드를 뽑아 든 아이작은 눈을 질끈 감고는 자신 앞에 무릎을 꿇고 있던 자의 목을 내려쳤다.

퍽!

자신에게 무슨 일이 일어났는지도 모른 채 목숨을 잃은 사내의 목은 데굴데굴 굴러 빈센트가 타고 있던 말이 있는 곳까지 굴러갔다. 분수같이 피를 쏟아내던 사내의 몸은 그제야 앞으로 쓰러졌다.

그 모습을 본 각급 부대장들의 얼굴에 다급해하는 표정이 어렸다.

"빈센트 전하, 저희가 혁명군에 참가를 한다면 저희의 안전은 보장해 주시겠습니까?"

무릎을 꿇고 있던 어느 사내의 질문에 빈센트는 고개를 끄덕였다.

"혁명군이라……. 괜찮군. 그대들이 본인을 도와 윌라인을 장악하는 데 일조(一助)를 한다면 그대들의 안전뿐만이 아니라 성과에 따라 포상을 할 것이다."

"빈센트 전하께 충성을 맹세하겠습니다."

아마도 군중 심리가 작용한 탓이리라. 누군가가 충성을 맹세하겠다는 말을 하자, 곧 이어 충성을 맹세한다는 말이 사방에서 들려왔다. 그 모습을 묵묵히 바라보던 빈센트는 곧 아이작에게 눈짓을 했다.

"충성을 맹세한 자들의 수갑을 풀어주고 다시 윌라인으로 진격한다."

말을 마친 빈센트는 다시 말머리를 돌렸고, 재빨리 부하들에게 풀어주라고 지시를 내린 아이작은 황급히 빈센트의 뒤를 따랐다.

　　　　　＊　　　　＊　　　　＊

멀리 수도 윌라인의 모습이 보였다.

자신에게 씻을 수 없는 수치와 모멸로 점철된 어린 시절을 강요했던 루벤트 제국의 수도.

싸늘함을 풍기며 윌라인을 바라보는 빈센트의 모습에 아이작은 지금 그가 무슨 생각을 하고 있을까 생각해 보았지만 전혀 짐작할 수 없었다. 자신이 자란 도시를 보면 감회가 새로울 만도 하건만 빈센트의 표정만 보아서는 도저히 그런 모습을 찾을 수 없었다.

"신호를 보냈습니다."

아이작의 보고에도 빈센트는 아무런 말도 하지 않았다. 마치 얼음으로 조각된 사람 같았다. 그러나 윌라인으로부터는 아무런 변화도 없었다.

자신들이 연기로 신호를 보내면 윌라인을 지키는 수도 경비 사단 가운데 동쪽과 남쪽을 맡은 경비 군단에서 신호를 보내 성문을 열기로 한 것이었다. 그런데 조금 전부터 윌라인을 향해 신호를 보냈지만 아무런 응답이 없었다.

충분히 초조하고 또 초조할 만한 일이건만 빈센트는 여전히 싸늘한 표정을 짓고만 있었다. 그런 빈센트의 모습이 이해되지 않아 아이작이 궁금해할 때, 이글 기사단의 기사 가운데 하나가 뛰어왔다.

"지금 스캇 전하께서 도착하셨습니다."

"어디 계신가?"

"막사에 계십니다. 그런데 저어……."

"뭔가?"

"황제 폐하께서도 함께 계십니다."

"알았다."

짧게 대답한 빈센트는 곧 자신의 막사를 향해 걸음을 옮겼다. 막사에 도착하고 보니 스캇과 나인그라드가 함께 차를 마시고 있었다. 의외인 상황에 빈센트는 스캇을 바라보며 대답을 요구했다.

어색한 미소를 짓던 스캇은 빈센트에게 자리를 권했다.

"잠깐 앉거라."

빈센트가 자리에 앉자 나인그라드는 담담한 미소를 지으며 그의 얼굴을 살폈다.

"네가 빈센트냐?"

"그렇습니다, 폐하."

"후후후, 두 녀석이 모두 비슷한 성격을 가졌구나. 듣자하니 네가 황제가 될 것이라고 하더구나. 그 말이 맞느냐?"

"맞습니다."

"루벤트 제국을 잘 다스릴 자신은 있느냐?"
"없습니다."
빈센트는 당연한 말을 하듯 태연한 표정이었다. 그런 반면 나인그라드의 얼굴이 약간 굳어지는 듯했다.
"그렇다면 네가 군대를 일으킨 이유가 무엇이냐?"
"복수를 하기 위해섭니다."
"복수? 단순히 복수를 하려는 생각 때문에 군대를 동원했단 말이냐?"
"그렇습니다. 다른 무슨 이유가 있어야 합니까?"
"그렇다면 복수를 하고 난 후에는 어떻게 할 생각이냐?"
"자살할 겁니다."
너무도 태연한 빈센트의 대답에 나인그라드의 얼굴이 확연하게 변했다. 그런 나인그라드의 태도가 재미있는지 싸늘했던 빈센트의 얼굴에 미미한 웃음이 떠올랐다.
"자살을 한다면 누구를 후대 황제로 지목할 생각이냐?"
"그런 생각은 해보지 않았습니다."
"그렇다면 복수를 하고 난 후에는 아무런 계획도 없단 말이냐? 누가 루벤트 제국의 황제가 되든 상관없단 말이냐?"
"제가 왜 그것까지 신경을 써야 합니까?"
확연하게 웃음을 짓고 있는 빈센트와는 달리 나인그라드의 얼굴은 딱딱하게 굳어졌다. 그런 나인그라드를 지켜보며 빈센트는 여전히 웃음을 지었다.
"루벤트 제국이 조국(祖國)인 것은 사실이지만, 그 이름은 제게 지울 수 없는 상처도 주었습니다. 그런 상대에게 애정이 생길 리 없다는 것을 잘 알고 계시지 않습니까?"

"그렇다면 루벤트 제국이 멸망해도 상관이 없단 말이냐?"

"다시 한 번 말씀드리지만, 제가 왜 루벤트 제국이 망하는 것을 신경 써야 합니까? 제가 그래야만 되는 타당한 이유를 듣고 싶습니다. 그렇다고 이제 곧 제가 황제가 될 테니까, 라는 대답은 말아주십시오. 제가 황제가 되려는 것은 루벤트 제국을 외세로부터 지켜 내거나 부패한 귀족들을 쓸어 국민들을 잘 살 수 있도록 하겠다는 것 따위가 절대 아닙니다."

빈센트의 음성은 이제 상대를 조롱하는 듯한 음색을 띠고 있었다. 옆에서 두 사람의 이야기를 듣고 있던 스캇은 조마조마한 마음을 감출 수 없었다.

물론 빈센트의 심정을 모르는 것은 아니지만 나인그라드의 알 수 없는 능력을 생각해 보면 조심스러워지는 것이 사실이었다.

"네가 말한 복수라는 것이 무엇이냐?"

"형제들에 대한 복수, 어머니에 대한 복수, 귀족들에 대한 복수, 그리고 아버지에 대한 복수입니다."

"네가 심한 부상을 입었다는 이야기는 나도 이미 전해 들었다."

"물론 그러시리라 예상은 하고 있었습니다. 제가 고통에 신음하고 있을 때, 아마 폐하께서는 다른 여인의 품에서 제가 살 것인가, 아니면 죽어버릴 것인가 내기를 하고 계셨을지도 모르는 일이지요. 하지만 전 살아남았습니다. 그리고 어느 정도 복수할 힘도 가졌습니다. 이제는 돌려줄 때라고 생각합니다."

"그렇다면 널 믿고 따라준 부하들은 어떻게 할 생각이냐? 그들은 널 믿었기에 목숨을 걸고 널 따른 것이 아니냐?"

나인그라드의 그 말에 빈센트의 얼굴에선 웃음이 사라지고 엷은 죄책감이 어렸다. 그러나 그런 감정은 곧 사라졌다.

"미안한 이야기지만 그들이 사람 보는 눈이 없기에 절 선택했다고 생각합니다. 물론 일을 성공적으로 마치게 된다면 그들은 그에 합당한 대우를 받을 수도 있겠지요. 그렇지만 오래 가지는 못할 겁니다. 왜냐하면 제가 선례(先例)를 남겼기 때문이지요. 아마 폐하께서는 지금 제가 드린 말씀의 진의를 잘 아실 겁니다."

빈센트의 말에 나인그라드는 소름이 돋았다.

도저히 열여섯밖에 안 된 녀석이라고는 믿을 수 없었다. 대부분의 사람들이 권력을 쥐게 되면 좋은 방향이든 나쁜 방향이든 변하게 된다. 그러나 여태껏 밝혀진 역사에 의하면 그 대부분이 나쁜 쪽으로 변하는 것이 통례였다.

하나 빈센트의 경우에는 짐작이 가지 않았다. 그러나 한 가지 분명한 사실은 빈센트가 황제로 즉위하는 바로 그 순간부터 진정한 복수가 시작될 거라는 것은 충분히 짐작할 수 있었다.

복수를 위해서는 무슨 짓이든 할 수 있는 인간이라는 생각과 피로 뒤덮인 윌라인의 모습이 머리 속을 지배했다.

"앞으로 제가 폐하를 어떻게 모실지 미리 생각해 보는 것도 재미있는 일일 것입니다. 그리고 형님, 드릴 말씀이 있습니다."

"나가자."

자리에서 일어나던 스캇은 멍한 모습을 하고 있는 나인그라드의 모습을 바라보았다. 그의 어디에도 조금 전처럼 여유있는 모습은 찾아볼 수 없었다.

밖으로 나온 빈센트는 엷은 미소를 띠고는 스캇에게 말을 건넸다.

"형님, 문제가 생겼습니다."

"문제?"

"저희에게 협조하기로 했던 보넨시스 후작이 이끄는 경비 군단에서 아무런 연락도 없습니다. 아마 디후얀 후작이 이끄는 또 하나의 경비 군단과 접전을 벌이고 있거나 배신한 것 같습니다."
"접전을 벌이고 있는 것이라면 우리가 지원이라도 할 수 있지만, 배신이라면 우리까지 위험해질 수도 있는 문젠데……"
"어떻게 하는 것이 좋겠습니까?"
"글쎄, 뾰족한 수가 없구나."
스캇은 대답을 하면서도 멀리 보이는 윌라인의 성벽을 노려보았다.
"차라리 골리앗을 동원해 난입하는 것은 어떻습니까?"
"그렇지만 지금 윌라인을 지키고 있는 근위 기사단에는 우리의 배가 넘는 백오십여 대의 골리앗이 있기 때문에 우리가 더 불리할 수도 있다는 것이 문제야."
"형님, 잊으셨습니까? 우리에게는 포로가 있지 않습니까? 게다가 소드 마스터가 일곱이나 있습니다. 적절하게 활용하는 것이 좋을 듯합니다."
"부관!"
스캇을 부름에 근처에 있던 아이작이 뛰어왔다.
"지금 즉시 작전 지도를 가져오고 각급 지휘관들을 호출하라."
스캇의 지시에 아이작은 정신없이 뛰어다녔다.
잠시 후 모두 모이자 스캇은 자신이 생각한 작전 계획을 설명했다.
"이곳 윌라인을 둘러싸고 있는 것이 문제의 일곱 개 경비 군단이다. 이들 가운데 우리에게 협조하기로 한 곳은 여기 51군단과 55군단, 그리고 여기 56군단이다. 그리고 53군단이 우리와 함께 있다.

문제가 되는 곳이 바로 여기 52군단과 54군단, 그리고 59군단이다. 이중에서도 가장 문제가 되는 곳은 미네로스 후작이 이끄는 59군단이다. 타협을 모르는 성격에 고지식하기로 정평이 난 인물이기에 미네로스 후작과의 일전은 피할 수 없다. 우선 우리는 신속하게 이동을 해 51군단과 55군단의 도움을 받아 54군단을 포위한다."

스캇의 말에 지휘관들은 고개를 끄덕이며 경청했다.

"54군단장인 레로졸 후작은 충분히 말이 통하는 사람이니 자신이 불리한 상황이라는 것을 알면 우리에게 협조할 것이다. 그런 연후에 다시 52군단을 포위해 그들의 항복을 받아낸 후 총력을 기울여 미네로스 후작이 이끄는 59군단을 섬멸한다. 그와 동시에 윌라인 외곽을 철통같이 방비해 윌라인을 빠져나가려는 모든 사람의 통행을 막는다. 질문있나? 질문이 없다면 모두 신속하게 이동 준비를 하도록 하라."

스캇의 명령에 각급 지휘관들은 재빨리 그 자리를 벗어났다. 스캇은 다시 고개를 돌려 일곱 명의 소드 마스터를 바라보았다.

"그대들 일곱은 나와 함께 윌라인 내에 있는 것으로 확인된 3명의 소드 마스터를 상대한다. 상대가 만약 순순히 우리에게 협조를 하면 다행이지만 반대의 경우도 있으니 방심하지 말도록 해라."

"알겠습니다, 스캇 전하."

잠시 후 이동을 시작한 스캇의 병사들은 먼저 51군단, 55군단과 합류해 54군단을 포위했다. 그리고 스캇의 예상대로 그는 별 저항 없이 항복을 선언했다. 용기를 얻은 스캇의 병사들은 더욱 빠른 속도로 이동을 하였고, 점심 식사를 준비 중이던 52군단을 포위하는 데 성공했다.

장시간에 걸친 스캇의 설득에도 52군단장은 협조를 거부했다. 다만 협조를 할 수는 없지만 그들을 공격하지도 않겠다는 뜻을 밝혔기에 마지막 목표인 59군단을 향해 진군했다.

사방이 포위된 상태에서도 59군단장인 미네로스 후작은 공격을 명령했고, 불과 한 시간 만에 59군단 전원이 몰살당하는 최악의 결과를 맞이했다. 물론 스캇의 병사들이 피해를 입지 않은 것은 아니지만 월등한 수의 골리앗을 앞세웠기에 그들의 피해는 미비했다.

스캇의 병사들이 수도 윌라인을 완전히 포위한 것은 오후 2시, 한창 따가운 햇살이 내리쬘 때였다.

*　　　*　　　*

도서관에서 책을 보고 있던 마브렌시아는 귀를 자극하는 소음과 은은하게 풍기는 피 냄새에 정신을 집중할 수 없었다.

벌써 이 윌라인에 있는 여섯 개 도서관을 모두 뒤졌지만 자신이 원하는 단서를 찾을 수가 없어 조금은 신경이 날카로운 상태였다. 크게 숨을 내쉰 마브렌시아는 재빨리 스펠을 캐스팅했다.

"클레어보이언스!"

그러자 공간이 열리며 윌라인의 외곽을 포위하고 있는 병사들의 모습이 보였다. 고개를 돌려 살펴보니 도시 전체가 헤아릴 수 없이 많은 병사들에게 포위되어 있었다.

그렇지 않아도 짜증이 나던 차에 마브렌시아는 상당한 호기심이 생기는 것을 느꼈다. 자리에서 일어나던 그녀의 눈에 당황한 표정으로 다가오는 앤드류의 모습이 보였다.

"마브렌시아 양, 큰일 났소."

"큰일이라니 무슨 말씀이신지요?"

"그 빌어먹을 스캇이란 놈이 드디어 미친 모양이오. 지금 반란군을 끌고 윌라인을 포위했소."

"스캇이라면 앤드류 전하의 배다른 동생 말인가요?"

"아니오. 그 비천한 놈이 어떻게 내 동생이 될 수 있단 말이오!"

거의 입에 거품을 물고 펄쩍 뛰는 앤드류의 모습에 마브렌시아는 가볍게 눈살을 찌푸렸다. 왠지 스캇이라는 인물에 대해 호기심이 생기는 것을 느꼈지만 그보다는 신들의 무기가 봉인되어 있는 장소를 찾는 것이 더 급했다.

어차피 윌라인에 있는 도서관은 모두 뒤진 상태였다. 다른 나라의 도서관을 찾는 수밖에 없었다.

"반란군이 윌라인을 포위했다면 급한 상황인데 저에게는 무슨 일로 오신 것인가요?"

"아참! 이곳이 위험할지도 모르니 일단 황궁으로 같이 돌아갑시다. 그곳이라면 설사 스캇이란 놈이 윌라인에 난입하더라도 안전할 것이오."

마브렌시아는 앤드류의 호의가 짜증스럽기 짝이 없었다. 어차피 말이 통하는 상대가 아니기에 가볍게 마나를 끌어올리며 앤드류를 바라보았다.

그녀의 눈에 희미하게 어린 마나가 회전을 하면서 붉고 푸른빛을 뿌리기 시작했다. 그 빛을 본 앤드류의 눈은 당장 물간 생선처럼 흐리멍덩해졌다.

"앤드류, 넌 나를 만난 적이 없다. 네 기억 속에 있는 내 모습을 완전히 지우도록 해라, 알겠느냐?"

"알… 겠… 습… 니… 다……."

잠에 취한 듯한 앤드류의 대답을 들은 마브렌시아는 짧게 시동어를 외쳤다.

"워프!"

순간 마브렌시아의 모습은 도서관 내에서 사라졌고, 시간이 얼마 지나지 않아 앤드류는 정신을 차릴 수 있었다. 정신을 차린 앤드류는 자신이 도서관에 서 있다는 사실이 믿어지지 않는다는 표정을 지었다.

"제길, 내가 지금 여기서 뭘 하는 거지? 빌어먹을 놈이 반란군을 이끌고 와 난리를 치고 있는데……."

잠시 투덜거린 앤드류는 곧 도서관을 빠져나갔다. 그러한 그의 모습을 도서관의 중앙에 위치한 분수대 옆에 서 있던 사람 하나가 회심의 미소를 지었다.

붉은 머리에 몸에 달라붙는 검은색 라이트 레더를 걸친 여전사의 모습이었다. 등에는 그녀의 체격과 비슷한 길이를 가진 커다란 투 핸드 소드가 매어져 있었다. 아름다운 얼굴에 흘러내린 머리를 쓸어올리는 그녀는 바로 마브렌시아였다.

고함 소리와 무기들이 부딪치며 내는 금속음이 아까보다 가깝게 들리는 것을 보면 윌라인이 함락의 위기를 겪는 모양이었다. 호기심을 느낀 마브렌시아는 가장 가깝게 소리가 들리는 곳으로 걸음을 옮겼다.

이미 거리에서는 사람들의 모습을 찾아볼 수가 없었다. 보이는 것은 이리저리 몰려다니는 병사들의 모습뿐이었다.

사방에서 전해지는 긴박한 기운을 느끼며 마브렌시아는 오래간만에 전신의 세포가 팽팽하게 당겨지는 듯한 기분을 느꼈다. 윌라인의 동쪽으로 가다 보니 병사들의 숫자가 눈에 띄게 많아졌다.

그녀의 모습을 발견한 병사 하나가 그녀를 불렀다.

"지금이 무슨 상황인지 알고 돌아다니는 거냐?"

"지금 날 부른 건가?"

"그걸 말이라고…… 으악!"

짜증스러운 표정을 짓던 병사는 마브렌시아가 내려친 투 핸드 소드를 피하지 못하고 그대로 두 쪽이 났다. 병사가 죽으면서 내지른 처절한 비명 소리에 주위에 있던 병사들이 몰려들었다.

그 모습을 본 마브렌시아는 희미한 미소를 지으며 혀로 자신의 입술을 슬쩍 적시고는 그대로 그들을 향해 달려들었다. 그녀의 투 핸드 소드가 휘둘러질 때마다 스치는 모든 것들이 잘려나갔다. 그것이 검이든, 갑옷이든, 아니면 사람이든…….

순식간에 주위에 있던 병사들은 하나둘 죽음을 맞이했지만, 그들의 피를 뒤집어쓴 마브렌시아는 광란의 춤사위를 그치지 않았다.

    *   *   *

"아빠, 아빠가 찾는 사람이 아빠가 가지고 있던 그림 속에 있던 아줌마야?"

작전 명령서를 읽고 있던 데미안은 갑작스런 네로브의 말에 고개를 돌렸다.

"뭐라고?"

"아빠가 가지고 있던 그림에 있는 아줌마하고 똑같이 생긴 아줌마가 저쪽에 있는데……"

네로브가 말하는 아줌마라는 것이 레드 드래곤 마브렌시아라는 것을 깨달은 데미안은 네로브가 손으로 가리킨 곳을 바라보았다. 그러나 그곳에는 아무도 없었다.

"네로브, 그 사람이 어디에 있다는 거지?"

"저~ 기, 굉장히 멀리 있어."

네로브의 앙증맞은 음성을 들은 데미안은 혹시나 하는 생각이 들었다.

"네로브, 아빠랑 처음 만났던 곳보다도 더 멀어?"

"응, 훨씬, 훨씬 더 멀어."

네로브의 대답에 데미안은 마브렌시아가 루벤트 제국에 있다는 것을 알았다. 하지만 네로브가 가리킨 방향대로라면 자신이 출발해야 하는 몬테야 지방과는 정반대였다. 하지만 이제 겨우 잡은 마브렌시아에 대한 단서였다. 절대 놓칠 수는 없었다.

잠시 고민을 하던 데미안은 자신이 투숙하고 있던 객사에서 빠져나와 에이라 폰 샤드 공작의 저택으로 향했다. 어둠이 내린 페인야드는 팽팽한 긴장감에 싸여 있었다. 그래서인지 거리를 오가는 사람들의 모습은 더욱 보이지 않는 것 같았다.

저택 앞을 지키고 있던 경비병들은 데미안의 신분을 확인하고는 곧바로 통과시켰다. 데미안은 시종의 안내를 받아 샤드가 있는 방으로 향했다.

"주인님, 데미안 싸일렉스 백작님께서 찾아오셨습니다."

"안으로 모시게."

조용히 문을 열고 들어가니 샤드와 단테스가 서로 머리를 맞대고는 심각한 논의를 하고 있었다. 데미안은 조심스럽게 두 사람에게 다가갔다.

별 생각 없이 고개를 돌린 두 사람은 데미안의 모습을 발견하고는 깜짝 놀라지 않을 수 없었다.

얼마 전 데미안이 레토리아 왕국에서 돌아왔을 때 그와 그의 일행들이 심한 부상을 입고 있어 상당히 놀랐었다. 다행히 데미안이 부상을 입지는 않았지만 다른 사람들의 부상은 심각한 지경이었다. 하지만 왜 부상을 입었는지는 모두들 입을 다물고 있어 알 도리가 없었다.

그저 데미안이 부상을 당하지 않은 것이 다행이라고 생각을 했었는데 지금 보니 이전에 보아왔던 모습들과 뭐라고 꼬집어 이야기할 수는 없지만 같은 것 같기도 했고, 또 달라진 것 같기도 했다. 하지만 눈빛이 더욱 깊어진 것이 그의 검술 실력이 또 한 단계 이상 늘었다는 것만은 확실했다.

자신이 판단하건대 지금 데미안의 실력이 그의 아버지인 자렌토의 검술 실력보다 더 강할 것이라는 판단이 들었다.

어떻게 이런 일이 가능해질 수 있는 것인지 의문이 들었지만, 확실히 데미안이 레토리아 왕국으로 떠나기 전보다 그의 실력이 늘어난 것만은 사실이었다.

두 사람이 자신의 얼굴을 멍하니 바라보자 조금 쑥스럽게 느껴지기는 했지만 곧 자신의 방문 목적을 이야기했다.

"두 분 공작 각하께 드리고 싶은 말이 있어 찾아왔습니다."

"어디 해보게."

"다름이 아니라 몬테야 지방으로 배속되어 있는 제가 소속될 부대를 후로츄 지방을 담당하고 있는 부대로 변경해 주셨으면 감사하겠습니다."

"후로츄로? 무슨 이유가 있나?"

"제 개인적으로 확인하고 싶은 일이 있기 때문입니다."

"자넨 공적인 일에 사적인 감정을 가지고 임하겠다는 말인가? 게다가 지금은 전시 상황이다. 개인적인 것이 무시될 수밖에 없다는 것을 잘 알면서도 그런 말을 하는 것인가?"

"물론 잘 알고 있습니다. 그러나 이 일은 제가 살아 있는 한 반드시 해야만 하는 일입니다."

단호한 데미안의 말에 샤드는 단테스의 얼굴을 한번 보고는 다시 고개를 돌렸다. 부동 자세로 서 있는 데미안의 모습을 다시 보고는 질문을 했다.

"그 개인적이라는 일을 나도 알 수는 없겠는가?"

"드래곤을 쫓기 위해섭니다."

"뭐? 드래곤을 쫓아? 그게 무슨 소린가?"

샤드의 연이은 질문에 데미안은 그에게 자신의 이야기를 할까 하는 생각을 했지만 곧 그 생각을 접었다. 이야기를 한다고 해서 상황이 달라질 것도 아니고, 게다가 지금은 전쟁이 임박한 상황이 아닌가.

"일단 그렇게만 알고 계셔주십시오. 후일 자세한 말씀을 드리겠습니다."

데미안의 대답에 샤드는 한동안 생각을 하더니 곧 고개를 끄덕였다. 전선에서 빼달라는 요청도 아니고, 어쩌면 더욱 치열한 전투를 벌여야 할지도 모르는 곳으로 배치되길 원하는데 굳이 마다할 이유는 없었다.

"좋네. 그럼 자네를 후로츄로 진격하게 되어 있는 11군단장으로 임명하겠네."

트렌실바니아 왕국에서는 워낙 후작들의 숫자가 적기에 고육지

책(苦肉之策)으로 백작들을 군단장에 임명하고, 후작들은 다시 그 백작들을 통솔하는 지위 방법을 이용하고 있었다.

"감사합니다, 공작 각하."

"오늘 저녁에 출발해 11군단의 지휘권을 인계받도록 하게. 내 11군단에 통보해 놓겠네. 그리고 명령서 역시 다시 보내주겠네."

"알겠습니다, 공작 각하."

"그럼 수고해 주게, 싸일렉스 백작. 자네에게 거는 기대가 크네."

"명심하겠습니다, 공작 각하."

이미 네미안이 방을 빠져나갔음에도 불구하고 두 사람의 공작은 한동안 아무런 말도 하지 않고 있었다.

"에이라님, 드래곤을 쫓는다는 말의 의미가 뭘까요?"

"글쎄… 말 그대로 드래곤을 쫓는다는 것은 아닐 거고… 나로서는 전혀 짐작할 수 없구려."

"네미안이란 청년은 만날 때마다 사람을 놀라게 하는군요."

단테스의 말에 샤드는 엷은 웃음을 지었다.

*　　　　*　　　　*

"전하, 속히 이 자리를 벗어나셔야 합니다."

"닥쳐! 이 나라, 루벤트 제국의 황태자인 내가 왜 반란군에 쫓겨 도망을 간단 말이냐! 어서 응원군을 요청하고, 윌라인 안에 있는 모든 병사들을 모아 저 반란군들을 쓸어버리란 말이야!"

악에 바친 앤드류의 고함 소리가 방 안을 울렸다.

지금 그의 앞에는 그를 보좌하는 풀트렌 드 애드워드 백작과 앤드류에게 충성을 맹세했던 10여 명의 후작과 백작들이었다. 물론 평소에는 이 숫자의 서너 배에 달하는 숫자들이 앤드류의 뒤를 따라다녔지만 지금은 앤드류 곁에 남은 사람은 이들이 전부였다.

"더 큰 문제는 황제 폐하께서 저들의 손에 포로로 잡혀 계시다는 점입니다. 해서, 지금 병사들의 사기는 바닥까지 떨어져 있습니다. 이미 성벽은 저들의 골리앗에 의해 무너져 내렸고, 지금 황궁까지 오는 것도 시간 문제입니다."

"닥치란 말이야!!"

앤드류는 꼿꼿하게 선 채 자신이 할 말을 다하는 풀트렌의 멱살을 잡고는 그를 노려보았다. 도저히 제정신을 가진 사람으로서는 가질 수 없는 광기 서린 눈빛을 뿌리며 앤드류는 악을 썼다.

"이 루벤트의 황태자인 내가 그 천한 놈을 피해 달아나라니, 지금 그걸 말이라고 해? 싫어! 안 해! 난 죽어도 못해!! 차라리 그 스캇이란 놈 앞에서 자살을 할지언정 도망을 가진 않을 거야!"

"전하께서 잘못 알고 계신 것이 있습니다. 물론 스캇 전하께서도 계시지만 이번 일을 주도하신 분은 빈센트 전하이십니다. 지금 윌라인에 거주하고 있는 상당수의 귀족들이 그들에게 동조하고 있는 이상 윌라인이 함락하는 것은 그야말로 시간 문제입니다. 전세가 기울어진 지금 상황에서 이곳에 더 있다는 것은 무의미합니다. 차라리 윌라인을 빠져나가 후방의 병력들을 동원해 저들을 공격하는 것이 최선책입니다."

그러나 앤드류는 풀트렌의 말을 듣지 못했는지 멍한 얼굴을 하고 있었다.

"스캇이 아니라 빈센트라고? 어떻게 그런 일이……?"

멀리서 들리던 병사들의 고함 소리와 무기들이 부딪치는 소음이 점점 가깝게 들렸다. 그 소리를 들은 앤드류는 갑자기 정신을 차리고는 자신의 롱 소드를 뽑아 들고 그대로 창문을 향해 몸을 날렸다.

와장창! 하는 소리와 함께 유리창이 박살났고, 앤드류는 그대로 소음이 들리는 곳을 향해 달려갔다. 그 모습을 본 풀트렌이 뒤에 서 있던 사람에게 말했다.

"여러분도 봤다시피 이미 앤드류 전하는 제정신이 아니시오. 하지만 난 이미 앤드류 전하께 목숨을 걸고 충성을 맹세한 사람이니 그분의 뒤를 따르겠소. 귀하들은 알아서 몸을 피하도록 하시오."

말을 마친 풀트렌은 앤드류의 뒤를 쫓아가기 시작했고, 남아 있던 사람들은 서로의 얼굴을 슬쩍 보고는 곧 방을 빠져나갔다.

성의 외곽을 둘러싸고 있던 성벽은 골리앗의 공격을 받아 허무하게 무너져 내렸고, 윌라인을 포위하고 있던 일곱 개 군단 40만 명이 넘는 숫자가 일시에 윌라인으로 진격했다.

물론 윌라인의 경비를 맡고 있던 두 개 군단의 저항이 있기는 했지만 네 배가 넘는 압도적인 공격을 받고 방어선은 허무하게 무너졌다.

윌라인으로 진격한 혁명군은 주요 시설을 점거하고, 주요 인사들을 포로로 잡았다. 수도 경비 사단의 저항이 미미할 수밖에 없었던 이유는 다름 아닌 황제 때문이었다.

이미 황제가 혁명군의 손에 있다는 말이 전해지면서 윌라인을 지키던 병사들의 사기는 땅에 떨어졌고, 기사들은 상대에게 함부로 검을 겨누질 못했다.

　결국 제국력(帝國歷) 223년 11월 22일, 루벤트 제국의 수도 윌라인은 루벤트 제국의 왕자인 스캇과 빈센트에 의해 최초로 함락되는 비운을 맞이했다.

　새벽까지 계속된 국지적인 전투가 끝이 나서야 스캇과 빈센트는 황궁으로 진격할 수 있었다.
　황궁 내에 있던 모든 사람들은 포로 신세가 되었고, 두 사람은 병사들의 열렬한 환영을 받으며 궁전으로 향했다. 이미 통보를 받은 많은 귀족들이 연도에 늘어서 있었고, 시민들 가운데 눈치가 빠른 자들은 목이 터져라 스캇과 빈센트의 이름을 불러댔다.
　두 사람은 황제가 귀족들과 대신들의 회의를 주도할 때 이용하는 대회의실로 향했다. 사람들의 눈길을 받으며 빈센트는 당연한 것처럼 황제만이 앉을 수 있는 옥좌(玉座)로 향했다. 그리고 그 자리에 앉았다.
　사람들은 스캇이 아니라 빈센트가 그 자리에 앉자 조금은 의외라는 생각을 했지만 그것은 자신들과는 상관이 없는 두 사람 사이의 일이라고 치부해 버렸다.
　사람들이 웅성거리는 소리를 듣기는 했지만 빈센트는 아랑곳하지 않았다. 그들이 뭐라고 떠들던 자신이 이 옥좌에 앉은 것은 변함이 없는 사실이었다.
　"전하, 도주 중이던 앤드류 왕자와 그의 부관 애드워드 백작이 생포되었다는 소식이 들어왔습니다."
　"후후후, 도주를 했단 말이지. 수고 많았네."
　"당연히 해야 할 일을 했을 뿐입니다."

51군단장의 보고에 이어 55군단장의 보고가 뒤따랐다.

"전하께서 지시하신 대로 황후 네포리아와 카메이슨 공작 가문의 식솔들을 모조리 잡았습니다. 다만 카메이슨 공작의 아들만은 저항이 심해 그 자리에서 죽였습니다."

"재미를 한 가지 놓쳤군. 하지만 그 정도면 충분해. 수고 많았네."

빈센트는 그 뒤에도 줄지어진 보고를 들으며 때론 묻고, 또 혼자 웃으면서 대꾸를 하는 모습이 너무도 익숙해 보여 마치 수십 년 동안 제위에 있었던 황제의 모습을 보는 듯했다.

아마 자신에게 시킨다면 단 하루도 견디지 못할 것이란 생각을 하며 스캇은 쓴웃음을 지었다. 자신들을 향해 머리를 조아리는 저 작자들은 모두 이 루벤트 제국의 귀족들이었고, 명문가의 자제들이었고, 제국의 권력을 움켜쥐고 있던 자들이었다.

기분대로라면 저들을 모두 교수형이나 단두대의 이슬로 사라지게 하고 싶었다. 하나 빈센트가 루벤트라는 대제국을 다스리려면 없어서는 안 될 사람들이기도 했다.

그런 생각을 하는 동안 스캇은 피곤을 느꼈다.

처음 계획을 세우고, 계획대로 진행을 하면서 자신도 적지 않게 긴장을 했었던 모양이다. 다행히도 59군단과의 전투와 수도 경비사단과의 전투를 제외하면 큰 전투가 없었기에 견딜 수 있었지, 그렇지 않았다면 아마 이곳에 오기도 전에 무너져 내렸을 것이란 생각이 들었다.

잔뜩 긴장했던 사람들의 긴장이 조금 풀리기 시작했을 때 뽀얗게 흙먼지를 뒤집어쓴 병사 하나가 비틀거리는 걸음으로 대회의실에 나타났다.

"크, 큰일 났습니다."

"무슨 일인가?"

병사의 곁에 서 있던 51군단장의 말에 병사는 가쁜 숨을 몰아쉬며 말을 꺼냈다.

"오늘 새벽 4시를 기해 트렌실바니아 왕국이 저희 나라를 향해 선전 포고를 하고 침공을 시작했다는 소식입니다."

"뭐?!"

병사가 전한 소식에 대회의실에 모여 있던 사람들의 얼굴은 일순간에 창백하게 변했다.

이 일은 제국력 223년 11월 23일 아침 7시에 일어난 일이었다.

〈 6권에 계속 〉

무예소설 신인 작가를 모집 합니다.

청어람이
함께 하겠습니다!!

저희 도서출판 청어람에서는 무예소설 작가
지망생 여러분을 모집합니다.
글에 소질이 있거나 작가의 꿈을 가지고 계신 분들.
주저하지 말고 저희 청어람의 문을 두드려 주십시오.
작가 지망생 여러분께서 멋진 환골탈태를 할 수
있도록 청어람은 충분한 자양분이 되겠습니다.
작가로의 꿈을 저희 도서출판 청어람에서
활짝 만개해 보십시오.

소정의 원고(A4 용지 150매)를 메일이나
우편으로 보내주시면 검토 후 출판 여부를
알려드리겠습니다.

보내실곳:경기도 부천시 원미구 심곡1동 360-1 남성빌딩3층 우편번호420-011
TEL:032-656-4452 FAX:032-656-4453
e-mail:eoram99@chollian.net

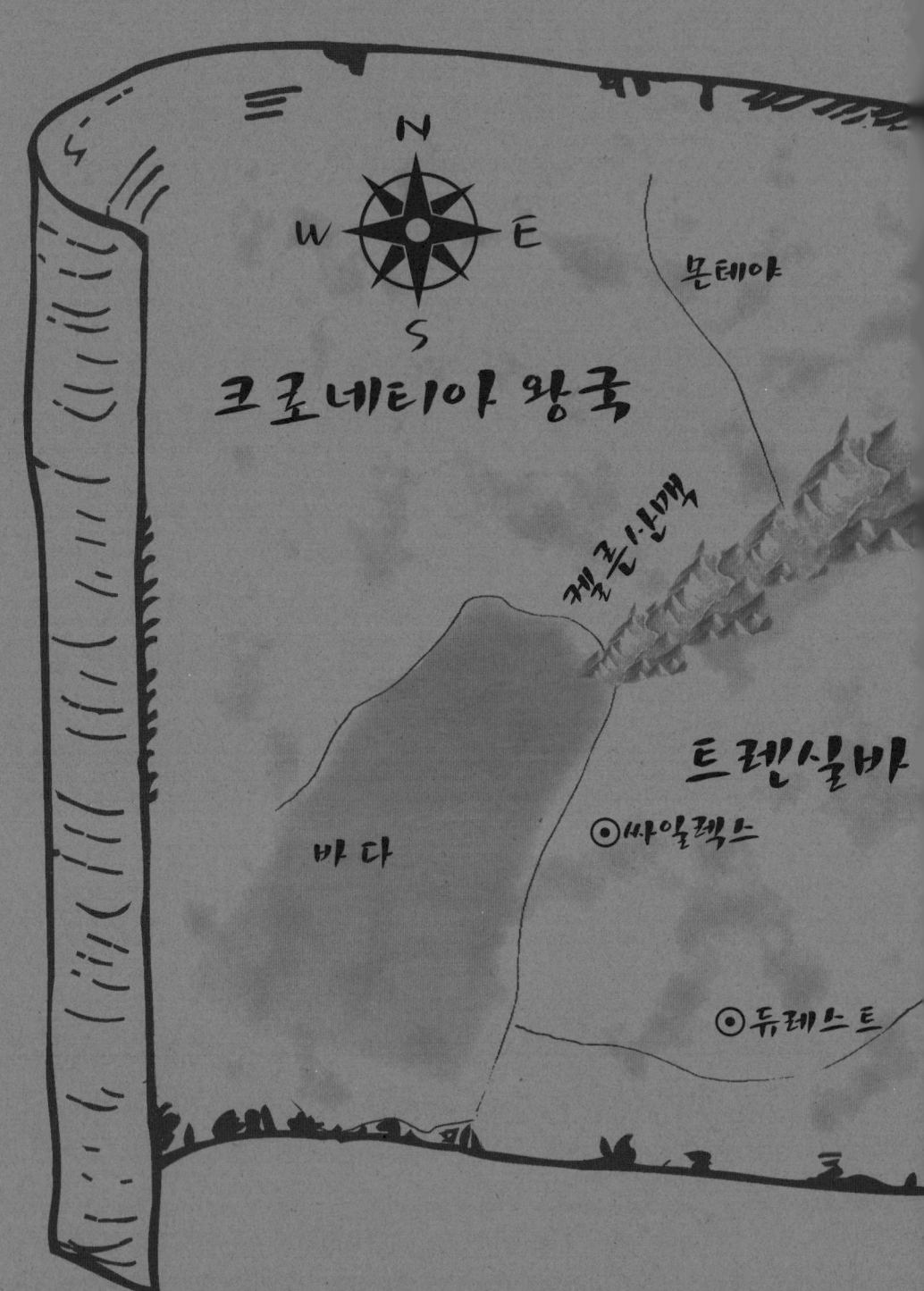

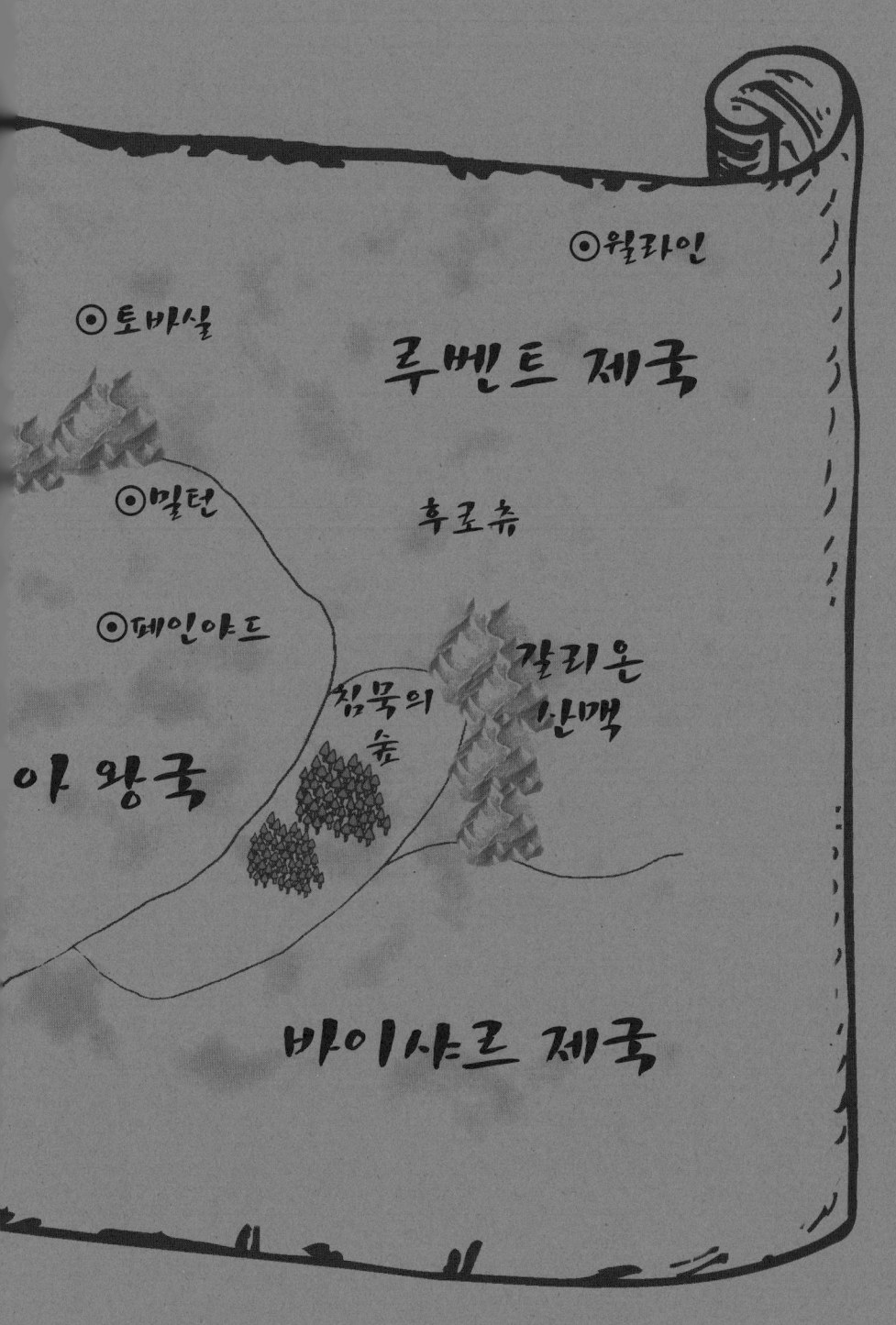